DU MÊME AUTEUR

Aux Éditions Gallimard

MADRID NE DORT PAS, roman, 2005.

EXCUSEZ LES FAUTES DU COPISTE, roman, 2006 («Folio nº 4779).

LEURS VIES ÉCLATANTES, roman, 2007 («Folio» nº 4904).

CHUCHO, roman, 2009 («Folio» nº 5180).

PETIT ÉLOGE DE LA GOURMANDISE, 2010 («Folio 3€» nº 5128).

LES BALLONS D'HÉLIUM, roman, 2012.

BARCELONA !, roman, 2015 («Folio» nº 6156).

TOUS, roman, 2017.

SOUCOUPES VOLANTES, nouvelles, 2021.

PETIT ÉLOGE DE LA BELGIQUE, 2022 («Folio 3€» nº 7125).

Aux Éditions Zoé, Genève

JUAN VALERA, *Pepita Jiménez*, introduction et traduction par Grégoire Polet, 2007.

Aux Éditions numériques Storylab, Paris

LES BOUTS DE FICELLE, mini-roman, 2012.

Aux Éditions REMA 12, Barcelone

MAREA ALTA, MAREA BAIXA, théâtre, traduction en catalan par Albert Mestres, 2013 (collection Off Cartell).

Aux Éditions ONLIT

AUTOROUTE DU SOLEIL, récit, 2016.

Ker Éditions

BELGIQUES, 101 DÉTAILS, nouvelles, 2022.

Cosmopole Éditions

DICTIONNAIRE INSOLITE DE BARCELONE, coécrit avec Émilie Brehain, 2022.

PAX

GRÉGOIRE POLET

PAX

roman

GALLIMARD

« Ô Joie, étincelle belle et divine, fille de l'Élysée, nous entrons dans ton sanctuaire ivres d'enthousiasme, ô Déesse. Tes charmes rassemblent ce que l'opinion sépare et tous les hommes deviennent frères là où tes douces ailes reposent.

« Soyez unis, millions ! »

FRIEDRICH SCHILLER,
À la joie

« J'ai toujours considéré le roman comme un moyen d'expression qui ne peut pas se limiter à ce qu'il est, qui doit se transformer, mais aussi une arme de l'expression qu'on ne saurait abandonner. »

LOUIS ARAGON,
Aragon parle

« Et celui-là, on comprend qu'il soit confiant dans sa joie, même si le simple goût d'une madeleine ne semble pas contenir logiquement les raisons de cette joie, on comprend que le mot de "mort" n'ait pas de sens pour lui ; situé hors du temps, que pourrait-il craindre de l'avenir ? »

MARCEL PROUST,
Le Temps retrouvé

0

Comme Ulysse, j'ai voulu faire un beau voyage. Le mien, plus au nord : c'est pour aller et revenir chez moi, à Bruxelles.

J'ai beaucoup lu sur l'année 1919, sur la grande conférence des Alliés à Paris, la fabrique de la paix après la Première Guerre mondiale. Le beau rêve de Wilson d'une concorde universelle. Son échec criant. J'ai rendu visite à ce Paris-là, j'ai rencontré Clemenceau, Paderewski ou monsieur Lou, l'ambassadeur de Chine, dont la femme était belge. J'ai remonté le courant de leurs vies, vu d'où ils venaient, je les ai accompagnés jusqu'à Saint-Pétersbourg, Shanghai, ou New York, ou Gand. J'ai redescendu leurs cours jusqu'à ce point de confluence de 1919, Paris. Je commençais à m'y sentir à l'aise. J'ai fait un tour dans la ville (toujours un livre à la main : les livres sont le viatique des voyages dans le temps) et je suis passé chez Marcel Proust, qui y habite et qui, cette année-là justement, va recevoir le prix Goncourt. D'où je suis reparti, peut-être capricieusement, vers Venise avec le peintre Tiepolo, puis avec Tiepolo, à Madrid, pour rencontrer Goya. Puis avec Goya, à Paris (à la fin de sa vie), où j'ai trouvé Victor Hugo, qui m'a conduit jusqu'à la place de la Concorde, où j'ai retrouvé mes diplomates de 1919, et voilà le genre de looping. Alors, j'ai multiplié les loopings, toujours en repassant par 1919, Paris.

Ça remontait aux armées révolutionnaires qui faisaient entrer l'Europe dans une nouvelle ère, et ça dévalait jusqu'à aujourd'hui, à Bruxelles, devant les institutions européennes. Pour mieux connaître la tragique figure du président Wilson, je suis allé rendre visite au docteur Freud, à Vienne, qui lui a consacré un livre, et où il m'a tant fait patienter que j'ai eu le temps de faire plusieurs loopings, avant d'être reçu et éclairé. Quel bonheur, et quel étrange sentiment de réconciliation que ces voyages dans le temps. J'écrivais, j'écrivais, et je voyais la ligne du temps se nouer comme une cocarde ou une rosace, comme on fait avec les rubans pour emballer les cadeaux. Je voyais les désastres de l'histoire et la légèreté joyeuse des rubans de lettres. Et mon cœur d'enfant avait envie de dire que c'était cela, finalement, cette rose, la paix.

Tout dans le livre qu'on va lire est soigneusement historique. La seule chose qu'on ait ôtée, peut-être, c'est la mort et l'irrémédiable temps linéaire. Conséquences ? D'abord : de la vie partout. Ça fourmille, ça grouille. Ensuite, le récit n'est pas linéaire non plus. Il n'avance pas comme un avion dans le ciel. Mais il progresse et se développe à la manière des bandes d'étourneaux.

Et il faudra s'y faire. À un moment, j'avais pensé en tirer un film documentaire. Mais pour fondre l'objectivité du temps historique dans la subjectivité du poète, il fallait ceci, ceci même, ce langage, ce papier, cette irremplaçable liberté de l'écriture, cette volatilité des lettres, ici, sur le feuillet, ces petits caractères comme des oiseaux vus de loin, hirondelles planant et criblant le ciel de la page. Ou, oui, comme le disait Lautréamont, lettres et mots, vols d'étourneaux sortant du stylo, organisant notre rêverie et notre récit comme ils mènent leur nuage jamais en repos, tantôt dense, tantôt se défaisant puis soudain se reformant ailleurs, se transportant et revenant, dansant, toujours obsédés par un centre qui les aimante et ne les fixe jamais.

CHANT I

Qui nous mène en bateau jusqu'à Paris, 1919.
Enfin, juste avant : Noël 1918.

1

Ça doit commencer par un chantier. Je me suis renseigné : pour faire ce voyage que je veux vers 1919, il faut se rendre d'abord un peu plus tôt, sur le chantier naval de Stettin, et prendre le bateau qu'en 1907 et 1908 ils sont en train d'y construire. Ils ont mis deux ans à l'assembler, ce paquebot.

Stettin ? Ville portuaire, là-haut sur la mer Baltique aux reflets d'acier, à l'embouchure du fleuve Oder. Aujourd'hui située en Pologne, mais à l'époque (et sans qu'elle ait bougé le moins du monde) en Allemagne. Prenons les pinceaux et mettons sur Stettin un ciel bleu de là-bas, clair, comme blanchi, et des cumulus, pour que ça ressemble un peu au ciel de la *Vue de Delft* de Vermeer, par exemple.

Ou bien plutôt, très librement, faisons tomber sur Stettin une averse, et voyons les ouvriers du chantier travaillant sous le ruissellement énorme de la pluie se déversant dans les bassins du port. Fracas mêlé de l'orage et des tôles, des éclairs là-haut et des soudeurs ici-bas. Le nom du chantier en grandes lettres peintes est écrit sur les murs : Vulcan. Tout est dit.

Sueur, sûrement. Quelques blessés. On ne construit pas

sans péril un monstre marin. Des morts ? Peut-être. Effondrement d'une plateforme, chute d'un étançon sur le crâne d'un mécanicien, allez savoir. Deux hélices géantes, deux cents mètres de la poupe à la proue, et quatre mâts. Tonnage ? Vingt-cinq mille et des poussières. Capacité de quasiment deux mille neuf cents passagers. Plus que *La Comédie humaine* de Balzac, qui occupe pourtant douze volumes dans la Pléiade. C'est, au moment de sa construction, le troisième plus grand navire du monde, après le *Titanic* et le *Lusitania*. Wikipédia le dit, qui ne se trompe jamais.

— C'est un transatlantique. Il faut que ça évoque l'Amérique !

— *Richtig*. Très juste.

Ces messieurs de la Norddeutscher Lloyd, la compagnie qui l'affrète, autour d'une grande table en acajou dans leurs bureaux de Brême enfumés au cigare, lui choisissent un nom très digne.

— Que diriez-vous de *George Washington* ?

— *Genau*. Fort bien.

Avec cette petite touche internationaliste agréable.

Clap clap clap.

Moi, je suis tout à fait pour aussi. George Washington, 1732-1799, premier président des États-Unis, formidable. En plus, le dix-huitième siècle, où l'on ira dans ce livre. Celui de Tiepolo, de Goya et des opéras de Mozart. Je suis ravi.

Le bateau terminé, c'est-à-dire prêt à commencer, est remorqué jusqu'au port de Brême, pour prendre son premier départ. Fière allure, lente, majestueuse. Regards des populations riveraines. Il fait de l'ombre aux arbres. Une fois qu'il voguera sur l'océan, il sera aussi petit et perdu qu'un trait d'union dans le livre. Mais pour lors, il se présente à quai, incommensurable.

Ici, quelques images: une bouteille de champagne se brise sur ce qui ne se brisera pas. Force, fête. La foule gaie pressée sur le quai pour l'inauguration se hérisse de chapeaux tuyau de poêle, à la mode de l'époque, qui riment en petit avec les grandes cheminées du paquebot. Et sur les chapeaux des dames, aigrettes et plumes d'autruche ou d'émeu annoncent les panaches noirs de charbon et blancs de vapeur qui accompagneront le bon géant dans tous ses déplacements. J'ignore s'il faisait soleil ou pluie ce jour-là, et si ce sont des parapluies ou des ombrelles qui moutonnent par centaines sur la foule et miment les flots.

La route pour le Nouveau Monde est alors, depuis Brême, la suivante: Southampton au bas de l'Angleterre, puis Cherbourg au pays des parapluies, enfin l'immensité sans bords. Le gouffre amer, comme dit le poète. Puis New York. Port. Statue de la Liberté, sa torche brandie pour éclairer le monde.

Est-il besoin de dire que troisième est parfois une bonne position? *Titanic* sombre en 1912 et *Lusitania* en 1915. Corps et biens. *George Washington*? Insubmersible. Dur à cuire. Héroïque. Ami d'acier. Disons-le dès à présent à tous les passagers qui, sur les quais de Brême, Southampton et Cherbourg, tremblent un peu en franchissant la passerelle et croisent les doigts au fond de leurs poches: rassurez-vous. Nous, ici, depuis l'avenir, on vous le garantit. Pas de naufrage au programme. Aucun.

Profitez tranquillement de cette espèce de Ritz flottant aux couloirs lambrissés de bois de citronnier, dont des images en noir et blanc perpétuent muettement l'escalier chantourné menant aux premières classes, les plafonds à caissons blanc crème et l'éclairage électrique encastré, les tapis-plains silencieux à grands motifs de fleurs, la verrière colorée du jardin d'hiver, les graciles plantes vertes dans des vasques de pierre rouge, berçant leur palme sur le roulis, les vastes miroirs trumeaux, les banquettes capitonnées de la salle de jeu, tout cet attirail de palace, piano, argenterie, cristallerie, et ce confort dégressif et moins photographié des secondes puis des troisièmes classes. Passez, vedettes de l'opéra, compositeurs à monocle, hommes d'État pour qui tonne le canon d'honneur, pour qui volent des drapeaux nationaux, et vous, émigrants par grandes grappes, personnel de bord et, oh, là, ça c'est amusant, éléphants, girafes, paons destinés à un zoo américain. L'occasion de rêver à la cage du lion qui voyagea aussi, à la grue qui l'élève du quai et à l'inquiétude menaçante du fauve tantôt montrant les crocs et feulant, tantôt se tapissant de peur et se retenant de glisser, pendant cet instant suspendu et pivotant dans les airs qui lui donne peut-être, avec le tournis, le rare sentiment de l'éternité.

Allons bon, les enfants déboulent. Interruption de l'écriture, j'ai l'habitude. Leur départ pour l'école. Je les accompagne à l'arrêt du bus. Au bout de la rue, le jour paresseux joue aux fléchettes roses sur une cible jaune et bleu. Bruxelles s'éveille. Toits de tuile et d'ardoise. Le bus est à l'heure. Dépêchez-vous ! Le roman attend.

2

On pourrait croire que c'est une autre histoire, mais pas du tout. Nous sommes dans la ville de Gand, en Belgique, à la fin du dix-neuvième siècle et nous suivons une jeune femme qui, vue d'ici, nous paraît presque entièrement dévorée par le temps et l'oubli, mais dont on sait tout de même qu'elle s'appelle Berthe. Berthe Bovy. Initiales qui nous donnent quelques droits de la surnommer BB. BB de Gand. Plutôt de bonne famille. Son père (imaginons : col haut, fine moustache, sourcils froncés, œil sévère, accent flamand) est un officier distingué de l'armée belge. Le roi Léopold II l'envoie à Saint-Pétersbourg avec qualité de diplomate. Déménagement pour Berthe, qui suit ses parents, troque les tours gothiques de Gand pour les bulbes dorés de la Russie et les canaux et les façades à redents contre la Neva, le givre et les palais de couleur.

Qu'allait faire un diplomate belge à la cour du tsar ? Je ne trouve pas de documentation sur la mission du papa de Berthe. Mais les Belges à l'époque font quantité d'affaires dans le monde. On sait qu'ils achetaient des concessions minières dans le Donbass ukrainien ou qu'ils construisaient le réseau de tramway de Saint-Pétersbourg. Qu'importe.

Berthe, dont je n'ai pas de photo, je la vois brune et plutôt trapue, un visage rond, doux, une mâchoire assez forte. Une de ces physionomies tranquilles et résolues, dépourvues d'accroche-cœurs mais non de charme, sur lesquelles on ne se retourne pas mais qu'on ne peut faire autrement que d'apprécier de plus en plus avec le temps. De ces visages qui ont l'âge pour allié.

Ai-je assez dit par là que BB est un bon parti ?

Un qui mord à l'hameçon, bien profond dans la gorge, c'est Lou, le Chinois. Lou Tseng-Tsiang, petit de taille et étroit d'épaules, mais un regard d'onyx et des paupières qui ne cillent pas. Jeune homme, vers les vingt-cinq ans, fort bon polyglotte et d'ailleurs interprète à la légation de Chine. Comme tous les Chinois alors, portant jusqu'entre les omoplates la natte obligatoire en signe de soumission à la dynastie Qing finissante.

Ils ont dû se rencontrer, ces deux-là, lors de quelque événement diplomatique où Berthe aurait accompagné son père, un bal, disons, sous les lustres en cristal d'une de ces immenses salles ennuyeuses à force de marbre et de majesté. J'imagine le modeste interprète chinois en tenue de soie, broderies, et plus près de la tapisserie que des lustres, observateur réservé voire timide quand soudain, *boum,* tandis qu'un énorme colonel impérial à torse couvert de soleils d'or se fraie un passage, une jeune femme un peu gauche, bousculée, a fait un pas de retrait et planté son talon, *tac,* en plein dans le mille. Alors le jeune monsieur Lou ment quand il affirme que non, ça ne lui a pas fait mal du tout, mademoiselle, ne vous en faites pas. Et la jeune Berthe rit, et s'étonne de rire, parce que ce n'est pas son genre de rire comme ça quand elle vient d'écraser le pied d'un inconnu, surtout lors d'une réception où son père lui a recommandé comme toujours de se tenir très bien.

Alors pour Lou, c'est fatal. Car le visage de BB, quand il est animé par la bonne humeur, est irrésistible. Ça, j'en suis sûr. En plus, sa voix, quand elle a ri, est venue si sincèrement et du fond du ventre, si naturelle, si éclatante…

Berthe est gênée de cet éclat. Mais qu'est-ce qui lui a donc pris ! Devrait-elle s'enfuir, là, tout de suite ? Il y a du monde assez dans cette dense forêt de costumes et de robes, de queues-de-pie, de martingales, de chapeaux à panache portés sur l'avant-bras, d'épaules nues et de traînes de satin, pour disparaître en quelques pas comme un animal furtif. Il semble pourtant qu'elle ne pique même pas un fard. Juste un mouvement du cœur un peu étrange. S'en aller, non, ce serait laisser derrière soi ce rire impertinent comme un acte malpoli. Demeurer lui donne au moins une chance de devenir autre chose.

Lou, beaucoup plus tard, dans ses *Souvenirs et pensées* de vieil homme, dira combien il était cruellement habituel à Pétersbourg de se moquer des Chinois, le peuple à l'époque le plus dérisoire, le plus *dévalué*, dit-il, de la terre. Mais comme Berthe est restée, que son rire est communicatif, que Lou et elle ont commencé sans se connaître à rire ensemble et que rire entre inconnus, pour de vrai, est fort comme l'amour, Lou quitte la soirée trois heures plus tard avec l'image de BB gravée sur la rétine, tatouée dans le cœur, dessinée au fond des entrailles. Partout.

Ça arrive, parfois.

Et si ce ne fut ainsi, ce fut pareil.

Berthe passait le temps à Saint-Pétersbourg en enseignant le français à des enfants de bonne famille.

3

Au moyen d'outils divers, à peine plus délicats que ceux qui avaient servi à construire le grand navire, on détache à présent les boiseries de citronnier, les miroirs trumeaux, les tentures de soie rose et les moquettes du *George Washington*. Ça va se revendre à l'encan, sans doute. Rien ne se perd.

L'âme du navire en souffre. Elle ne sait pas que c'est la guerre. Qu'après les vedettes de l'opéra, ce sont des soldats dont on acclame le départ courageux à son bord.

Hommage d'une canonnade dans le port de New York, équipages au garde-à-vous sur le pont des navires marchands, sifflets, sirènes au passage du *George Washington* confisqué, réquisitionné et mué en transport de troupes. Ils sont en 1917.

Ce ne sont plus les dauphins que l'on guette ni le panache occasionnel et miraculeux d'un cétacé ; c'est le périscope que l'on craint et le sillage diffus et retardé des torpilles. Les marins en bleu, guêtres et bérets blancs ; les troupes du corps expéditionnaire américain en uniforme de drap couleur olive, chapeau large bord, ceinturon à pochettes.

Beaucoup d'allers simples, dans ces passagers-là.

Des petits galons à l'épaule, ou pas.

L'itinéraire classique les mène d'abord aux Açores puis remonte jusqu'à Brest, dessinant en une grosse semaine un V qui a ses raisons pratiques et logistiques, mais dont le signe victorieux tout de même s'offre aux yeux du ciel.

Moral très haut, à bord ; âge moyen, en revanche, très bas.

« La Fayette, nous voilà ! » aurait dit en mettant pied à terre quelqu'un qui avait le sens de la formule, et de l'amitié.

4

Il faut que je poursuive l'histoire extraordinaire de Lou. Comment son maître a la tête tranchée et comment il devient, lui, Premier ministre. Allons-y, pas trop vite.

Parce que BB et Lou, c'est du sérieux. Pas sûr, toutefois, que papa et maman Bovy voient d'un très bon œil cette relation de leur fille avec un petit interprète chinois.

— Mais il est plein d'avenir !

— Tu l'as vu ? Permets-nous d'en douter ! Et puis calme-toi ! Oh, que fais-tu ? Tu sors ? Du moins, couvre-toi !

Clac.

— Quand elle a une idée quelque part… C'est bien ta fille, en tout cas.

— Tu peux parler, toi !

Et Berthe, le cœur serré, faisant un tour pas assez couverte et s'en foutant, sous le soleil si bas de Saint-Pétersbourg en hiver. Son haleine forme des petits nuages de vapeur, qui cristallisent aussitôt. Cochers, fouets, chevaux souffrants, neige sale, grelots des traîneaux russes. Crépuscule permanent.

Le mariage a lieu tout de même. Dans une chapelle catholique comme Berthe, sous l'invocation de sainte

Catherine, et béni par un certain père Lagrange. BB est désormais madame Lou.

Elle avait bien raison, qu'il avait de l'avenir, le petit Lou ! Preuve : en 1912, quand on appelle le Premier ministre à Pékin, c'est Lou qui répond. Pas comme secrétaire ou téléphoniste, hein. Comme Premier ministre ! L'eau a coulé sous les ponts. Le petit interprète de Saint-Pétersbourg, s'étant gagné la confiance de l'illustre ambassadeur Shu King-Shen qu'il suivait partout pour le traduire en français, est passé diplomate, puis conseiller et enfin ambassadeur à son tour. Certes, quand Shu, son maître vénéré, s'est fait couper la tête, sur ordre capricieux de l'impératrice Cixi, lors d'un malencontreux passage à Pékin, on l'a vu hésiter à rendre son tablier. BB l'y poussait peut-être. Ou pas ! Quoi qu'il en soit, en 1906, à La Haye, Berthe au bras de Lou est « madame l'ambassadrice de Chine », et elle peut expliquer fièrement que son petit mari (là, celui avec l'énorme étoile émaillée sur la poitrine, l'ordre impérial du Double Dragon) est le premier ambassadeur à s'être coupé la natte, en signe de protestation progressiste et républicaine, qu'il risque la peine de mort, oui, mais que pour l'instant ça va.

— Et les enfants ? Vous n'avez pas d'enfants ?

— Hélas, non. Dieu ne nous en a pas donné.

— Dieu ?…

Il faut dire que Berthe est catholique.

Le 31 décembre 1911, Lou est encore le premier ambassadeur à télégraphier à l'empereur de Chine sur la nécessité d'abdiquer au plus tôt pour éviter une guerre civile. Fin de la dynastie Qing et de son aveuglement médiéval. La République est proclamée en février. Le nouveau régime fait appel à Lou, l'ambassadeur sans natte, qui prend en charge le ministère des Affaires étrangères, puis le poste de Premier ministre puis, enfin, à nouveau, mieux à sa place, dit-il, les Affaires étrangères, quand l'Allemagne envahit la Belgique, le pays de BB. 1914. Le conflit, par le domino des jeux d'alliance et des colonies européennes, s'étend au globe et la Chine entre dans la guerre dans le camp des Alliés.

Lou arbore au quotidien une moustache effilée qui lui barre le visage jusqu'aux pommettes. Berthe, on le sait, traîne une vilaine petite toux, compliquée d'un peu d'asthme qui remonte à l'enfance. Mais ce n'est rien, je vous dis. Rien du tout.

5

Toutes les choses ont une fin. Ce qui tombe bien, quand il s'agit de la guerre mondiale.

L'empereur qui l'avait déclenchée, Guillaume II de Prusse, Kaiser d'Allemagne, abandonne son quartier général établi dans les hôtels de la ville d'eaux belge de Spa. Il ne signera pas l'armistice lui-même et préfère fuir vers un pays resté neutre, où l'on n'ira pas le chercher.

— Fuir ? s'exclame-t-il, indigné. Non ! Je pars en exil !

Oui, d'accord. En exil… Il monte en gare de Liège dans son train privé, duquel, armistice oblige, on l'a tout de même contraint de décrocher le dernier wagon : la plateforme surmontée de mitrailleuses. Sous la huée des gens massés le long de la voie ferrée, il s'échappe vers la Hollande, où sa lointaine, neutre et royale cousine, souveraine de cet État, le laisse s'installer. À Doorn, dans un château.

Doorn, qui veut dire « épine ».

Kaiser, votre moustache, votre grandeur, et cette épine : nous, on reviendra vous voir.

Le onze du onze à onze heures précises, l'armistice étant venu le jour de la Saint-Martin, l'un des patrons de la

France, les cloches de toute l'Europe victorieuse secouent les âmes et les os jusque dans les plus petits hameaux, enfin, un vacarme, un potin, une extension de bruit, une nappe de son plus vaste que l'onde de choc d'aucune bombe. Grandeur de la paix. Cessez le feu !

Certes, la guerre goulue, dans un dernier bâillement, entre la signature de l'armistice lui-même, avant l'aube, et son annonce officielle à onze heures à coups de cloches, a encore vite, vite, vidé son verre : des escarmouches inutiles, des assauts absurdes lancés à neuf heures du matin, des ponts repris, des tranchées perdues, des pères de famille envoyés *ad patres* les mains en croix sur du sang sortant à gros bouillons d'un trou dans l'uniforme, et des jeunes gars criant encore et que brusquement – on n'entendra plus jamais. Mais la mécanique de la paix est lancée. À Washington, un homme nommé Wilson, la soixantaine, grand maigre, marié à une descendante directe de Pocahontas et, pour l'heure, président des États-Unis, s'apprête à voyager en Europe. Sur les quais de New York on apprend que ce sera à bord du *George Washington* que le président et sa pléthorique délégation s'embarqueront.

— Quand ?

— Bientôt. Début décembre, sans doute. Le temps des préparatifs.

— Oui, oui, bien sûr.

Et c'est comme ça, cher navire mon ami, qu'on entre dans l'histoire avec un grand H.

6

Le jour de l'armistice, ou plutôt le lendemain, mardi 12 novembre 1918, un bonhomme nommé Berger (et qui plus tard publiera ses souvenirs anecdotiques dans un petit livre que j'ai présentement entre les mains) se dirige à son heure habituelle et matinale vers la Bourse de Paris. Plus gai qu'à l'ordinaire, et espérant naïvement qu'à compter de ce jour son travail n'aura plus de raison d'être. Il faut dire : il travaille à la censure.

Comme tout bon censeur, Berger est méthodique, et c'est grâce à lui que l'on sait que pour rejoindre les bureaux de la censure, au sixième étage de la Bourse, on fait cent vingt-quatre fois *zlip* de la semelle sur une marche.

Compter les marches dans l'escalier, et les compter chaque jour… Pour s'assurer, peut-être, qu'il n'en manque pas ? Ou parce que inconsciemment on le désire ? Comme quelqu'un qui répéterait chaque jour *un plus un* en espérant qu'un beau matin, étonnamment, et sans que rien n'ait permis de le prévoir, ça ne fasse pas seulement *deux* ?

Le douze du onze, en tout cas, il ne manquait pas de marche.

Il nous raconte joliment, Berger, Marcel Berger, que

l'humeur dans les bureaux enfumés était guillerette, que sur le grand cahier où les instructions de censure étaient consignées pour chaque jour quelqu'un avait écrit, en caractères très grands : l'armistice passe ! Et je me demande même si ce n'était pas en couleur.

« Passe », parce que sur ce grand cahier il était écrit généralement, par exemple « manifestations ouvrières de Toulouse », *passe*, ou bien au contraire, *ne passe pas* selon que tel sujet devait être *échoppé*, c'est-à-dire censuré, ou non, sur les *morasses*, c'est-à-dire les épreuves, que la presse envoyait aux bureaux (tous les mauvais métiers ont leur jargon). Sans blague : l'armistice passe. Encore heureux !

Le chef du bureau s'appelle Nusillard. Grade : commandant. Il est en ligne téléphonique directe avec M. Mandel, chef de cabinet et bras droit de M. Clemenceau, le *big boss*. Oui, ces gens ont donné leur nom à des rues de Paris. Avenue Georges-Mandel, par exemple, c'est dans le seizième arrondissement.

Mais aujourd'hui, donc, 12 novembre 1918, pas de consignes. L'armistice passe. Enfin, tout passe. C'est bon. C'est comme un jour de congé. D'où cette atmosphère un peu potache. Les collègues assis sur les bureaux, les pieds sur la chaise, comblant les cendriers en racontant ce qu'ils ont vu, hier soir, aux Champs-Élysées obscurs, des couples dans les fourrés que la paix excitait pas mal. Plusieurs collègues rient en soufflant par le nez. On plisse les yeux, aussi.

Beaucoup de bois dans l'atmosphère visuelle : le sol, tout le mobilier.

Les murs jaunis.

Les plafonds pas très hauts.

7

Alors, puisque l'armistice est signé, là-bas, dans une clairière de cette Europe si lointaine, BB, Berthe, depuis Pékin, accompagne son époux Lou à Paris, pour la conférence de la paix.

Par quel moyen rejoint-on l'Europe depuis la Chine ? On pourrait le faire par l'ouest, en empruntant le chemin de fer transsibérien, se ressouvenant de Blaise Cendrars ou de Michel Strogoff. C'est à ça qu'il sert, ce train mythique. Mais en 1918, la Russie est déjà soviétique et se secoue encore dans les désordres de la révolution. Alors, c'est plus sûrement par la voie maritime qu'on s'engage. Par l'est : traversée de la mer de Chine et du Pacifique, arrivée en Californie par le détroit au nom somme toute assez asiatique de la Porte d'Or, *Golden Gate*, ses îles bleues, la baie vermeille et toujours venteuse de San Francisco, puis traversée du continent américain dans les fameux *sleepings*, trains couchettes au confort ronflant, chapelet de villes et d'étapes, Sacramento, Reno, Salt Lake City, Cheyenne, Omaha, Des Moines, Chicago, Niagara Falls, Buffalo, et New York, enfin, tout le monde descend, où se réembarquer et tracer en bateau ce grand V dans l'Atlantique, via les Açores, arriver à Brest, y prendre le train pour Paris et là (ouf, vous êtes fatigué ? Et eux donc !) aller loger à l'hôtel Lutetia bien mérité, c'est-à-dire franchir la Seine et tournicoter en taxi dans les rues et boulevards de la rive gauche. Éviter de temps en temps des effondrements dans la chaussée (eh oui, Paris a été bombardé, ma p'tite dame, les bombes tombaient des zeppelins).

Les taxis en 1919 sont ces guimbardes qui devaient sembler modernes, conduite extérieure, long axe de direction et volant au bout comme une sucette géante, roues à rayons de bois peint, pétarade assurée et qui foncent entre les voitures à cheval en respectant le moins possible la limitation de vitesse fixée à quarante kilomètres-heure. Pourtant, on n'est pas en retard, la conférence de la paix, en présence de toutes les délégations alliées du monde, ne s'ouvrira que le 18 janvier.

— Oh, regardez, là !

Là, c'est une voiture un peu plus cossue. La Rolls-Royce de Georges Clemenceau, le président du Conseil.

— Vous en êtes sûr ?

Si je vous le dis. (Rolls noire, très carrée, quelques éléments chromés.)

— Il carbure, dites donc !

C'est un homme d'action. Il aime la vitesse. Il demande toujours à son chauffeur d'enfoncer le champignon.

— C'est pas qu'il roule, il vole ! Il plane un centimètre au-dessus des pavés. Ça va déraper dans les virages !

Ne vous en faites pas pour lui. Moi qui écris, je peux vous garantir qu'il ne mourra pas dans un accident de voiture.

— Ah ? Et comment mourra-t-il ?

Ce sont des questions qu'on ne pose pas. Elles portent malheur.

Le taxi de Lou et Berthe s'arrête devant le Lutetia et un portier en grand manteau cousu de vingt boutons dorés ôte sa casquette, leur souhaite la bienvenue et fait signe à deux grooms : les bagages !

La délégation chinoise au total était pauvrement réduite à deux ou trois personnalités officielles plus quelques fonctionnaires et experts. Lou en était le chef. Son second était un jeune et brillant juriste, pour lors diplomate et ambassadeur de Chine à Washington, aux dents longues, plus loup que Lou. Manifestement élevé dans l'entourage des milieux anglo-saxons de Chine par des parents passionnés de la bataille de Waterloo, comme son prénom l'indique : *Wellington* Koo. On a des photos de Koo et de son épouse aux courses à Ascot ou sur le pont d'un transatlantique. Tous deux tirés à quatre épingles (superbe perle dans la cravate), d'une beauté et d'une élégance de magazine. Et l'on trouve dans les souvenirs de Clemenceau un chouïa d'ironie quand il se souvient de lui : « un chat chinois de discours et d'habit parisiens. » Bon.

On imagine mal deux paires plus mal assorties que Wellington et sa femme, d'un côté, brillants, et Berthe et Lou de l'autre, sérieux, beaucoup plus humbles, presque effacés. Lou, stoïque, sévère ; et Wellington trouvant que Lou manque à son devoir en refusant les repas brillants et les réceptions au Ritz. Et la femme chinoise de Koo jugeant Berthe durement. Non seulement parce qu'elle est étrangère, mais parce qu'elle ferait mieux, au lieu de pousser des portes d'églises et d'y allumer dévotement des cierges avec une ridicule dentelle flamande sur les cheveux, de pousser la porte de la boutique de Jeanne Paquin, rue de la Paix, et d'en sortir avec des robes qui ne feront pas dire que la Chine n'a pas les moyens !

Ô Lou, ô BB, comme il fallait être patients !

Les affaires chinoises, qui n'intéressaient pas grand monde, ne seraient débattues officiellement que deux fois en cinq mois. Et sans le moindre résultat. Tout ça pour ça.

8

Le président américain Wilson lui aussi doit se rendre à la conférence de la paix. Il y est même attendu comme le roi de la fête ! Parce que la paix, c'est lui ! Ce sont les Américains ! C'est leur entrée en guerre qui a tout changé. Ils ne sont entrés en guerre que pour en faire sortir les autres. Ils y ont aplani le chemin de la paix. Et c'est peut-être parce qu'il est fils de pasteur, grand, maigre, ascétique en un mot, qu'en Europe on l'adule comme un messie. Les foules, bien sûr. Première image de pape mondial. Les Jean-Paul II et pape François sont dans son sillage, pour ne pas dire dans son ombre. Président Wilson. Dans président, il y a prédicateur, n'est-ce pas ? Lèvres fines, nez alpin, les yeux tristes de l'homme sage, le sourire doux de l'homme bon. Parfait cocktail qui avance là, sous un chapeau haut de forme satiné dit « huit-reflets ».

Pas si simple, on verra.

Mais messie tout de même. Et l'Amérique, poitrine gonflée, dans un jet de confettis, clame sa joie de l'envoyer en Europe forger la paix mondiale. D'énormes dirigeables flottent dans les airs au-dessus de Hoboken et du port de New York. Une escadrille pétaradante entame une démonstration d'acrobaties, mon ami le paquebot *George Washington* se sent léger après son effort de guerre, et honoré des six destroyers à coque bleutée qui l'escortent. Mercredi 4 décembre 1918. Mercredi, jour de Mercure; Mercure, c'est-à-dire Hermès, le dieu des voyages et des déplacements. Bon augure.

Les avions de parade rebroussent chemin en saluant des ailes, et retournent à leur base de Long Island. Seul un dirigeable suit encore le paquebot présidentiel, grand fuseau oblong dans le ciel, ballon de rugby disputé par de musculeux cumulonimbus. À son tour il fait les signaux d'adieu, puis volte-face, manœuvre difficile et dérivante. Sur le pont, des hommes en costume agitent leur chapeau. L'horizon a englouti la terre. La boule orange du soleil s'efface dans un bain de brume froide. Et le navire de même, dans la nuit.

Alors nous, pour continuer le voyage avec des yeux et un témoin, on doit partir à la recherche de Charles. Charles Seymour. Dans les couloirs du bateau dénudé de son luxe. On cherche partout, jusque chez le soutier. Et on le trouve, Charles, dans un salon converti en fumoir, ce gars de trente-trois ans penché sur du papier pelure où il écrit à toute allure une interminable lettre à sa femme. La première d'une longue série (la lettre, pas sa femme). Charles, précieux témoin, qui fait surnager sur son papier bleu le souvenir de ce qui se passe et construit à sa manière, avec ces lettres, un navire transportant faits et gens vers l'avenir, une arche de papier sur l'océan de l'oubli. Des petits détails. Par exemple, il est tout fou d'avoir croisé et salué la première dame, qui semble de belle humeur et fait des allers-retours sur le pont-véranda. Il la trouve laide, ou du moins sa bouche l'a épouvanté, armée, dit-il, d'une denture énorme.

Impossible à vérifier. Les images de Mme Wilson (photographies doucement floues, animation saccadée des actualités Pathé) ne donnent pas cette impression. Massive, certes. Joli chapeau, en tout cas. Une sorte de toque à plumes. Élégance Art déco avant la lettre.

Charles Seymour est un jeune professeur de Yale, spécialiste de l'Europe centrale. Que Wilson, lui-même ancien recteur d'université, emmène parmi ses mille et un experts. Son épouse restée en Amérique s'appelle Gladys. Nul ne dit si elle a une grande bouche et de grandes dents. Charles raconte à Gladys le *briefing* qu'ils ont reçu du président (c'est la première fois qu'il le voit de si près, il a parfois l'air las et soucieux), dans une salle qui tangue, dans le bruit des machines, avec la mer qui paraît et disparaît dans l'œil des hublots, sur la stratégie diplomatique et les lignes de conduite générales à suivre pendant la conférence de la paix. Charles dit que le président transmet une ferveur magnétique. Mais qu'il semble par ailleurs insoucieux de tous les détails. Il a l'idée du but, mais n'évoque guère les moyens d'y parvenir. C'est un génie, qui voit une œuvre grandiose : créer une Société des Nations, un genre de Parlement mondial, où la planète humaine prendrait conscience de son unité. Et, partant, de l'absurdité de toute guerre. Pour le reste, on aurait plus ou moins carte blanche, tant qu'on fait entrer la Société des Nations dans le *deal*.

Moi, quand je vois les images sur Internet, c'est plutôt le président Wilson qui me donne l'impression d'avoir des dents effrayantes.

Charles, lui, au milieu de l'Atlantique et dans l'enthousiasme, témoigne des belles mains du président, grandes, de son regard intense, de ses jambes qui lui paraissent courtes en comparaison de son buste. D'une manière très personnelle qu'il a de s'asseoir et de croiser les jambes. Puis des honneurs du canon qu'on leur fait quand ils passent au large des Açores, puis de l'arrivée à Brest (que des caméras Pathé n'ont pas ratée), puis du train, sans attendre, directement vers Paris. De sa déception d'avoir traversé le territoire de nuit, lui qui espérait voir le paysage et peut-être les ravages de la guerre, les champs semés de croix de bois « que la charrue fait un détour pour éviter », comme on lisait dans la propagande américaine. De l'arrivée dans la petite gare du bois de Boulogne, Paris seizième arrondissement, toute pavoisée aux couleurs communes à la France et aux États-Unis ; des gens aux fenêtres, pour voir le messie, et même sur les corniches et juchés sur les toits, petits Zachée parisiens ; du transfert jusqu'à l'hôtel Crillon, place de la Concorde, réquisitionné pour loger la délégation américaine, et du temps étonnamment doux, certainement pas assez froid pour porter la formidable pelisse que Gladys lui a offerte, qui lui a servi de couverture dans la cabine spartiate du *George Washington*, et qui occupe la moitié de la place dans sa malle.

Ah oui, encore une chose : Charles, à peine arrivé, sort faire un tour (on aurait agi comme lui) pour revoir Paris (il l'a vu avec Gladys avant la guerre) et déjà sur la place de la Concorde, à quelques pas de la porte de l'hôtel, l'étonnement l'arrête devant l'une de ces grandes statues qui ornent l'esplanade et qui représentent les principales villes de France : celle de Strasbourg (un copain m'a dit qu'elle avait été faite sur le modèle de Juliette Drouet, la jolie maîtresse de Victor Hugo, à vérifier) disparaît presque entièrement sous un amoncellement de drapeaux français et autres symboles nationaux. Qui lui font comme une grande robe, ou une pyramide de draps. Un cône dont elle émerge tout juste. Eh oui, ils ont récupéré Strasbourg, l'Alsace et la Lorraine. Curieuse vision, cette statue ensevelie, accablée de guirlandes.

On dirait une madone espagnole.

9

Sur les dépouilles de guerre de la place de la Concorde, le censeur Berger dans ses souvenirs est nettement plus acide. Charles Seymour a vu sur la place, ce 14 décembre, au-delà de la statue de Strasbourg et entourés de barrières dites « Nadar », des blindés et canons allemands tout à fait désossés posés là comme des trophées. Berger, lui, a vu, un mois plus tôt, le jour de l'armistice, comme on les a apportés et livrés à la foule, qui les a, avec la violente méticulosité d'une colonie de fourmis, décortiqués jusqu'à l'os, permettant, dit Berger, à plus d'un planqué de se faire des preuves matérielles de courage et d'engagement à exhiber plus tard devant les petits-enfants.

Mais, Berger, vous êtes censeur, et peut-être trop enclin à chercher la petite bête.

Bon, allez. Ce 14 décembre, manque-t-il une marche ? Non. Cent vingt-quatre. En revanche, vous espériez bien ne plus devoir remplir votre fonction. Vous aviez cru naïvement que l'armistice signé, la censure serait levée.

Patience.

Entrez, poussez la porte.

— Bonjour !

Que dit le grand cahier aujourd'hui ?

L'arrivée de Wilson : passe ! L'interdiction faite aux socialistes d'organiser une fête pour son arrivée à Brest : ne passe pas. Eh oui ! On se méfie du « poison bolchevique ».

Berger, à tes ciseaux ! À vos marques, prêts ? Coupez !

Et puis aussi, cette étrange recommandation puritaine de veiller à ce qu'on ne relaie pas de rumeurs concernant le mariage du président Wilson. Quelles rumeurs ? Aucune idée. C'est son second mariage, mais et alors ? Wilson était veuf ! Parce qu'on affirme qu'elle remonte à Pocahontas en ligne directe ? Et alors ? Je ne vois pas le problème. Ou simplement pour garder la vie privée hors des débats et de la chronique ? Bon. Ça, d'accord.

Alors très bien, on respectera la vie privée du couple et on se contentera de les suivre jusqu'au logis que la République française leur a prévu. Non point au Crillon, comme l'armée des experts, mais dans l'hôtel particulier de la famille Murat, rue de Monceau, dans le huitième arrondissement. Fastueuse demeure, bien qu'un peu sombre. Entrez. Vous êtes chez les descendants en ligne directe de ce Murat, chez ce fils d'aubergiste devenu aide de camp du grand Napoléon puis maréchal d'Empire, puis même roi de Naples, et qu'aucun danger n'empêcha jamais de charger à la tête de sa cavalerie. Joachim, de son prénom. Qui avait les cheveux crépus, le front énergique et l'œil noir comme s'il était tout pupille. Et qui est mort par balle. Voyez ce portrait, là !

Par discrétion, donc, on se contentera de regarder par la fenêtre le couple Wilson prendre possession de ce palais meublé de souvenirs Empire et de tableaux de guerre à cheval. Plus l'incongruité des fils du téléphone courant le long des lambris blancs et des moulures.

Ils font apparemment des gestes d'admiration dans la grande galerie, des signes de reconnaissance. Puis, fourbus, ils demanderont à se retirer dans leurs appartements.

Les vannes des radiateurs ont été ouvertes d'avance.

Tout le confort moderne.

La vérité de leurs visages, aux Wilson, est restée dans ces miroirs-là, psychés ou trumeaux, où Murat aussi s'était miré.

10

Amère assurément fut pour Lou et les Chinois la conférence de la paix. Ce n'est pas difficile de se les représenter, de les voir sortir de l'hôtel bien chaud sur le trottoir tout froid, par exemple, tel jour de février, Wellington Koo, sa femme, Lou et Berthe, les autres. Le Lutetia a tellement peu changé, en somme. Cette façade onduleuse en pierres de France, rue de Sèvres, devant un joli petit square entouré de grilles vertes. Concevons seulement un biplan, de temps en temps, survolant en bourdonnant les toits de Paris pour une raison obscure.

Un jour gris parmi les arbres nus, une voiture conduit Lou et Koo, chefs de la délégation, au Quai d'Orsay. La conférence de la paix va écouter la cause chinoise. Enfin ! Lou a dit à Wellington Koo : c'est toi qui parleras. Fierté, poitrine bombée. Épingle de cravate. Escaliers, lustres, salutations. On peut entrer. Impression qu'il va soutenir une thèse ou passer un examen. Le jury est composé des grands. Surtout France, Grande-Bretagne, États-Unis, Italie, Japon. Et c'est alors cette éloquence de chat chinois, dont a parlé Clemenceau avec condescendance dans ses souvenirs. Éloquence en anglais, qu'il faut imaginer traduite très exactement et simultanément en français par l'interprète officiel de la conférence, un certain Paul Mantoux, digne, grave et neutre, et qui doit certains jours se sentir inutile, puisque l'aréopage devant lui connaît fort bien la langue. À commencer par le vieux Clemenceau sous sa moustache blanche, qui a fait jadis, comme un jeune bourgeois d'aujourd'hui, deux ans aux *States* après ses études. Dans son coin, tout en écoutant Koo, Lou, ex-interprète lui-même, regarde sans doute Mantoux mélancoliquement, comme on voit sa propre jeunesse.

La cause chinoise, à l'époque, c'est le Shandong. Qu'est-ce que le Shandong ? C'est une péninsule en forme de dragon s'avançant dans la mer Jaune, face à la Corée. C'est surtout un gros morceau de Chine occupé par les Allemands avant la guerre, libéré par les Japonais, mais aussitôt annexé par ceux-ci mêmes. Il y a là toutes les mines, et puis les infrastructures allemandes. Il y a là quelques millions de Chinois, accessoirement. Sans oublier les brasseries implantées par les Bavarois et qui font encore couler leur or clair à fortes bulles dans les célèbres bouteilles vertes de Tsingtao. Bref, le plaidoyer de Wellington Koo est tout ce qu'il y a de convaincant. Le jury, pour ainsi dire, s'est endormi. Quand on est sans pouvoir, on est sans influence. Et la Chine est alors sans aucun pouvoir.

Un mois plus tard, quand Lou lui-même vient insister, réexpliquer, replaider, le résultat est le même. Monsieur Wilson, vous aviez promis ! Et c'est vrai qu'il avait promis, Wilson, de rendre le Shandong à la Chine. Mais on est un peu gêné de l'apprendre : les Anglais avaient passé avec les Japonais un accord secret : l'Empire nippon acceptait d'entrer en guerre contre les Allemands à la condition que les territoires chinois d'où ils les délogeraient leur resteraient après la guerre. Alors voilà.

Tu parles encore un peu, Lou, là, dans cette pièce lambrissée surmontée de grands tableaux. En sachant toutefois que la parole tombe désormais de ta bouche comme feuille morte.

Tout son revient au silence, sagement, sans qu'il faille rien lui demander ; bon chien. La justice est impuissante. Tu t'en retournes d'où tu viens, au Lutetia. Et là, tu retrouves Berthe et tu vas lui annoncer ce que tu as résolu de faire.

11

Juste une parenthèse. On n'en sait rien, faute de documents. Mais j'ai absolument besoin d'imaginer BB.

Après toutes ces années chinoises, elle est à Paris pour quelques mois. À sa place, moi, je prendrais le train pour la Belgique. Voir la famille. Par désir ou par ce désir passif qu'on appelle obligation. Les trains Paris-Bruxelles, en 1919, ça roule très bien. Départ, comme aujourd'hui, de la gare du Nord. Je la fais aller à Bruxelles, puis de Bruxelles à Gand, sa ville natale.

Pour me rendre compte de Gand en ce temps-là, je consulte Google et je trouve tout d'abord quelques images d'un couvent de Visitandines éventré par l'explosion d'un zeppelin, et un pont de fer effondré au bout d'une rue. En descendant du train, en se promenant dans sa ville retrouvée, Berthe doit voir cela, en mieux, et avec un nœud dans la gorge. Google m'apprend aussi, et ça c'est fortiche, qu'en 1919 à Gand on annonce sur des affiches le récital de chant lyrique d'une certaine Vina Bovy, soprano. Bovy ! Comme Berthe !

Je surfe, je songe. Je trouve même Vina Bovy sur Spotify (127 auditeurs mensuels). J'écoute sa voix de velours dans la « nuit plus douce que le jour, ô belle nuit d'amour ». Je calcule les âges.

Une nièce de Berthe, sans doute, si je compte bien. Et je pense que Berthe doit souffrir un peu de ce joli minois sur l'affiche. *Successful*, jeune. BB, la cinquantaine approchant, sans enfants. Vina. Elle n'était pas au courant. En Chine, on ne lui dit rien, aussi. Rancœur involontaire inspirée par la Terre, les Forces, que sait-on ? Mais allez hop, elle se réjouit de la réussite de la petite nièce. Mais oui, mais oui. Et d'un bon pas, je la vois, en vraie Flamande catholique, se diriger vers Saint-Bavon, la cathédrale. Entrer. Obtenir du bedeau, moyennant un sourire qui coûte peu à une femme de ministre, l'ouverture de la chapelle de *L'Agneau mystique*, le célèbre retable où Jan Van Eyck a représenté la fin du monde, sous la forme d'une somptueuse procession des justes sur une étendue d'herbe tendre d'un vert inoubliable.

Le bedeau la conduit d'un air de mystère. Alors elle voit le polyptyque pas du tout comme elle s'y attendait. Le grand châssis compliqué, oui, mais comme une carcasse borgne. Décortiquée. Pleine de trous. Certains panneaux ont été cachés, ne sont pas encore revenus, d'autres, qu'on n'avait pu dissimuler, ont été emportés à Berlin pendant l'Occupation. Et je fais tomber là, opportunément, du vitrail, un rai de lumière solaire oblique, à travers la structure.

— Encore heureux qu'ils ne l'aient pas détruit, madame !

Saisissante image que ce retable d'absences. Un choc, tout de même. Que la mémoire, heureusement, dès que BB ferme les yeux, répare. Avec ferveur. Derrière ses paupières plissées, tout est là, à nouveau. L'agneau, et les populations d'après la fin du monde s'en approchant, sur un vert pâturage.

Les yeux fermés, elle prie pour ceux qui se trouvaient dans le réfectoire des Visitandines quand le feu est tombé du ciel, dont elle a vu les ruines tout à l'heure. Et puis je crois qu'elle pense à tous les morts de la guerre et que peut-être tout à coup elle comprend, je veux dire, qu'elle craque et qu'elle pleure. Parce que, elle, en Chine, en fin de compte, elle en a souffert quoi, de la guerre ? Planquée ! Larmes. Le bedeau, pudique, s'est éloigné. Chut. Pendant ce temps, dans le retable, puzzle incomplet, le terrain de golf parsemé de pâquerettes et les martyrs qui s'y avancent, les prophètes, les juges intègres à cheval, sous le regard des anges musiciens, d'Adam et Ève la pomme à la main, s'animent. Brillent même, peut-être. Peut-être que le bedeau voit vaguement d'étranges lumières là-bas dans la chapelle. Avant de recevoir de Berthe qui s'en va sans un mot une grosse pièce dans le creux de la main.

Et là, BB, dehors, réveillée par l'air piquant, va peut-être voir sa famille. Ou bien elle renonce. Un peu de solitude, finalement, c'était bien. Et reprend le train pour Paris. Berthe, la cinquantaine.

Lou ! BB revient. Gare du Nord. Taxi, aux frais du contribuable chinois, sans doute. Et elle te retrouve, rouge pivoine.

— Quoi ?

Elle lit sur ton visage l'humiliation confirmée.

— Ils n'ont rien voulu savoir. Ils ne peuvent pas rompre leur engagement avec les Japonais. Et le Japon est un des grands ! Ils sont au conseil des cinq, ils siègent, ils arbitrent ! Tu sais, l'inflexible baron Matsui ! Alors c'est simple.

— Simple ?

— On ne signera pas le traité de paix.

Berthe est déçue, d'abord. Comme si on lui disait qu'on partirait avant la fin, avant le dessert, avant le bouquet final. Puis elle réalise :

— Tu es fou ? C'est un camouflet ! Que dit Pékin ?

— Pékin veut qu'on signe. Toujours cette peur de déplaire. Mais je désobéirai.

Oui, c'est un camouflet. Mais c'est courageux, c'est juste et c'est libre. Et cela suffit.

On imagine sans peine que Wellington Koo souffre de cette exclusion volontaire. Et le concert des nations, alors ? Lou a décidé que la Chine y participerait en disant non. Comme un instrumentiste dans un orchestre aurait décidé une sorte d'attentat à la fausse note.

Laquelle fausse note passera terriblement inaperçue. Quelques chaises vides vite retirées dans la galerie des Glaces, à Versailles – car c'est là que l'aventure du traité de paix se termine –, où Lou s'est simplement privé d'assister à la plus formidable cérémonie diplomatique depuis le congrès de Vienne en 1814.

12

Alors, il faudra faire ses malles, au Lutetia. Ces grands coffres de bois et de cuir, qui se revendent très bien aujourd'hui, qui font penderie et tiroirs, authentiques armoires doublées de feuilles de moire havane et marron.

Il existe un beau portrait de Lou, peint à Paris en 1919 par un certain Enrico Arcioni, qui nous montre quelle chemise blanche à col cassé et bords ronds, quelle cravate noire fine de satin, quel blazer de drap anthracite à revers cranté Lou range à présent dans sa malle, grave et méticuleux, dans un cuisant silence d'échec. Il portait les espoirs de la Chine et le destin du Shandong, et il rentre les mains vides, le cœur froid. Le tableau nous montre aussi une rare capacité de calme, dont l'épicentre est situé dans le pli de la bouche, qui n'est ni un sourire, ni un air grave. Un exact et unique entre-deux. Ni ironie, ni douceur, ni, ni. Le portrait d'un homme dans son moment d'impassibilité la plus insaisissable. Souverainement discret. Modeste et inexpugnable. Avec une décoration au revers du veston, comme ajoutée après. Et puis cette moustache et cette barbiche, les mêmes dont tu fuis la vue dans le miroir, Lou, assurément, après ta décision de débâcle. Soutenu par personne.

Repartir, ça veut dire faire à nouveau un tour du monde. Train, transatlantique, traversée des États-Unis. Traversée du Pacifique.

Parfois, je me dis que ta meilleure amie, Lou, à la longue, ça doit être ta malle. Le tiroir où tu mets les boutons de manchette, l'étui avec ton matériel d'écriture. Leurs sons familiers.

Mer de Chine. La côte cantonaise en vue. Oser tourner les yeux vers bâbord, le sud, les horizons du Shandong qu'on t'avait demandé de ne pas laisser perdre. Avoir échoué. Sentiment peut-être plus vaste que la mer elle-même, là, devant, et ses flots noirs.

Les nouvelles sont allées bien plus vite que les bateaux.

Bruits de ferraille de la manœuvre, accostage, le vent soulève la double flammèche de ta moustache. On fixe les amarres aux bittes, le treuil et la cliquetante crémaillère serrent le bateau au quai. Coolies, bagages. La passerelle est posée devant la coupée. Il va falloir y aller.

Humide tiédeur de Shanghai, mais quel froid en toi.

On t'avait envoyé avec une mission, et tu reviens avec une démission.

13

Or donc, Wilson, lui, qu'on a laissé avec sa femme se mirant dans les glaces de l'hôtel Murat, avant le début de la conférence, Paris seizième, tout fraîchement arrivés, se prépare pour le bain de foule. Une promenade officielle et certainement triomphale à travers Paris dans d'élégantes voitures à cheval, sous les acclamations. Décembre encore : il n'y aura pas beaucoup de rameaux verts à prendre aux arbres et à agiter au passage du sauveur.

Il existe un art du coup de chapeau, auquel les grands hommes de ces temps devaient être rompus. Légère inclinaison du front, souvent du même côté, commandée par une impulsion de la nuque probablement bien exercée et peut-être surmusclée sur ce même côté. Sans oublier le mouvement, certes plus simple, mais tout de même, du poignet. Ces chapeaux s'appellent huit-reflets en raison de la qualité particulière de leur soie moirée, qui les rend à la fois ténébreux et lumineux. Ramure rachitique des platanes parisiens ; foule en effet immense et compacte d'où la joie soulagée de la paix n'a pas fini de jaillir et qui a des acclamations en réserve pour cinq, dix, cent cortèges de ce genre encore. Comment se lasser ? C'est la victoire, c'est la fin de la tuerie !

Impossible de savoir ce que le président de la République, Poincaré, dit à Wilson dans le grand landau découvert. Difficile même de savoir à côté de qui la *First Lady*, madame Wilson, se trouve assise dans la victoria débordante de fleurs. La photo est lointaine. Est-ce madame Poincaré ? Dans la foule, beaucoup de poilus encore. On n'a pas démobilisé. Un armistice, ça se brise : restons prudents. Leurs épaisses capotes de laine bleue, leurs moustaches, leurs casques à fine crête ou leurs képis, leurs yeux curieux, leurs cris de joie. (Leur chance, aussi, d'être parmi les vivants.) Sûr que certains se demandent qui est qui dans le défilé. Depuis un mois, ils en ont vu passer quelques-uns déjà, promenant dans Paris le char du triomphe. En voilà un qui compare ce défilé-ci et celui du roi Albert Ier. La semaine dernière. Albert, que les soldats appelaient le roi des poilus. Il était l'un des leurs, il avait de la boue aux chaussures !

— Tu as servi, toi, sur l'Yser ?

— Et comment !

Quand le cortège franchit la Seine, sur le pont de la Concorde, il y a soudain un choc d'images : le fleuve faisant défiler son cortège de reflets depuis des siècles entre les berges silencieuses, et là-haut le même défilé de gloire du monde transitant entre les chapeaux lancés, les bras agités et les vivats.

14

Quelque chose nous fait plaisir. Et c'est qu'à Shanghai, à la gare du chemin de fer, Lou a eu la surprise d'un attroupement de citoyens chinois qui le félicitaient, qui le remerciaient, qui lui criaient bravo. Je crois que Berthe aussi a dû être contente en voyant le sang revenir dans cette tête devenue si pâle depuis trois semaines.

— Quoi ? Que disent-ils ?

On dirait qu'il craint encore que ce ne soit pour le lyncher que les gens sont venus. Ils agitent à bout de bras des papiers de couleur, des affiches, des drapeaux. À lui également on fait un petit triomphe. Curieux ! Parce qu'il a dit non ? Parce qu'il n'a pas signé ?

Oui !

Et pas seulement à Shanghai. Gare suivante : rebelote.

À chaque station jusqu'à Pékin. Chapelet. Soutien complet de la population et gratitude pour avoir tenu tête. Revenir les mains vides, hélas ; mais la tête haute. Ce redressement de la nuque étant pour la Chine le début de quelque chose. D'où cet air d'aurore, les yeux de Lou un instant comme des soleils, la main de Berthe prenant la sienne et un relâchement subit, cet épuisement total quand on comprend enfin que l'œuvre est accomplie.

Je m'étais dit aussi, quand mon œuvre à moi sera accomplie, quand j'aurai fini l'écriture de ce roman, j'irai passer quelques jours au Lutetia. Pour me relire. Corriger. Avec le sentiment grisant probablement de loger *dans* le livre et de circuler dans ses couloirs. J'ai ouvert l'onglet réservations du site de l'hôtel, pour me faire une idée, mais le tarif qu'on m'a proposé, mille deux cents euros la nuitée, m'a dissuadé. J'ai failli en rire, failli être triste, mais aucun des deux finalement. Un regret ? Pas même. J'ai levé les yeux au ciel.

Où j'ai vu, d'ailleurs, des oiseaux de passage. Et j'ai repris mon texte, c'est-à-dire mon tressage de vies, remis une cartouche de temps dans mon stylo, et j'ai repris le chemin du texte, qui menait au numéro 8 de la rue Franklin, dans le seizième arrondissement de Paris. Voilà. C'est au rez-de-chaussée, un appartement que la grande ville se refuse à digérer et qu'on visite encore, intact. Pour une somme modique. L'appartement de Georges Clemenceau. Dans son jus. Mais oui. Allez. Visite guidée incluse.

— Voici son lit. Sachez que le grand homme, que l'on surnommait le Tigre, oui, le Tigre, vous imaginez un peu le tempérament, bref, donc, le grand homme se levait aux aurores, avait déjà quatre heures de travail derrière lui quand il arrivait au ministère.

Et c'est vrai qu'à condition de se faire oublier du guide et de se dissimuler derrière un paravent, ou derrière une porte, ou même dans les rinceaux du papier peint, en compagnie d'un de ces gros livres sur lui qu'on vend à l'entrée, il y a moyen de commencer à le voir, Clemenceau. Comme si l'on y était.

Ce que j'aime chez ce bonhomme de soixante-dix-huit ans, c'est sa jeunesse. Un œil rond dans un visage las, mais toujours prêt à s'allumer. À la moindre étincelle, idée, nécessité, la poudre d'amadou répandue sur ce visage fait de la lumière. J'aime aussi le côté roc, le côté falaise : vagues, écume, assaillez-moi tant que vous voudrez, je suis inébranlable. J'aime cette lourde moustache, qui sursaute comme une vieille femme chaque fois que cette mine bougonne se soulève en un sourire de gaieté. J'aime ces mains fortes, paumes carrées, doigts courts. Je crois que j'aurai les mêmes quand je serai vieux. Cette résolution, cette manière de chasser les doutes comme des mouches importunes. Là, par exemple, quand il se lève : assis sur le bord du lit, les mains larges posées sur les cuisses courtes, les poignets en dehors, soufflant par les naseaux, regardant mentalement le jour qui n'est pas encore venu, qui s'annonce à peine, puis se dressant d'un coup de reins, impavide, impénétrable, et traînant les pieds jusqu'à la petite salle de bains, Hercule accoutumé à ses travaux.

Et tandis qu'il se lave les mains avec application, qu'il se rince la bouche et se brosse les dents, avec une méticulosité quasi médicale (ah oui, le guide nous l'a dit, Clemenceau était médecin de formation et hygiéniste de spécialité), on reconnaît dans cette âme l'incarnation d'un des fameux préceptes de Gracián dans son manuel pour les héros : entreprendre toute chose difficile comme si elle était facile, et toute chose facile comme si elle était difficile. Alors, l'impossible cesse d'exister.

Privilège de respirer le même air que lui, dans la même pièce. Avancer en pantoufles vers le bureau – quelle étrange table de bureau il a, d'ailleurs : en éventail autour d'un trou central où l'on s'assied.

Et comme on ne la lui fait pas, au grand homme, il nous a repérés. Et il nous parle. Habitué à converser avec l'avenir, de tout et de rien. Il nous dit: c'est un bureau que j'ai fait faire sur le modèle d'un autre, incroyable en effet, qui m'avait beaucoup séduit, et que j'avais vu dans le bureau d'un évêque ! Non seulement il est commode, mais sa forme presque circulaire répond beaucoup mieux à la forme de la pensée. Au lieu de ces tables rectangulaires, qui ont quelque chose de bête, de borné. N'est-ce pas ? (Fugace sourire gai, danse de la moustache, diamant dans l'œil. Puis se rembrunit.)

Nous, on ne veut pas le déranger. On ne lui pose pas de questions. Mais on ne s'empêche pas non plus d'observer. Avec jouissance.

Il a jeté un regard par la fenêtre sur le jardinet, où il y a une roseraie, et un arbre qu'il a planté. Le guide nous a parlé de ces roses, et du soin que le président du Conseil leur apportait, lui-même, le sécateur à la main. Et un petit chapeau pour faire jardinier. Il nous a parlé aussi, dans la foulée, de son amitié pour Monet, Claude, le peintre. Clemenceau a d'ailleurs écrit un très beau livre sur les *Nymphéas.* En vente à l'entrée, si vous voulez.

Il suffirait d'attendre un peu pour voir le chauffeur, Brabant, et Decaudin, le planton militaire du président du Conseil, lui annoncer que la voiture est prête. On se réjouirait de voir les beaux gants de chevreau de Decaudin, et sa tenue impeccable où se reflètent à la fois la gloire de l'armée et la fierté de la victoire.

Les gants de Clemenceau ne sont pas mal non plus. Gris souris et, précise le guide, en coton, à cause d'un eczéma aux mains. Son manteau est très ample, si l'on en croit celui exposé dans une vitrine. Et grâce à une anecdote dans les *Mémoires* de Monnet, Jean, le père de l'Europe, on sait qu'il préférait l'enfiler lui-même plutôt que laisser une personne le servir. Le voilà qui sort de l'appartement, traverse la courette, franchit la porte cochère et respire l'air de la rue Benjamin-Franklin. Rolls-Royce, portière ouverte, *clac,* démarrage.

MOI : — N'hésitez pas à accélérer, Brabant. Il adore ça.

BRABANT : — Je sais !

15

On sait que Wilson, décembre 1919, pousse en train jusqu'en Italie avec la *First Lady* et qu'on leur y fait un accueil non moins enthousiaste qu'à Paris, la religion en plus. On brûle des cierges devant son effigie.

Très mauvais pour l'humilité.

Il descend jusqu'à Rome, où il a l'occasion de comparer son Capitole à lui, de Washington, avec l'original, autour de la statue de Marc-Aurèle, chez les vieux Européens. Et d'être reçu en audience par Benoît XV, l'homme à la tiare, à l'ombre de la coupole de Saint-Pierre et de Michel-Ange. Y passa-t-il Noël ? Noël, acclamation du messie, lui irait bien.

Charles Seymour, qui ne sait pas que nous sommes aussi en Amérique, occupés à lire par-dessus l'épaule de sa femme Gladys les lettres qu'il lui envoie très ponctuellement de Paris, nous raconte son Noël à lui. Paris, 1918. Sortis du Crillon, deux trois collègues et lui voulaient aller au Guignol, qui était bondé. Ils se sont rabattus sur des coups de Dubonnet au Café de l'Univers, avenue de l'Opéra. Deux des convives ayant combattu à Ypres et à Verdun en font des récits étonnants, décrivent le désert que ces lieux sont devenus, et puis ce point qui fait toujours plaisir, ils vantent la valeur des troupes coloniales. Puis viennent des détails qui font mal : le casque ramassé et qui contenait encore une tête, ou les obus explosant sur les tombes encore fraîches de l'an passé, envoyant des bouts de squelettes un peu partout. Vingt et une heures trente, on ne voit pas le temps passer, le café ferme, oui, c'est la règle, même le soir de Noël. Reste à tuer quelques heures et à trouver une place dans Saint-Sulpice pour la messe de minuit. Bondée, l'église, c'est-à-dire la nef, c'est-à-dire le navire, paquebot à l'envers. Tu aurais dû voir, Gladys, ces poilus qui portent si bien leur nom, moustachus et pas rasés sur les joues. « *Rough people. They certainly did the fighting.* » Qui ne lâchent pas leur bout de pain, même dans l'église. Qui mastiquent entre les cantiques. Combien d'explosions d'obus encore derrière ces paupières plissées ? Combien de bourdonnements pour toujours dans ces oreilles ?

Puis le célèbre Widor, Charles-Marie Widor, organiste à Saint-Sulpice, a fait gronder les grands tubes, la voix énorme d'un baryton a déferlé comme une lame sous les voûtes et tout le monde a repris le choral d'entrée, « *with all their lungs* », à pleins poumons.

C'était grandiose. Ah, Gladys, si tu étais là !

CHANT II

*Où l'on tue le tsar à Saint-Pétersbourg,
puis un policier à Paris, puis bref moment
de recueillement sur la tombe d'Hergé.*

1

Saint-Pétersbourg, de nouveau. Une quinzaine d'années avant l'arrivée et la rencontre de Berthe et de Lou. Un événement majeur : l'attentat à la dynamite contre le tsar Alexandre II (celui de l'abolition du servage, mais il avait mal géré la suite et c'était, comme toujours et partout, d'un chaos l'autre). Le tableau ? Neige, traîneau allant son train de tsar, huit chevaux, grelots (*chlingchling, chlingchling, chlingchling*, non ce n'est pas le père Noël), étendue pâle et vitreuse, rideaux de sapins noirs, bras de bouleaux morts, et *boum* sous le ciel gris. Explosion lumineuse et froide emportant la vie du tsar, et d'autres, dans la transparence glacée de l'atmosphère. Lambeaux rouges sur la neige. Dimanche 1er mars dans le calendrier russe ; 13 mars dans le nôtre. Grand concours de ferveur politico-religieuse, on l'imagine, dans les églises orthodoxes, patriarches, klobouks, mitres, millions de petits cierges flottant leur flamme dans les pénombres peintes et chargées d'encens. Châles, résilles noires, deuil ; haine à l'encontre des lâches terroristes !

Certains sont pris, d'autres pas.

Peut-être pas si lâches, d'ailleurs. Car quel courage ne faut-il pas pour, en toute illégalité, attenter à la vie d'un prince, en comparaison du courage qu'il faut aux princes pour attenter à la vie de milliers de soldats et de civils, simplement en déclarant la guerre, c'est-à-dire en toute légalité ? Le prince est protégé par le sacrement du pouvoir ; et le libertaire qui vise la cible la plus difficile et la plus dangereuse ne trouve-t-il pas un soutien quasi sacré, lui aussi, dans son idéal, dans ses rêves, dans ses amitiés ? Dans l'immensité même du risque qu'il court ?

Là, un certain Kibaltchitch, Léon de son prénom, et mouillé on ne sait pas trop jusqu'où dans l'attentat du tsar, fuit la répression sous une toque de fourrure et un faux nom, secoué par la jointure des rails, dans un wagon de troisième glace. Pardon : de troisième classe. Il fait si froid, le lapsus était inévitable.

Laissant derrière lui Pétersbourg et sa Kiev natale. Direction l'ouest, l'Europe.

Un brave jeune homme, ce Kibaltchitch, qui s'est laissé entraîner, peut-être, voilà tout. L'idéal, l'injustice. Tout sauf un assassin, bien sûr. Un étudiant en médecine, faisant son service comme sous-officier de cavalerie dans la garde impériale. À part ça, le nez toujours dans les livres, amoureux de la science et du progrès. Personnage dostoïevskien aussi, épris de liberté. Fatigué de l'Ancien Régime, mais jusqu'aux os ! Faut comprendre ! Puis un jour, sa tête toujours dans les livres, les nuages ou les feuilles clandestines, s'est approchée un peu trop près d'un laboratoire, sûrement assez romantique, où l'on fabriquait une bombe tyrannicide. Alors, pour ne pas la voir se balancer au bout d'une corde, sa tête (le cousin Nicolas, chimiste, et les camarades Mikhaïlov, Ryssakov, Jeliabov, et la camarade Sofia, ont été pendus haut et court, début avril, tous les cinq : ah les images dans le journal !), il fuit.

Autriche, Suisse, Angleterre, Belgique, vie ballottée ! Mais plus chaude depuis qu'il y a Véra, une Polonaise également radicalisée et qui a fui Saint-Pétersbourg comme lui. Ils s'aiment. Elle tombe enceinte. Le couple, pour lors, est à Bruxelles (pas loin de chez moi, même si à un siècle et quelques de distance), et l'enfant, sous la seule eau baptismale d'une bruine bien locale et le couvert féerique de ces perles baroques gris-rose et célestes qu'on appelle habituellement nuages, reçoit le nom de Victor.

Un nom pareil : pas du genre à se laisser abattre ! Il en avait trois, des prénoms : Victor (comme l'auteur des *Misérables*, le père du peuple), Napoléon (comme Napoléon) et Lvovitch (c'est-à-dire fils de Léon) Kibaltchitch. À coucher dehors, peut-être. Mais un vrai départ dans la vie. Malgré les déménagements incessants dans Bruxelles mal chauffée. Les appartements tristes le jour ; et la nuit enfumés et enflammés par papa et maman qui refont le monde avec leurs copains conspirateurs. On mange de l'idée, mais ça nourrit mal. Au mur, jamais oubliées lors des déménagements, dans des petits cadres bruns, les photos des camarades pendus au gibet. Pour donner une idée du menu : le petit frère Raoul, veillé par Victor, meurt de faim. Et pas seulement l'expression. Vraiment mourir. À dix ans. Haut comme trois pommes.

Victor, vieux, évoque dans *Mémoires d'un révolutionnaire* le jour où l'on mena son petit frère Raoul au cimetière. Lui et son père, personne d'autre pour le suivre. Pas même un ange. Pas la mère, non plus, qui était partie. Petit cercueil en bois de sapin.

C'est un cimetière joli, à Uccle, au bord de Bruxelles. Je suis tombé dessus, un jour, au hasard de mes longues promenades. Aucune trace de l'enfant Raoul. Allées de gravier, mousses, et un terrain si meuble que la moitié des tombes finissent de guingois. Les morts bougent. Raoul a dû être versé à la fosse commune, au fond. Même ça, d'ailleurs, ça coûtait de l'argent. Puis le cercueil aura été rendu.

C'est près d'un ancien chemin avec des vestiges préhistoriques. Aujourd'hui, devant le cimetière, il y a un très bon boucher et un coiffeur sympa. Il y a un feu de circulation aussi. De ceux qui restent longtemps au rouge. Patience.

Klaxon.

2

Pas mal de trous, tout de même, dans cette petite âme de Victor : mort du frère, départ de la maman, la photo des pendus à la maison et dans la mémoire, le père hébété continuant de fuir dans des livres de biologie. Sans compter les trous dans le pantalon et dans la semelle de ces souliers, les souliers de Victor, qui vont, là, descendant la chaussée d'Ixelles, faubourg de Bruxelles, et chassant la poussière d'un quartier pas encore pavé où l'on construit une nouvelle église, superbe, néogothique, dédiée à saint Boniface, et d'élégants immeubles de rapport pour l'environner. Victor est allé faire les commissions. Monte le même chemin, en sens inverse, un petit bigleux, qui se moque du gros chou rouge que Victor porte dans ses bras. Les deux gamins, juste comme ça, s'injurient, se disputent, en viennent aux mains et finissent bons copains, tu veux jouer avec moi, à demain, et à redemain. La plus belle chose du monde, une amitié, est née entre deux jeunes ados mal nourris. L'autre, c'est Raymond.

L'idéal est un virus qu'on attrape dans les livres. Et les deux gamins aiment ça.

Paris a ses Gavroche ; Bruxelles a ses *kets*. Quick et

Flupke, pour ceux qui se souviennent. Et avant eux, Victor et Raymond. Deux *kets*, les pieds dans le ruisseau, la tête sous une casquette et les idées tout au-dessus. Qui font des petits mauvais coups rigolos aux bourgeois en gibus, grimpent aux réverbères pour voir par-dessus les attroupements et connaissent les escaliers dérobés qui mènent, tout un symbole, aux toits vertigineux du palais de justice, cette énorme masse qui domine la ville. Où, tout en haut, c'est-à-dire dans leur élément, ils lisent. Ils *se* lisent, à haute voix, commentent, méditent. Fameux jeunes gens sur des charbons ardents. Que lisent-ils ? Des livres dangereux et des livres forts. Kropotkine, par exemple, oui, et les penseurs anarchistes. Verhaeren également, parce que la poésie leur sert de religion et les vers récités par cœur leur font une liturgie (oh oui, Verhaeren, « nous apportons, ivres du monde et de nous-mêmes, des cœurs d'hommes nouveaux dans le vieil univers »...). L'histoire illustrée de la Révolution française aussi (oh, les têtes sur les piques !). Victor Hugo, bien sûr. Zola. Leur poitrine se gonfle, tout là-haut. Et vus de là-haut, les gens normaux revêtent leur nature : des fourmis. Pensées délétères. Ah, les grands crépuscules rose et rouge sur la ville qui s'effilochent et l'horizon qui s'élargit. Victor et Raymond, Romulus et Remus buvant aux mamelles sanglantes du soleil. Qui ne s'est assis sur un toit interdit ne connaît rien du monde.

Et puis personne qui s'inquiète que vous rentriez tard à la maison, pas vrai ? Sauf parfois chez Raymond, quand le père soiffard avec son cou maigre cannelé de tendons a besoin de déverser une bonne gueulante sur la progéniture.

3

Quelques instantanés dans la vie de Kibaltchitch, Victor. On feuillette l'album.

Juin 1909, dix-huit ans et demi. Dans un buffet de gare, quelque part en Belgique : le jeune homme fait ses adieux à son vieux. Aucune émotion, mais une affection tranquille et respectueuse. Père et fils parlent physique et chimie, un peu, les théories nouvelles sur la structure de la matière. Ils se saluent, ils se voient pour la dernière fois : Victor largue les amarres, avec dix francs et deux chemises. La vie est un voyage, pas une destination.

Là, Victor, comme un personnage de Zola, sur la route des charbonnages dans le nord de la France, pèlerin hésitant entre socialisme et anarchie, ascète gyrovague louant sa force de travail et logeant sa tristesse dans les baraquements d'un coron, où les voisins le réveillent chaque nuit : cris et gémissements d'une femme derrière la paroi, qui supplie son homme de la cogner plus fort. « Bats-moi encore ! » Victor sur son grabat, seul et l'âme mal en point. Derrière le mur, les valseurs s'écroulent.

Là, Victor, tout dégoût bu, actionnant dans un galetas parisien, du côté du parc des Buttes-Chaumont, une presse tantôt déclarée, tantôt clandestine, d'où sortent comme un envol de papillons noirs des tracts anarchistes et des encouragements, tantôt sommaires, tantôt bavards, à la liberté individuelle, au refus de l'oppression, au rejet des oppresseurs. Il y a peut-être un peu de l'ambiance paternelle et maternelle dans la tabagie révolutionnaire où la presse de fonte gémit, la nuit, tandis que, comme ailleurs des bigots diraient un chapelet, les camarades égrènent les scandales qui crient justice. Et lui, et ça, et encore… Et l'ami Raymond jamais loin, devenu parisien lui aussi, et végétarien pardessus le marché, toujours trapu, toujours myope, mais fort, ardent, vingt ans et des poussières. Un pistolet dans la main. Des balles neuves entre les dents. Ricanant. Puis les logeant dans le barillet. Cliquetis métallique. Plaisir des armes.

— Tu te souviens, Victor ?

— Oui, Raymond, oui.

Puis Raymond tue. Un policier. Voilà. L'histoire est connue.

Le doigt sur la détente, passé dans le pontet comme une tête dans le collet de la guillotine. Ce petit mouvement de l'index, une simple pression mécanique, dans le feu de l'action qui plus est, et la balle jaillit du canon avec son *clac* ou son *pan* tragique. Place du Havre, à Paris. Le flic tombe. Raymond court et saute dans l'auto. Le mort gît devant Saint-Lazare. C'est l'histoire de la bande à Bonnot, qui a bien marché depuis au cinéma. Apparemment, ils utilisaient une voiture à banquette de cuir rembourrée et cloutée comme un canapé Chesterfield. C'est-à-dire capitonnée. Ce qui sonne assez comme un cercueil. Et c'est le cercueil qui part, sur ses roues automotrices. Les pirates fuient dans leur embarcation moderne et maniable, à roulettes sur l'océan de Paris.

Jules Bonnot, René Valet, Octave Garnier et les autres finissent leur carrière sur terre avec des balles policières dans le corps. Raymond, lui, dit « la Science », se fait pincer. Menottes aux poignets, sourire amer et provocant. Victor, qui n'a pourtant participé à aucun des crimes, se retrouve avec son ami sur le banc des accusés. Les a-t-il protégés d'une manière ou d'une autre, a-t-il recelé leurs armes dans le petit pavillon de la banlieue parisienne ? A-t-il roulé le pistolet dans un chiffon puis glissé le tout sous une lame du parquet ? Ou parmi les ustensiles biscornus et l'attirail de la presse ? Répondez !

Tu es pâle, Victor. Ce procès doit te rappeler celui auquel ton père a échappé. Sûrement. Et les petits cadres au mur. La crânerie de Raymond, qui se moque de ses juges jusqu'au bout, te semble prouver que l'assassinat est une forme du suicide.

Pourtant, tu le sens bien, il n'a pas envie de mourir, Raymond. L'ami Raymond.

L'anarchie, Victor. Fallait passer à l'action, comme lui !

Ou pas.

Tu te souviens des soirées sur les toits du palais de justice ? Cette bâtisse invraisemblable, ce genre de temple d'Angkor sur la colline de Bruxelles… Maintenant, pendant le procès, le lieu qui vous abrite ne manque pas de charme non plus : les cachots de la Conciergerie, où la reine Marie-Antoinette fut détenue avant de passer à la guillotine. L'*Histoire illustrée de la Révolution française.* Tu y es ! Toi, Victor, fin lettré, ces détails te consolent peut-être. Savoir est toujours bon et doux.

Le verdict – les magistrats en rouge, les avocats en noir, pas mal de sueur sur ton corps et pas mal sans doute sur Raymond, aux aisselles, aux plis du cou, et puis les mains, oh, les mains – tombe: toi, tu es condamné à la prison, quelques années, et Raymond, à mort.

Et puis dans le couloir, chacun enchaîné à son geôlier comme des chiens en laisse, vous vous croisez, rentrant dans vos cellules. Bouleversé, toi, Victor, tu reçois le regard de Raymond, pourtant doux, comme un écrasement. Raymond est sans haine, et honnête jusqu'à reconnaître qu'il a peur. Et toi, cette phrase traîtresse te vient, t'échappe, qui te poursuivra jusqu'à la fin de tes jours – tu le confesses dans tes *Mémoires* –, que tu lui adresses avec un sourire triste, songeant plutôt à ta prison qu'à sa peine: « Eh oui, mon pauvre ami Raymond. Qui vivra verra. »

Raymond a cru que tu osais une fameuse blague ! Ah, il est caustique jusqu'au bout, le Victor ! Raymond a ri. Qu'y avait-il de mieux à faire ? Ri, un peu. Et toi, dès la porte de ta geôle refermée, tu as pleuré comme saint Pierre après le chant du coq.

Un petit matin, la tête de Raymond a roulé. Curieux comme cet anarchiste a suivi le chemin de la dernière reine de Trianon. Qui l'eût cru ?

Toi, tu croupis. « Qui vivra verra. »

Au bout d'un an, c'est 1914. Une guerre éclate. Mais ça ne change rien du tout quand on est entre quatre murs, avec deux barreaux découpant en trois rectangles même pas le ciel, mais l'air sans couleur devant un autre mur incolore. Ils t'ont mis à la centrale de Melun, une prison sur une île de la Seine. Les gens la surnomment la Meule. Melun, la *meule*. Farine d'enfer.

4

Action ! Oui, action, puisque, on l'a dit, la guerre est déclarée. Fin juillet 1914, début août, bougez-vous les fesses, vacanciers ! Été ou pas, beau temps, on s'en tape ! Quittez vos hôtels ! Vous aviez payé d'avance ? La belle affaire ! Pliez bagage !

Ils étaient jolis, pourtant, les maillots de bain. Elles étaient seyantes, ces rayures, et ces chairs serrées dans le coton donnaient de l'appétit, miellées au soleil. Trois fins nuages se prélassant sur l'horizon ne voient, eux, aucune raison de déguerpir.

On a le choix, nous, pour commencer la guerre. Je choisis Ostende, en Belgique, parce que je connais bien. Villégiature bourgeoise, en ce temps-là, et royale, même. Je crois que j'ai raconté cette histoire-là mille fois, ailleurs, dans d'autres livres. Un joli tramway mène d'Ostende au bourg balnéaire voisin, plus calme et planté comme un village schtroumpf de villas blanches parmi les dunes, à hauts toits pointus orange, sentiers pavés de briques et puis quelques hôtels, une promenade surélevée qu'on appelle la digue et des étendues de sable que la marée couvre et découvre. Le lieu s'appelle Le Coq en français, et De Haan en néerlandais. Le célèbre écrivain viennois Stefan Zweig (trente-deux ans, moustache, léger strabisme, œil vif) y passe ses vacances. En même temps que – mais sans le savoir et probablement sans le connaître – le célèbre architecte Henry Van de Velde (cinquante et un ans, moustache aussi mais plus lourde, et valises sous les yeux). Zweig raconte dans ses mémoires qu'à l'époque il ne croit pas qu'une guerre puisse éclater. Et à vrai dire, il a raison. Elle aurait pu ne pas éclater. Il n'y avait aucune fatalité. Il se souvient avoir dit, à peu de chose près : qu'on me pende à ce réverbère si l'Allemagne envahit la Belgique.

Toi, Victor, tu croupis à la Meule.

On informe que les liaisons ferroviaires entre la Belgique et l'Allemagne seront bientôt suspendues et qu'un dernier train partira ce jeudi 30 ou vendredi 31 juillet 1914. Dernier train ? Et si c'était vrai ? Alors Zweig et Van de Velde, chacun de son côté, se soumettent. Van de Velde, de nationalité belge, habite en Allemagne, à Weimar, et veut rentrer chez lui. Toi, Zweig, viennois, il faut écourter ton séjour belge, annuler cette jolie semaine que tu t'apprêtais à passer chez ton vénérable ami le poète Verhaeren dans sa maison de campagne du Hainaut, au lieu-dit du Caillou-qui-Bique.

Valises, malles, coffres, boîtes à chapeaux peut-être, note d'hôtel à régler, longue comme le bras, puis dire au revoir dans le hall à un frère humain qu'on a rencontré la veille sur la plage et qui dans deux jours peut-être – mais non, mais si – sera un ennemi à abattre.

Irons-nous, nous, à Weimar avec Van de Velde ou jusqu'à Vienne avec toi, Stefan ? De toute façon, le train est bondé et il n'y aura de confort nulle part. Van de Velde est avec sa femme, et avec sa maîtresse, qui se trouve être la meilleure amie de sa femme. Plus trois marmots, qui enragent que leurs vacances soient finies et qui n'ont pas voulu confier aux bagagistes leurs filets à crevettes.

Franchement, je pense qu'on aura plus de calme en suivant Zweig.

Tu permets, Stefan ?

On a dit mille fois sa surprise, à Zweig, son effarement même, passé la frontière belge, de voir circuler des convois allemands chargés de véhicules blindés. Oui, bien sûr, c'était pour l'invasion de la Belgique. (Coup de pot, il n'y avait plus de réverbères tout près.) Nous aurions été comme lui. La guerre ne pouvait pas éclater dans cette Europe mûre, dominatrice et sûre d'elle-même jusqu'à l'arrogance. On a dit mille fois comme cet Européen universaliste et humaniste, à mesure que son train s'enfonçait dans son Autriche natale et s'approchait de Vienne, sentit le patriotisme renaître et vibrer dans son cœur ; ressentit cette félicité d'avoir un ennemi commun, et constata combien la fraternité et l'amour renaissent chez un peuple quand la haine est entièrement sollicitée et dirigée vers une cible extérieure. Comme toutes les inégalités sociales et les injustices semblaient soudain accessibles à la solidarité, à l'entraide, à l'amitié. C'était beau !

On aurait, comme lui, trouvé ça magnifique et désastreux. Comme lui, on aurait voulu que ce sentiment gagne le monde entier plutôt que de ne consolider que les peuples particuliers les uns en opposition aux autres. Comme lui, on aurait senti, en y pensant, d'un coup, le découragement nous crouler dessus comme une dégelée. Et on aurait eu envie de servir le moins possible et de ne pas porter l'uniforme. Envie de ne pas voir, s'il vous plaît, un Autrichien se féliciter d'avoir tué un Russe ; un Allemand, un Belge, un Français. L'imaginer ou le savoir serait amplement suffisant. Alors, comme lui, on serait soulagé d'être réformé pour le combat (myopie) et affecté au service des archives de l'armée. Adresse ? À la caserne ! Vienne, *Stiftgasse* (rue Stift), numéro 2. Soyez à l'heure ! La ponctualité est la vertu du soldat ! Vive l'Autriche, vive l'empereur !

Oui, oui.

Avec Stefan, nous soignons notre moustache, nous frottons méticuleusement le verre de nos lunettes. Parfois, en réfléchissant, nous regardons la pointe impeccablement cirée de nos souliers. Et dans la lumière grise, nous rédigeons sur commande, adjudant Zweig obéissant aux ordres, des articles de propagande à la gloire de l'Empire autrichien et des mensonges divers pour le réconfort des populations.

Je ne sais pas pourquoi mais quelque chose me dit que Zweig, 2 rue Stift, Vienne, devait respirer un peu le même air, et en même temps, que Berger au sixième étage de la Bourse à Paris.

Comptait-il les marches, Stefan Zweig ?

5

L'histoire de Van de Velde viendra plus loin. Il faut d'abord assister à la libération du détenu Victor Kibaltchitch et pour cela se rendre à Melun, prison centrale, un fameux grand mur aveugle tout de moellons et de joints. Tu y as purgé ta peine, Victor, et tu en sors. Ta dette est payée, comme on dit. Au petit café en face de la prison, le patron te demande : « Libéré ? » Et t'indique, en t'apportant un croissant racorni, l'emplacement du bordel le plus proche, avec un gros clin d'œil. Et toi, si peu porté sur la chose, ça te fatigue, tu soupires, tu bois, tu penses, tu es seul, tu es dégoûté, tu es libre.

Quel effet ça te fait, d'être entré en prison parce qu'un copain à toi a tué un représentant de l'ordre, et que tu représentais par tes idées et publications une menace idéologique pour ce même ordre ? Et de retrouver, en sortant, cet ordre, sacro-saint, sous son visage le plus scandaleux et le plus meurtrier : en pleine tuerie légale ? Je veux dire, en pleine guerre. Car c'est un devoir moral, désormais, d'aller tuer et d'aller se faire tuer, d'appuyer sur la détente, pourvu qu'on vise des étrangers au sens de gens portant un uniforme différent du vôtre.

Dès qu'on quitte la logique nationale et qu'on s'en tient à l'individu, la guerre ne fait plus la fière, c'est sûr. À quoi ressemble-t-elle, d'ailleurs, cette guerre ? As-tu envie de la voir, toi ? « Qui vivra, verra » ? Ou bien, comme Zweig, te suffit-il de savoir ?

Ah, en attendant, quelle liberté, après quatre ans au violon, de marcher où l'on veut sur les trottoirs de Paris ! 1917. Même s'il y a des affiches pénibles sur les murs. Même si Raymond n'est plus là. Même si, en fin de compte, c'était vrai de dire : qui vivra verra.

Alors, on te retrouve en Espagne. Tu as pris le train express. Portbou, Figueras, Gérone. Barcelone. Dans les cercles anarchistes. Ce pays-là n'est pas entré dans la guerre et profite de sa neutralité pour fournir les belligérants en armes et arrondir les fins de mois de l'industrie. Tu jouis d'une fort belle réputation, dans le milieu. Tes écrits anarchistes ont pas mal circulé. Et tu prends un nom de plume qu'un jour il faudra que tu m'expliques : Victor Serge.

— Ça sonne pas mieux, ou plus facile, que Kibaltchitch ?

Oui, c'est vrai.

— Bon, ben voilà. Pas besoin d'aller chercher très loin.

Où es-tu, Victor Serge, camarade, dans cette Barcelone que je connais si bien ? Dans ces anciens quartiers ouvriers aujourd'hui chéris des bobos et des Airbnb, et où les échos de vos palabres révolutionnaires ont presque tout à fait disparu ? Où est-elle, cette révolution espagnole de 1917, qui devait faire écho à celle de Lénine ? Qui devait changer la face du monde ! Mettre l'Europe de l'Ouest sur le chemin du socialisme communiste ! Savez-vous que nous, d'ici, un siècle plus tard, on n'en sait plus rien du tout ? On a beau coller l'oreille aux murs, aux pierres d'antique mémoire qui t'ont vu passer, où ton épaule s'est appuyée, que tes rêves d'avenir ont léchés comme des flammes, on n'entend à peu près plus rien. Ou bien étais-tu tellement assommé par ta captivité et le naufrage de ton action que tu ne parlais plus que doucement, très doucement, comme un vieillard prématuré, quand on te pressait de prodiguer tes conseils ?

Une chose est sûre : on te respectait beaucoup. Chez les anars, un vrai écrivain sans une once de bourgeoisie cachée, ancien taulard, en plus, c'est du diamant pur.

6

À Vienne, Stefan Zweig est un peu bousculé dans ses habitudes. On l'envoie en mission. Pas jusqu'au front, mais enfin, pas loin. Il faudra prendre le train et voir des choses. Bon. Pas de gaieté de cœur. Pieds de plomb. Zweig ne s'est jamais vanté d'être un héros.

Moi, un que j'aimerais bien voir, là, à Vienne, que j'aimerais bien croiser dans la rue avant de prendre le train avec Zweig, c'est Sigmund Freud. Il est là, proche, je le sais. En plus, j'en ai besoin, pour plus tard. Savoir ce qu'il pense du président Wilson. Il est notoire que Freud s'est intéressé à ce personnage. Mais pas moyen de le rencontrer. Zweig prétend dans son petit livre sur Freud (livre que Freud n'aima guère) que le père de la psychanalyse est d'une régularité mécanique, qu'il travaille sans cesse et ne sort quasiment jamais. Bon. Mais je suis patient.

C'est le cas de le dire, quand on veut alpaguer le docteur.

Zweig est donc envoyé dans l'Est, du côté de l'Ukraine et de la Galicie, où, soit dit en passant, des voisins de mon grand-père se battent avec les Russes contre les Autrichiens et les Allemands. Pas de bol pour les voisins de mon grand-père, après de nettes avancées, c'est le recul russe et même la débâcle. L'Autriche a récupéré ses territoires orientaux, elle en gagne même, et l'adjudant Zweig est missionné pour collecter, à des fins archivistiques, les affiches et autres reliquats de la propagande russe. Bon. Très bien. L'occasion pour Zweig de voir de ses propres yeux, dans le train qu'on lui a fait prendre en direction de Budapest, les blessés qu'on transporte. Et de sentir par ses narines ce message olfactif et métaphysique à la fois, qui rappelle que l'homme n'est pas fait pour la mort. Il dit dans *Souvenirs d'un Européen* que ce qu'il voit alors détonne horriblement avec l'éloge impeccable de l'armée autrichienne auquel il contribue par obligation militaire dans ses travaux de rédaction à la caserne de la rue Stift. Hélas. Mentir.

Charpie, bandelettes, œil crevé, ourlets verdâtres, parfois bleutés, de la gangrène, regards vitreux, paille sale, abandon hébété. Les morts mêlés aux blessés. Les coulées de sang et d'excréments. La pénurie de morphine et les cris. Zweig le reconnaît volontiers : son courage à lui n'est pas tellement un courage physique. Il lui faut, comme à nous, un mouchoir pour se couvrir le nez et un endroit où s'asseoir. Où ? Ce coffre fera l'affaire. Dur aux fesses. Heureusement, un bon hôtel nous attend à Budapest.

Où Zweig fera une grasse matinée bien méritée.

C'est moins confortable pour toi, Victor, dans la cour fermée de cette prison. Prison ? Zut ! À nouveau détenu ? Qu'as-tu donc encore fait ! Pourquoi t'y retrouve-t-on ?

— C'est un ancien couvent. Reconverti en camp de détention. Nous sommes dans la Sarthe, à Précigné. Fatigué de Barcelone, où la révolution n'a pas marché du tout, on est rentré à Paris, on a vu des zeppelins allemands faire tomber des bombes, et on s'est même fait serrer par deux flics dans la rue parce que nous sommes un bolcheviste notoire, disaient-ils en tremblant, et on nous a envoyé ici. Où on s'est mis à rêver de Russie. C'est en Russie qu'il faut aller. Où la révolution a réussi, où elle est vivante, où elle a besoin d'hommes de bonne volonté.

En attendant, Victor, rien de plus intéressant que de voir par tes yeux d'écrivain les camarades du camp mourir de la grippe espagnole. Ça leur prend vite, dis-tu. Ils changent de couleur. Certains se marbrent, se tachettent comme des mustangs ou des panthères, toussent, crachent, deviennent bleus et meurent dans un étouffement. Un jour, deux jours, trois jours, cela dépend. Comme la contagion. Les bien nourris n'en meurent pas, observes-tu. Toi, tu résistes. Et tu marches, vivant et survivant, parmi les prisonniers qui quittent le camp, ancien couvent. Tu montes dans le camion, tu regardes le ciel, tu te dis sans doute : elle est drôle, la vie. Trains, bateaux, trains. On parle d'un échange de prisonniers avec les bolcheviques. Et moi je sais déjà qu'on te retrouvera bientôt à Saint-Pétersbourg.

7

D'un autre train descendent Berthe et Lou, à Berne, en Suisse. Après ces histoires de conférence de la paix et de traité de Versailles non signé, le retour en Chine, héroïque mais difficile, Lou était à bout. Le pouvoir, les ministères, ce n'était plus pour lui. Il s'est lui-même rétrogradé. Simple ambassadeur. Chez les Helvètes.

Et puis surtout, la vraie raison : le climat suisse. Parce que, pauvre BB : toujours cette toux, raclant toujours un peu plus fort et plus profond. Longues quintes. L'air des Alpes te sera profitable, ont dit les médecins. BB. Fatiguée. Oh là, oui, tout de même. Fameux coup de vieux. Impressionnant.

La légation chinoise à Berne, Lou, quelle sinécure ! Bien joué. Tu prends tout ton temps pour prendre soin d'elle. L'emmener souvent dans une maison là-haut devant le lac Majeur, du côté de Locarno. Monts élevés, neiges éternelles : mieux qu'une métaphore. Altitude, solitude, temps suspendu.

Je suis sûr que Lou et Berthe s'aimaient énormément. Et que le jour où Lou a ouvert les fenêtres, poussé les volets, et que l'étendue grise du lac n'était devant lui plus qu'un interminable jour de deuil, il a pleuré comme un orphelin. Adieu, Berthe. On le sait bien, il faut mourir. Tu y es passée. Ton mari te ferme les paupières.

On n'en attendait pas moins de Lou : dès qu'il peut, il lâche la mission à l'ambassade. Remplacez-moi ! N'est-on pas infiniment remplaçable ? Démission définitive. Voilà.

Alors, libre, c'est-à-dire perdu, il remercie humblement (héritage confucianiste) les neiges éternelles de la Suisse, tourne le dos et part avec Berthe, qui est morte sans doute mais qui est quelque part en lui, vivante, ou quelque part devant lui. Il erre. Seul. C'est curieux : il erre en Belgique, il erre en Flandre, il erre entre Bruges et Gand. Il erre de plus en plus près d'un point que Berthe morte lui indique ou bien qu'elle hante. Et qu'il cherche. Un veuf est un être hautement aimanté. Lou, devenu pendule magnétique ou sourcier, s'approche. Par cercles concentriques. Et se retrouve, surpris lui-même, dans un couvent bénédictin. Moine. À Bruges, au monastère de Saint-André. Puis père abbé de Saint-Pierre de Gand. Bure marron. Sandales. Grandes manches où enfouir les mains (un petit air de mandarin). C'est moi, ça ? a-t-il sûrement demandé à son miroir. Et Berthe sûrement lui a répondu oui. Premier ministre, c'était bien ; maintenant, moine s'il vous plaît. Tout près de BB. Lou, ton destin, ton voyage à toi. 1927.

Il existe des photos de l'abbé chinois de Gand. Lou, puis-je vous le dire ? On dirait un autre homme. Ce beau sourire ; énigmatique, évidemment. Cet énorme poids de souvenirs, qui ne semble pas peser. Pommettes saillantes, grand front serein. Lunettes ovales et regard malicieux d'un enfant. Vous l'avez trouvée, votre paix. Oh, elle vous va bien ! Rayonnement !

Ça nous donne même envie de demeurer. Le roman nous sollicite, nous excite à partir à la recherche de Freud dans Vienne et du président Wilson dans Rome (ou à Paris, s'il est déjà rentré), mais votre paix nous gagne un peu. Une intuition nous retient dans votre cloître. Nous nous attardons dans le rosier blanc ; près du puits ; ou sur la corniche de pierre, avec les moineaux alignés et la vue sur toute la plaine de Flandre. Ses rideaux de peupliers ; ses canaux fatals. On dit que vous êtes si affectueux avec les animaux qu'ils viennent vers vous et ne veulent plus vous quitter. C'est Hergé qui l'évoque dans ses souvenirs. Hergé, le père de Tintin.

— Ce brave Hergé.

Vous l'avez connu, n'est-ce pas, dom Lou ?

— Un peu. Un peu. Il venait par ici avec son ami Tchang. Il était fort soucieux de faire de son album, vous savez, *Le Lotus rouge...*

Bleu, *Le Lotus bleu...*

— Bleu ! Oui ! Je veux dire d'en faire un plaidoyer chinois contre le Japon et même contre l'occupation occidentale. Courageux, ce bel enfant. Il était marrant, vous savez, tiré à quatre épingles, coquet comme une chatte, soucieux de ses vêtements, on aurait dit un acteur américain. Vingt-sept ans, il avait ? Je crois. Demeurez, si vous voulez. 1934, regardez les deux jeunes gens qui viennent d'entrer, que le frère portier fait attendre sur ce banc. C'est eux. Georges, je veux dire Hergé, et son ami Tchang. Je vous laisse. Je vais aller en faire un meilleur ambassadeur de Chine que moi !

Reste cette coïncidence, qui ne parle qu'à moi. Quand je suis allé dans ce petit cimetière à Uccle, le long de ce chemin du Dieweg réputé préhistorique, avec une pensée mélancolique pour Raoul Kibaltchitch, le petit frère de Victor mort de faim et enterré sans inscription, je suis tombé, quelque part entre la cinquième allée et la septième travée, sur le grand marbre froid, plat, rougeâtre, moucheté de noir, discret, sans croix d'aucun type, dans un U de haies, où on a couché le vieil Hergé en 1983.

Tout se tient. Tout se met en place.

Bref recueillement.

CHANT III

Où l'on inaugure la conférence de la paix, entre autres.

1

L'autre jour, je me rends à Lille pour un projet de film documentaire destiné à tomber à l'eau. Une heure de libre, je passe au musée, je cours, un tableau m'arrête. C'est un crâne. Une tête de mort. Seule, posée sur un fond noir et vert sombre. Une étiquette fort bienvenue précise qu'il s'agit du crâne de Goya. Goya, le peintre. Francisco de Goya y Lucientes, artiste espagnol né à Fuendetodos, et mort à Bordeaux en 1828. Un 16 avril.

À quatre-vingt-deux ans.

Son crâne est devant moi. Je me doute qu'il n'a pas peint lui-même cet autoportrait d'un genre nouveau. L'étiquette le dit : peint par Dionisio Fierros Álvarez. Que je ne connaissais pas du tout. Bon.

Ça me fait déjà, dans ces pages, un début de collection de têtes qui ont roulé : celle du vénérable Shu, à Pékin, sous le sabre chinois ; celle de Raymond (dit « la Science »), à Paris, sous le couperet de Guillotin. Là, maintenant, ce crâne-ci, Goya, appelant avec force. Et pieusement conservé dans un tableau, par une peinture fidèle bien que romantique. Nous répondrons à l'appel.

On sait parfaitement que Goya est mort de mort naturelle dans son lit, et pas du tout sous une guillotine. Que fait alors ce crâne détaché, en 1849 (*dixit* l'étiquette), dans l'atelier du peintre Álvarez ? Un fait de pillage de tombes ? A-t-on un jour décapité le squelette de l'homme célèbre ? Álvarez, vous ? Vous auriez fait ça ? Avec une scie lente et patiente ? Poussâtes-vous la lourde pierre tombale, une nuit, dans le cimetière de Bordeaux ? Saoul comme un pirate, pour vous donner du courage, déterrâtes-vous les ossements du génie ?

Pardon, mais représentons-nous le jeune Álvarez, vingt-deux ans, le pinceau à la main, les sourcils froncés, plaçant le crâne sur un tabouret haut, devant une méchante draperie verte, le faisant pivoter, orientant mieux les orbites, cherchant l'effet de lumière, rajustant l'os maxillaire probablement détaché (ce déboîtement arrive nécessairement, après la chute des tendons). Puis renonçant à trouver la position d'équilibre et sacrifiant la mâchoire. Et c'est ainsi qu'on n'a dans le tableau que le crâne et ses dents du dessus, sans le maxillaire inférieur. *Bye bye*, le menton. Ou plutôt : *adiós*. L'expression du crâne s'en ressent et l'on ne sait s'il rit ou s'il pleure.

Fut-il calme, le modèle, cher Dionisio Fierros Álvarez ? Posa-t-il sans se plaindre ? Le payâtes-vous cher ?

Ou bien vous paya-t-il, lui ? Frappa-t-il, en réalité, à votre porte, une nuit, enveloppé d'un manteau de velours sombre, nuit confondue dans la nuit, pour vous demander d'une voix caverneuse de faire son portrait ? Vous a-t-il promis une forte somme ? Tout l'or des Enfers ? Aviez-vous bu un peu, Dionisio ? Ou beaucoup ? Avec votre nom, on aime à le croire. Avez-vous hésité entre vision, spectre – et farce ? Avez-vous essayé d'abord d'arracher ce voile comique, et senti comme votre main traversait l'impalpable apparence et ne saisissait rien ? Connaissez-vous la légende voulant que Beethoven eût reçu lui aussi, nuitamment, un visiteur surnaturel ? Qui frappait à la porte les quatre coups lugubres qui retentissent encore aux oreilles du genre humain tout entier dans l'introduction de la *Cinquième symphonie*, dite « symphonie du destin » ? *Papapapaaam...* (*do* mineur). Dionisio, vous nous entendez ?

Beethoven entendit les coups à sa porte, étant sourd. Goya : sourd aussi ! Même handicap. Mêmes conséquences. Et vous, Dionisio, peintre oublié de tous, trop peu, trop mal touché par la baguette du talent, si vous survivez néanmoins aujourd'hui dans les mémoires, c'est bien grâce à ce crâne de Goya. Vous avait-il offert, le spectre qui tenait son crâne dans les mains, à votre porte, l'immortalité en échange d'un portrait ?

Il aurait tenu parole.

Peu ou pas d'informations sérieuses sur le crâne de Goya. Goya meurt en 1828, à Bordeaux. Un mercredi d'avril (jour de Mercure, d'Hermès, des grands départs, n'est-ce pas ?). Il y est enterré, au cimetière de la Chartreuse.

Un encart explicatif collé à côté du cartel au mur du musée de Lille précisait laconiquement que le crâne de Goya est apparu une dernière fois dans une brocante bordelaise en 1955, avant de disparaître à nouveau. Singulière affirmation. Il court donc toujours.

Propriétaire du crâne : manifeste-toi !

En 1901, les restes de Goya, exhumés, sont transférés, par amitié diplomatique, de France en Espagne. En 1919, on leur attribue un lieu de repos, définitif cette fois, sous la coupole de la petite église madrilène de San Antonio de la Florida, que le peintre avait jadis décorée d'une multitude flottante d'anges. On a pu vérifier alors parmi les ossements que la tête manquait en effet. Puzzle. Corps puzzle, éparpillé. Attendant quelque parole pour être remembré.

Remember me !

Oui, Goya, on remembre, on se souvient ! On ne fait même que cela.

Le dix-neuvième siècle espagnol est plein de spectres. Le poète Espronceda en raconte une fameuse histoire dans *El estudiante de Salamanca.* Et témoigne de leur tendance marquée à porter, outre le tricorne, des manteaux de velours épais couleur de la nuit.

Ils ont bon goût, c'est déjà ça.

Ils ont également des moyens de transport remarquables. Par l'air et l'invisible. Petits trajets électriques dans le cerveau du temps. On aimerait les suivre. Ils parlent sans être vus. Ils entendent, ils répondent.

Ils dessinent, même, si l'on en croit l'« Album spirite » de Victor Hugo : d'amples feuilles de papier où le grand écrivain et sa famille ont laissé un crayon attaché à la patte d'un petit guéridon tracer en se déplaçant des silhouettes de lions, d'orchidées à tête de mort, des mots latins et même des sortes d'autoportraits tout à fait terrifiants.

Victor Hugo habitait à l'époque cet archipel d'éternel automne, Jersey, Guernesey, îles Anglo-Normandes, dangereuses pour l'imagination et perdues dans les embruns. Il ne portait pas encore de barbe et aimait se nouer au cou une sorte de bandana.

Un jour, les Hugo ont fermé la porte aux esprits. Rangé le guéridon. Une partie de la famille avait perdu le sommeil, et une des filles peut-être même un bout de sa raison. Bon. Les spectres, oui, un peu, mais pas trop.

Les spectres que Victor Hugo avait cessé d'invoquer devaient sans doute environner encore les lieux, sans se montrer. Hugo les rencontre, d'ailleurs, mais plutôt en extérieur, dans la nature. Il leur prête l'oreille, traduit leurs dires et prophéties, à sa manière, dans ses poèmes et ses *Contemplations*. Il en entend chanter, la nuit, dans l'épaisseur des murs de sa maison. Chants tristes, plaintes. Il prie même pour eux. Pour qu'ils trouvent le repos. Tout cela est très sérieux.

Moi, je les imagine, ces esprits, flottants, argentés et diffus, empruntant leur substance à la brume imprécise des prés, au crachin du ciel, aux embruns. Ils volent, voyagent. Ils sont comme l'eau qui s'évapore et retombe ailleurs. Ils sont comme nous ; nous sommes comme eux. Ils sont comme notre esprit. Bien possible qu'ils aient suivi Victor Hugo quand il a quitté l'exil de Guernesey. 1871. Retour en France. À Paris. Grand homme, désormais auteur des *Misérables*, et chenu et barbu. Acclamé. Et au-dessus de lui plein de spectres devenus parisiens, inaperçus. Et puisque nous flottons parmi eux, on peut le voir déambuler, Victor Hugo, dans son Paris retrouvé. 1871. Et à coup sûr aussi on peut le voir se diriger vers la place de la Concorde rendre une visite oblique à la statue de Strasbourg qui (j'ai vérifié), due au sculpteur James Pradier son ami, reproduit en effet les traits et le corps de sa chère maîtresse Juliette Drouet – quand elle était jeune ! C'est beau de regarder Victor Hugo se promener, les bras derrière le dos, pensif, massif. Et de le voir s'étonner que Juliette toute en granit soit dérobée à la vue par un grand drap de deuil noir, épais velours ourlé d'or, qui lui fait une robe triste. On a recouvert la statue de Strasbourg, mais oui, parce que l'Allemagne vient de s'emparer de l'Alsace et de la Lorraine. Bien sûr. On est au lendemain de la guerre franco-prussienne de 1870. Strasbourg passe d'un camp à l'autre. Et on a fort envie de lui dire, à Hugo soucieux, que nous revenons, nous, de 1919, et que ce n'est plus du tout un deuil de velours noir qui enrobe sa Juliette de Strasbourg, mais un fatras indescriptible et plutôt joyeux de drapeaux tricolores…

Hugo a l'air de dire, avec un discret mouvement du bras :

— Oh, je sais, je sais ; tout va, tout vient…

Et nous, à peine un instant de distraction, et hop, ce n'est plus du tout Victor Hugo que nous voyons au pied de Juliette de Strasbourg mais, identiquement à la même place et pensif, le trentenaire américain Charles Seymour, tout juste sorti de l'hôtel de Crillon et partant voir Paris.

Broum.

Des autos, des taxis, Lou, Clemenceau. Nuit de Noël, tonnerre du grand orgue dans Saint-Sulpice. Poilus à genoux, prières.

Esprits.

2

Nouvel An 1919 : on vous le souhaite bon !

À peu près tout le monde allié a eu le temps maintenant de rejoindre Paris et la conférence de la paix va pouvoir commencer.

Les platanes parisiens à la peau squameuse prennent de leurs grands bras nus le ciel à témoin. En portant secrètement en eux la promesse du vert. La Seine et son pelage de reflets, ce fauve tacheté roulant son dos sous les ponts noirs mange des nappes de feuilles brunes et des petits bateaux.

Jour de l'inauguration.

Défilé d'autos et de voitures à cheval sur le quai d'Orsay, le long du fauve (la Seine) et faisant arrêt devant le palais du ministère des Affaires étrangères. « Mini » va mal à ce ministère. C'est plutôt grandiose. Surtout à l'intérieur. Où l'on assiste à une crue de costumes noirs ou gris. Gens sérieux, c'est-à-dire généralement chromophobes. Tiens, là, un mince monsieur en manteau très élégant, plutôt petit et qu'on entend néanmoins appeler le ministre Immense, parce qu'il se nomme Hymans. Paul Hymans, ministre de Belgique, bonjour. Il nous salue d'un haussement de sourcils. Tiens, là, Lou. Salut. À la tête de la délégation chinoise. Tiens, et celui-là, ce grand front à crinière, ce mufle de lion, ne serait-ce pas le fameux pianiste virtuose aux mains énormes, qui obtenait des triomphes en Amérique avant la guerre ? Mais oui. C'est Paderewski ! Que fait-il là ? On a prévu un petit concert pour l'inauguration ? Va nous jouer quelques mazurkas de Chopin ? J'aime beaucoup la treizième, en *la* mineur.

Pas du tout. Paderewski est le Premier ministre de la Pologne et représente son peuple.

Épatant, je trouve, ces peuples qui confient leur destin à des artistes.

Tellement amateur de champagne et de cristallerie de Baccarat, moi, que je suis à deux doigts de m'incarner, de sacrifier ma précieuse invisibilité et mon incognito pour y tremper les lèvres, là, avec les autres. Comme eux, mais pas avec leurs soucis. Je les leur laisse.

Le plaisir d'être passe-muraille toutefois compense.

Il y en a du monde. Les pièces sont vastes ; les escaliers, monumentaux. Les portes, par ce génie inconscient de l'architecture occidentale, restent étroites. Et il faut céder le passage, plus ou moins courtoisement, ou bien jouer des coudes. Tout grands ministres qu'ils soient, il faut les voir se faufiler ! Ils savent y faire ! Une vraie seconde nature.

Quel engorgement !

Dans le salon dit « de l'Horloge », à cause de cet œil rond qui compte le temps au trumeau de l'énorme cheminée bourgeoise, on a disposé les tables en un U universel. D'autres, par manque de place, hachurent l'intérieur de la lettre. Des chaises en cuir clouté alignées au cordeau attendent les délégués des nations du monde par ordre d'importance. Toutes les nations, sauf les vaincues. Ce qui d'ailleurs fait jaser.

Derrière la chaise de chaque chef de délégation, d'autres chaises encombrent encore un peu plus le passage, prêtes pour deux ou trois membres supplémentaires dans chaque délégation : jeu de préséances augurant de mille querelles de clocher et de tempêtes dans des verres d'eau. Lesquels verres, avec leurs petites carafes, occupent leur place également sur l'acajou verni des tables, entre les porte-lettres, les encriers, les tampons buvard et les cendriers. Il suffit de voir l'impossibilité technique de circuler parmi tant de mobilier pour comprendre que la conférence s'apprête à piétiner.

Cent ans plus tôt, au congrès de Vienne, le fameux prince de Ligne avait répondu à quelque correspondant qui lui demandait si le congrès marchait bien, que le congrès marchait sans doute, mais que surtout il dansait. C'était plein d'esprit. Ici, tout annonce que la conférence se marchera plutôt sur les pieds.

Nous nous asseyons, bon génie, là-haut, sur la lourde horloge, et assistons à la joyeuse pagaille de l'entrée des délégués, que des huissiers portant chaîne et pendentif canalisent avec peine.

Comme je l'avais prévu.

Depuis mon observatoire, je cherche à repérer dans la salle qui se remplit un bonhomme de la suite de Wilson, un collègue de Charles Seymour, mais plus haut gradé, un certain William Bullitt. D'après les photos : grand front jusqu'à la moitié du crâne, cheveux plaqués en arrière, mince et néanmoins joues légèrement pendantes. Très important, ce Bullitt, parce qu'il deviendra un jour l'ami de Sigmund Freud et qu'il nous sera utile pour mettre la main sur l'insaisissable *Herr Doktor* (c'est avec Bullitt que Freud a écrit son livre sur Wilson). Pas évident toutefois de s'y retrouver, dans tous ces costumes trois-pièces et petit col blanc amidonné. Le monde entier est là, et quelle uniformité, pourtant ! Est-ce merveilleux ? Est-ce dommage ? Est-ce inquiétant ? Où s'est cachée sa formidable diversité ? Son ordre complexe profond ? Nous vivons dans un monde beaucoup trop simplement ordonné, et c'est un arbre qui nous cache la forêt. Mais trêve d'opinion, et attention, ça commence.

Assis à califourchon sur l'horloge, je sifflote un air formidable du *Messie* de Haendel : *Why do the nations so furiously rage together ? Pourquoi les nations s'agitent-elles en tumulte ? Why do the people imagine a vain thing ? Pourquoi les peuples méditent-ils de vains projets ?* Comme quoi, ça remonte à loin. Un psaume de David. Rien de nouveau sous le soleil. Dans le brouhaha, peu de risques de me faire repérer. Cependant que le messie justement se lève, grand maigre, inspiré, le président des États-Unis : Thomas Woodrow Wilson.

Il parle.

Paul Mantoux, l'impeccable interprète, depuis sa position discrète, se fait écho.

Un frisson parcourt la salle. Incontestablement, ces cols blancs qu'on pourrait prendre pour une série de planqués ont vibré. Parlez, aussi bien que Wilson, de paix à des gens qui sortent épuisés de la plus horrible déflagration martiale de l'histoire humaine… Dites, comme Wilson, que toutes les intentions de paix mondiale resteront lettre morte tant qu'on n'aura pas posé l'acte politique décisif. C'est-à-dire tant qu'on n'aura pas institué un lieu où toutes les nations pourront se connaître, se parler, dans un esprit d'égalité, exposer leur pensée, leurs vues, leurs griefs, et requérir l'arbitrage de leurs sœurs pour anticiper, désamorcer ou résoudre les conflits. *My conception of the League of Nations* – Ma conception de la Ligue des Nations, ou Société des Nations – *is just this,* – est au fond la suivante – *that it shall operate as the organised moral force of men* – qu'elle sera l'instrument de la force morale de l'humanité – *throughout the world* – dans le monde entier.

Incontestablement, c'est beau et c'est noble.

Espérance bien compréhensible après la guerre : l'humanité *peut* être bonne. Applaudissements.

3

Je ne suis pas un politique, et je ne mets pas non plus la politique au-dessus de tout. Je les laisse donc à leurs palabres, je file, vole, esprit follet, je sors. Enlevé par un désir.

En traversant le vestibule, je l'ai vu, je crois, Bullitt, ce grand crâne en demi-lune. J'étais emporté mais j'ai eu le temps d'appeler : « Mr Bullitt, Mr William C. Bullitt ? » Il m'a semblé que l'individu a tourné la tête et cherché des yeux qui venait de le héler, ailé, là, dans le hall désert.

Formidable. Je l'ai donc repéré. Je l'épingle.

Et je file. Paris. Boulevard Saint-Germain. Je plane. Rue du Bac. Je survole la grande boutique du taxidermiste Deyrolle et je m'attarde une seconde à la fenêtre où une autruche empaillée me fait de l'œil. Puis, à deux coups d'aile, je me pose, rue Sébastien-Bottin, un peu naïvement, sur le seuil de l'hôtel particulier des Éditions Gallimard, qui ont publié jusqu'ici tous mes livres. Un lieu qui signifie beaucoup pour moi, forcément, et où tant de souvenirs se tiennent comme des pierres magiques, prêtes à parler.

Un peu naïvement, dis-je, parce qu'il ne me faut pas longtemps pour constater que les Éditions ne s'y trouvent pas encore, en 1919, dans ce bel hôtel en pierre de taille de la rue Sébastien-Bottin (l'inventeur du bottin, ça ne s'invente pas...). J'espérais sans doute y trouver, je ne sais pas, des gens, des écrivains, Marcel Proust, par exemple, oui, Marcel Proust qui publie le deuxième tome de la *Recherche* cette année, et qui remportera cette fois (j'en suis sûr) le très désiré prix Goncourt. (Cela dit, j'ai toujours quelque appréhension à rencontrer des écrivains admirables, pris que je suis entre le désir de leur plaire et la crainte qu'ils ne me déçoivent. Mais j'ai l'avantage de la postérité et je sais que, quelque frustrante que s'avérerait ma rencontre avec Marcel Proust, j'aurai vécu un moment d'une valeur incalculable.)

Alors que faire ? J'attends sur le seuil. Sur la petite marche de ce bâtiment grisaillé par les pluies, future forteresse de la littérature et qui ne sait pas encore, forcément, que j'y viendrai signer, gamin intimidé, parmi des cohortes, dans un petit siècle, mon premier roman. Je veux dire : il ne me reconnaît pas. Mais je l'aime, cet immeuble, cet hôtel, comme un bon géant. J'ai l'impression d'être assis sur son pied, là. Adossé à sa force tranquille. Il y a une fenêtre entrouverte. Fatalement, c'est habité. Ça doit être là, la loge du concierge. Si je m'y glissais, m'y introduisais, au moins en pensée ? Je me sentirais comme un Gavroche caché à l'intérieur de son éléphant de plâtre. J'attendrais bien tranquillement que messieurs Gaston Gallimard, André Gide, Jean Paulhan et les autres y installent leur maison. Je serais le lutin invisible qui vit dans les murs, qu'ils croient voir parfois, tard le soir, quand ils sont las, et qui leur joue des tours. Comme cacher leurs lunettes et les leur glisser sur le nez quand ils les ont cherchées partout. Ou surtout, leur évitant ce faux pas dans l'escalier qui leur aurait valu une jambe cassée. Ou posant sur le haut de la pile tel manuscrit que j'aurais lu la nuit et qui mériterait de ne pas passer inaperçu. Des types comme Michaux, Sartre ou Simenon pourraient me dire merci, alors.

Mais je m'en souviens, à présent. Les bureaux de la Société d'édition de la NRF, M. Gaston Gallimard PDG, en 1919, ne se trouvent pas ici, mais rue Madame ! Je l'ai lu (dans la biographie de Gaston Gallimard par Assouline), je m'en souviens, je m'y rends.

Curieux : c'est à l'étage. Dans un appartement. Eh bien oui, ce sont les débuts. Je vais essayer de choper Rivière, Jacques Rivière, un jeune Bordelais qui est l'homme de confiance du patron et le plus actif dans la maison. C'est lui, ai-je lu ailleurs, qui a soutenu Proust à la NRF. On se rappelle qu'André Gide avant la guerre avait rendu un avis négatif et que *Du côté de chez Swann* avait dû se faire publier sous une autre couverture, avec le soutien économique de l'auteur. Mais là, c'est bon, Rivière a pris les choses en main. Il n'a pas peur, lui, de ce texte monstrueux. De ce volcan dont on assiste à la deuxième grande éruption. Avancée de lave. *À l'ombre des jeunes filles en fleurs*, joli nom pour une langue de magma estimée à mille deux cents degrés Celsius, qui coule lentement dans le siècle et qui augmente, comme les laves arrivant jusqu'à la mer et s'y refroidissant, le territoire de l'âme humaine.

Sans hésiter, je m'élève comme un oiseau et j'entre sans sonner. Pas grand monde, dans les locaux. Sauf justement le très sérieux, très laborieux, très énergique Rivière, trente-trois ans. La raie au milieu et le regard fixe. Bouche légèrement dissymétrique.

Je suis heureux qu'il ait commencé tôt son leadership

chez Gallimard, parce que – mais je ne lui dirai pas – il ne vivra pas vieux.

Il est d'accord et il m'emmène avec lui, ça y est. Je suis un petit bateau de mots sur cette Rivière, de mots aussi. On va chez Proust. On traverse Paris à pied. Au plus court. On franchit la Seine par le pont de la Concorde, et j'ai d'inavouables envies de poète : voir le reflet de Rivière dans le fleuve. Alors, subreptice, je m'écrie : « Oh, regardez ! » Pour que Rivière se penche par-dessus le parapet.

J'ai vu.

Rivière pas. Je m'excuse, bidon : « Je croyais avoir vu un, euh, non, enfin, rien, pardon. » Et ça repart.

— Beaucoup de diplomates, cette année, dans Paris, dis-je.

— Et pour cause ! me répond-il un peu sèchement.

Maintenant, je ferme mon clapet. Parce que, si je n'ai rien de plus intéressant à lui apprendre, je crains qu'il ne prenne le large.

Année de déménagements, pour Marcel Proust. Il doit quitter son bel appartement du boulevard Haussmann. En plus, on le sait bien, il est malade comme un chien et hyper sensible. Dur, dur. Rivière a l'air de compatir, mais de loin. Je n'ai pas l'impression que l'empathie soit le fort de Jacques Rivière. Tant mieux pour lui. Moi qui n'en ai que trop, je la vis comme un empêchement d'avancer et une tentation permanente du scrupule.

« J'ai toussé trois mille fois d'affilée », lit-on quelque part dans les papiers de Proust. Cet homme est cloué au lit par des quintes de trois mille toux, ce qui devait faire, en comptant deux ou trois secondes en moyenne, à la louche, vingt minutes de toux, d'arrachement de pharynx, de compression du larynx, de raclement de la gorge. Et il écrit *À l'ombre des jeunes filles en fleurs.* Dans son lit. Le dos calé sur des coussins dont l'assemblage et l'équilibre complexe et délicat – je parle, en asthmatique, d'expérience – compromettent au moindre dérangement le répit pulmonaire et menacent d'un nouveau départ de quinte. Quoi ? Il parvient à se concentrer dans ces conditions ? Est-ce Rivière qui me dit, ou l'ai-je lu quelque part, que Proust a fait couvrir les murs de sa chambre d'une couche de liège ? Pour étouffer les bruits, je suppose, qui le font souffrir aussi ou qui le distraient de sa tâche. Tout se trouve sous le signe de l'étouffement, on dirait, chez lui. Alors, comment expliquer que ça respire à ce point dans son œuvre ? Un souffle que personne n'arrive à suivre ! Je ne lui dirai pas, à Marcel Proust, quand je le verrai tout à l'heure, qu'il me fait penser, en écrivain, à Eddy Merckx ! (Ou bien si. On verra.) Eddy Merckx, surnommé « le Cannibale » du vélo ; Marcel Proust, le cannibale de l'écriture. Laissant tout le monde sur place et puisant de nouvelles forces dans l'effort et la difficulté mêmes. Trois mille toux, Marcel Proust, en plein Tourmalet, et il arrive premier en haut. Maillot à pois, maillot jaune, tous les maillots pour Marcel Proust ! *Forza, Marcello !* Et ceci en prime : Proust compte ses toux interminables et dramatiquement quotidiennes, comme Berger, à huit cents mètres à vol d'oiseau, compte les marches.

(Ce qui tisse presque un lien de Proust à Zweig.)

Rivière et moi arrivons boulevard Haussmann. Numéro 102. Janvier 1919. Proust n'a pas encore déménagé. Il est là-haut. Invisible. Sans doute dans son lit ; peut-être il tousse. Je regarde la façade, la corniche qui court tout le long, mes yeux fixent le premier étage sur entresol, dit étage noble. Les deux fenêtres de droite sont de sa chambre.

On monte ?

Mais Jacques Rivière m'a échappé. Il n'est plus là. L'air est vide autour de moi.

Peut-être, oui, sans doute, il jugeait que je lui faisais perdre son temps.

Dommage.

4

Retourner place de la Concorde, alors.

Un biplan de nouveau crachote dans le ciel de Paris. On se croirait dans *L'As des as* de Gérard Oury avec Belmondo. J'ignore à quelle date précise, mais je sais qu'un jour de 1919 un aviateur démobilisé et morfondu, qui louait ses services à des fins publicitaires, a survolé Paris en rase-mottes et s'est posé, excusez du peu, sur le toit-terrasse des Galeries Lafayette ! Un joli coup de pub pour lesdites Galeries. C'est peut-être ce casse-cou qu'on vient de voir passer. À la vérité, il frôlait les toits, disparaissait et reparaissait comme s'il jouait à saute-mouton.

Et on n'a pas entendu de *crash*.

Bon. Voilà. Place de la Concorde. L'hôtel de Crillon, rempli par la délégation américaine. Derrière une de ces fenêtres, la chambre de Charles Seymour, sa malle et cette pelisse imbécile, cadeau énorme de sa Gladys, il ne fait toujours pas assez froid pour qu'on la porte. Les huit statues représentant les villes de France ; celle de Strasbourg meurt de chaud sous sa pelisse de drapeaux.

C'est très étrange d'attendre, là, voire de s'ennuyer, 1919, sur la place de la Concorde. Un privilège, et un angoissant isolement. Rêvasser.

En fait, l'histoire de la statue de Juliette est la suivante. Jean-Jacques Pradier, sculpteur, surnommé je ne sais pourquoi *James* Pradier, avait une maîtresse, une actrice, nommée Juliette Drouet. Cette Juliette Drouet était une orpheline, élevée par un oncle en province, puis un jour jetée jeune et vulnérable dans Paris avec sa jolie silhouette comme arme, un petit don de comédienne et une bonne voix. Pradier a du talent, du succès, de l'argent, il l'aime, il la prend pour modèle. Je pense à une sculpture qui est au Louvre, un marbre, représentant un satyre à nez aquilin, jambes de bouc, pectoraux velus et sourire féroce, tenant renversée sur sa cuisse une nymphe nue cambrée, ou plutôt une bacchante, avec une poignée d'amour admirablement sculptée et qu'on dirait molle bien que de pierre dure. La jeune femme, d'expression gaie, ravie et coquine, tient d'une main (petite, très jolie main) une corne au front du satyre, symbole phallique évident. Le groupe est charmant, plaisant, lascif à souhait, et l'on ne sait trop si c'est le satyre ou la nymphe dont le désir domine l'autre. Victor Hugo voyait en Pradier, Jean-Jacques, né à Genève, un talent merveilleux. Et l'aimait beaucoup. Il aima beaucoup sa maîtresse aussi et la lui prit.

Quand Pradier sculpte l'allégorie de Strasbourg pour la place de la Concorde, il n'est plus l'amant en titre de Juliette. Mais il se souvient assez bien d'elle. Juliette lui a donné une fille, d'ailleurs, qu'il n'avait pas demandée et qu'il n'a jamais voulu voir. Enfin, le moins possible. Une petite Claire assez casse-pieds avec sa manie de vouloir un papa, et qui n'a pas, heureusement, une santé très solide.

Bref.

Moi, je n'aime pas beaucoup ce Pradier.

Place de la Concorde. Patience.

Et je lis quelque part sur Internet que Juliette disait à Hugo «ma statue» en parlant de Strasbourg dans sa correspondance.

Bon.

Nuages. Passent.

CHANT IV

Où, dissimulé derrière le rideau de Marcel Proust,
l'on entreprend un important voyage immobile
(Venise, Madrid, Paris).

1

Et puis non, c'est trop bête. Être à Paris en 1919 et ne pas forcer la porte de Marcel Proust, qui se le pardonnerait ?

J'y retourne.

Sans le viatique de Rivière. Un peu d'audace !

Clipiclipiclop, bruits de sabots sur le pavé, une adorable calèche vient de passer, très inattendue, très fraîche aussi de son et d'apparence, dans cette atmosphère plombée d'après-guerre. Un rêve, une apparition, aussi visuelle que musicale, et déjà disparue. Je n'ai pas vu qui était dedans. Tant pis.

C'est reparti.

Je retourne boulevard Haussmann, je vole, je monte, je sonne. La domestique s'appelle Céleste. La trentaine, cheveux raides, haute et maigre. Elle a ordre de ne laisser entrer personne. Mais moi c'est différent. Qui pourrait vraiment m'en empêcher ? Elle se fera engueuler, tant pis pour elle. J'y suis.

L'intérieur est plus spacieux que je ne l'imaginais, à force d'associer l'image de Proust à une idée de chambre et de confinement maladif. C'est d'abord un vestibule, parquet chevron, puis un couloir qui mène, on suppose, à la cuisine, une porte, entrouverte, sur la salle à manger assez sombre, trop meublée et très inhabitée en même temps. Puis le grand salon et tout de suite la chambre, là. Entrer.

C'est surchauffé.

On n'a pas l'habitude, non plus, de cette lumière un peu laiteuse et zigzagante de l'éclairage électrique de l'époque. Les volets sont clos, un jour poudreux y filtre vaguement. Proust est au lit, en effet, mais pas du tout livide ou inerte. Plutôt agité, même, tout habillé sous les couvertures et tenant devant lui des papiers où sa plume avance. Je remarque l'encre sur les phalanges qui tiennent la plume et quelques taches sur le bord du drap. Il plie le feuillet et le glisse dans une enveloppe. C'est du courrier qu'il rédige, pas son roman. Il nous voit, il hésite, il comprend. Glacial, le regard qu'il nous jette. Oui, on dérange.

Je suis plutôt mal. Je commence à comprendre qu'on n'ira pas plus loin. Mais je tiens bon. Je soutiens le regard, humble mais décidé. Dans la rue, au café, au restaurant, il aurait été courtois. Mais là, je suis entré dans son domaine. C'est vrai.

Chiens de faïence.

Je découvre que Marcel Proust est de ceux qui peuvent mordre. Maladif peut-être, mais d'une énergie énorme.

Bref inventaire de l'appartement, tout de même, à pas de velours, tant qu'on ne me jette pas dehors : un piano mécanique qui joue ce qu'on lui demande (moyennant l'introduction d'un rouleau dans le lecteur) et offre le spectacle merveilleusement fantomatique d'un clavier dont les touches s'enfoncent docilement sous des doigts absents ; une petite étagère où sont serrés les jolies reliures des *Lettres* de Madame de Sévigné et le dos rouge des *Pierres de Venise* de Ruskin ; au mur, le célèbre portrait de Proust jeune, par le peintre Blanche, tableau que je n'aime pas beaucoup, et que je m'étonne de voir ici, où le modèle, tartiné de faux blanc, a l'air mièvre, figé comme de la crème rance, et en fait très éloigné de l'homme que je vois là, sourcils froncés, regard de feu (si ses yeux passaient dans mon dos, j'en garderais la brûlure : de vrais lasers). Mais bon, si Proust l'a suspendu à son mur, c'est qu'il l'aime bien, ce portrait. Enfin, n'oublions pas, parmi le mobilier en bois sombre, cet objet bizarre : un gros appareil téléphonique connecté à l'Opéra de Paris, qui permet d'écouter les concerts en direct. Moderne, Marcel ! Je lui montre mon iPhone ?

Je ferai mieux en me planquant derrière un rideau. Histoire d'avoir quelques chances de ne pas me faire chasser tout de suite. D'autant que ce n'est pas un mauvais poste d'observation. D'ici, à travers le volet, je vois la rue, le passage, la ville grise striée par les jalousies, où sont immergés quelque part les diplomates de la conférence de la paix dans leurs costumes sans couleur. Et derrière, dans son lit, Proust est adossé à la cheminée blanche. J'entends même le crissement de la plume sur le papier.

Étrange griserie, derrière mon rideau.

Le reniflement, le ressort du matelas. Il tousse. Ouf. Quinte courte. Un vendeur d'oranges en bas dans la rue crie. Vent coulis à fleur de fenêtre : on n'isolait pas en 1919 aussi bien qu'aujourd'hui. Un brin de laine traîne par terre. Sans doute tombé du rideau dont l'ourlet s'effiloche.

Mon grand-père est né en 1903, à Harzé, un village wallon à deux pas d'un hameau de trois maisons où l'horizon est véritablement immense et qui s'appelle Paradis. Non loin aussi du hameau de Trou de Bosson, du bourg d'Aywaille et de la ville de Spa, dans la province de Liège. Il s'appelle Théophile, on le surnomme Théo. Donc il est là, chez lui, dans son village tout là-bas, et il a seize ans. C'est marrant, tout de même.

Marcel Proust tousse. Je suis derrière le rideau. Je pense. Lui, le grand maître du temps perdu et du temps retrouvé. Je joue du bout du pied avec le brin de laine. Rêverie du temps tout entier présent.

Le village d'Harzé est blotti autour d'un vieux château qu'on dit hanté, et, à perte de vue, ondulent les prés, les champs, les bois. Le papa de mon grand-père s'occupe des champs ; la maman de l'épicerie.

Quand Lou Tseng-Tsiang devient ministre à Pékin, en 1912, le petit Théo, neuf ans, reçoit une bicyclette Royale Saroléa et un abonnement à l'hebdomadaire *Vélo-Sport* ; quand la guerre éclate, août 14, c'est grâce aux images collectionnées dans les paquets de chocolat qu'il corrige son frère Ludo et affirme que ce ne sont pas des uhlans mais des dragons, ces cavaliers allemands entrés dans le village avec un casque à pointe et une housse par-dessus et qui ont posé le canon de leur carabine sur la poitrine du bourgmestre (enfin, de son substitut, puisque le bourgmestre et châtelain avait déjà pris la poudre d'escampette). Mon grand-père, vieux, a raconté tout cela dans ses mémoires, particulièrement détaillés et joliment tapés à la machine, à l'attention de ses descendants.

Quand Victor Serge *aka* Victor Kibaltchitch sort de prison, à Melun, en 1917, le cousin de mon grand-père, nommé Stanislas, qui avait franchi la nuit la frontière hollandaise, contourné les lignes et rejoint l'armée en Flandre, tombe, bon sergent, à la tête de sa section, déchiré par un obus, devant Ypres, un rosaire dans la poche du cœur. Et le onze du onze à onze heures, Théo, quinze ans déjà, et qui était aux betteraves avec son grand frère Ludo (à l'arrachage, dans un des champs du bas, après le marais), court de toutes ses jambes voir ce que c'est que cette inhabituelle sonnerie de cloches, qui n'en finit pas de dévaler la campagne, avec aussi des détonations. Il y a une affiche apposée dans la cour de l'église, près de la maison familiale, un attroupement festif, des cris de joie, de la boisson et des coups de fusil en l'air.

Et voilà, on est de retour en 1919, derrière le rideau. Le temps, c'est des ronds dans l'eau.

Par la fente, je vois un rai de chambre, vertical, comme une tranche. Un bout du lit, un bout de l'étagère.

À travers le volet, quelques lignes de ciel gris, presque blanc, et oh, comme par hasard, un vol d'étourneaux !

2

Quant à nous, le voyage immobile continue. Départ de Venise, dix-huitième siècle, avec Tiepolo, escale à Madrid pour récupérer Goya (on a vu son crâne, il faut le voir vivant) et remontée à cheval sur le dos de Murat et de Victor Hugo jusqu'au rideau de Marcel Proust. Ici. Boucler la boucle. Par tout un chaînon de noms vivants. C'est mon ouvrage.

Si j'osais, je proposerais à Proust de m'accompagner. On sait qu'il aime Venise plus que tout. Il y est allé deux fois. On sait qu'il descendait à l'hôtel Europa. Les biographes ont établi tant de faits dans leurs biographies. Ce casanier n'a guère vraiment voyagé dans sa vie sauf là. Plus Ostende et Saint-Moritz un jour. Mais je n'ose pas. J'ai trop peur qu'il refuse. Ce sera pour plus tard.

Alors en avant, on ouvre un livre, on ferme les yeux, et il est là. Tiepolo. Giambattista Tiepolo, peintre, à Venise. Le peintre des couleurs claires. Matinal. Marchant sur le quai, précédé par un petit garçon à qui l'on donnerait dix ou onze ans, gai et gambadant, et qui est son fils. Le fils se prénomme Giandomenico. Giamba, le papa ; Giando, le fillot. On est en 1740. Giamba a quarante-quatre ans. Il est plutôt mince, le visage ovale, le nez en ligne brisée.

Ils vont d'un bon pas sur les Zattere, précisément, c'est-à-dire les quais au bord du canal le plus large, presque un bras de mer, face à l'île de la Giudecca.

Proust griffonne et relit parfois une phrase à haute voix, mes enfants vont de nouveau débouler et on ira attraper le bus scolaire, bientôt, j'ai la vie de Tiepolo en petits caractères ouverte sur les genoux, je suis caché derrière le rideau, les diplomates discutent la paix, je sens l'électricité de Venise, avec Tiepolo et son fils, marchant sur les Zattere, le regard attiré un instant, ne fût-ce que pour le plaisir, par la façade du Redentore, en face, sur la Giudecca, lointaine et proche, vibrante en son reflet, sa blanche clarté, sa géométrie tranquille, sa confiance absolue. C'est le matin. Puis, brusquement, père et fils tournent à droite dans une perpendiculaire, quittant la lumière fraîche des quais et franchissant la ligne d'ombre. Ils pénètrent dans une église. Celle dite des Gesuati. Église toute neuve. Même, l'intérieur est encore en chantier, hérissé d'échafaudages que l'on croirait dressés pour des artistes de cirque, acrobates, trapézistes, funambules et casse-cou déterminés à se lancer dans les airs pour le plaisir du public et à se rattraper, tout juste, par les chevilles ou les poignets.

Sont-ce les Tiepolo qui nous offriront ce spectacle de haute voltige et (on le voit) sans filet ? Peut-être, puisqu'ils gravissent à présent les échelles. Manque le roulement de tambour. On n'entend que le gémissement du bois tirant dans les nœuds de corde. Et les pas sur la plateforme scabreuse. Portes et baies de l'église sont ouvertes, pour favoriser l'entrée du jour ; le maître veut beaucoup, toujours plus de lumière. Ses assistants à présent, qu'on n'avait pas remarqués, lui apportent le matériel. Et par les pâtes bleues, les enduits jaunes, les touches de rose, Giambattista Tiepolo, secondé de ce fils qu'il présente à tout le monde comme un petit surdoué, à grands et petits coups de brosse, fait monter au paradis des saints aux bras ouverts, le rosaire à la main, et transforme le plafond en un ciel. Le fermé en ouvert. Le mur en passage. La limite en illimité. Tout l'art ! Dans mes bras, Giambattista !

Alors, maintenant que mes enfants ont pris le bus scolaire, on suit Tiepolo père et fils jusqu'en Allemagne, où un prince-évêque les a appelés pour transsubstantier ses plafonds aussi. C'est dix ans plus tard, en 1750. À Wurtzbourg. Ça se visite encore. Je devrais y aller, avec les gamins. En attendant, on y voit Giambattista prendre de l'âge, des rides, avoir peut-être ce tic de retrousser le nez quand il regarde vers le haut – sa position naturelle à lui, peintre de plafonds – et l'habitude de se masser la nuque quand il revient à la position de tête naturelle aux autres. Le temps passe, même si l'on ne dirait pas. Giandomenico, le fiston, a de la barbe au menton. Touchante, cette amitié du père et du fils favori. Binôme jusqu'à la fin.

Jusqu'à la fin, oui, puisque c'est toujours eux qu'on voit, là, dans ce port d'Italie (où est-on ? À Gênes, à Livourne ?). Revenus de Wurtzbourg, ayant retrouvé pour quelques années leurs chantiers chéris de Venise et repartant encore, infatigables et européens, s'embarquant pour l'Espagne à présent à bord d'une polacre à deux ou trois mâts, lesquels mâts sous leurs haubans ne grincent pas moins qu'un échafaudage. Autant dire que, sauf le vent, ça ne les change pas beaucoup.

En revanche, il a vieilli, tout de même, Jean-Baptiste. Jean-Ba. Et Jean-Dominique, Jean-Do, lui tient le bras, parfois, quand la secousse du tangage fait vaciller son père. Au-delà de ça, traversée sans histoires. Grand ciel, nuages, mouettes. Arrivée.

À Valence ? À Barcelone ? (Le livre ne le dit pas.) Quoi qu'il en soit, c'est à Madrid qu'on les attend. Et qu'ils arrivent. Avec leur tricorne italien, leurs bas de moire et leur prestige. Rues de Madrid. Palais, jardins, vue jaune sur la plaine en contrebas et jusqu'aux monts bleutés du Guadarrama vibrant à l'horizon.

Le roi les recevra tantôt.

Il s'agit une fois encore de métamorphoser des plafonds. Et de décorer des escaliers. Le roi d'Espagne (quel roi ? Carlos III, celui qui a le long nez terminé par une boule et qui sourit tout le temps, le plus gentil, une sorte d'Henri IV espagnol, dont Carlos est d'ailleurs, en bon Bourbon, un lointain descendant) veut qu'au ciel de la salle du trône, dans son palais flambant neuf, les Tiepolo rassemblent en une fresque tous les continents et toutes les époques, le monde entier et toute l'histoire, le temps, l'espace intégralement, ça doit être possible, pour des artistes comme vous, non ? Sûrement. D'ailleurs, voici beaucoup d'argent.

C'est alors qu'il faut se trouver dans les rues étroites de Madrid pour voir passer le carrosse des Vénitiens. Son ombre rapide et gaie se découper sur les longs murs des couvents. Courir, joyeux. Se dire qu'on tombera sur Goya quelque part, sûrement. Se renseigner auprès d'un passant. Ou, ce qui revient au même, dans une grosse biographie de Goya.

3

Plutôt vexant, tout de même, d'y apprendre que Goya, jeune homme, pendant ces années-là, justement, est en Italie. Chassé-croisé tout à fait idiot pour nous, qui comptions sur ce voyage des Tiepolo à Madrid pour nous connecter à lui.

Il est parti se former à Rome. Grand bien lui fasse. Reste à attendre son retour.

En allant assister à une corrida, par exemple, pourquoi pas.

Proust un peu rageur a balancé des feuillets chiffonnés jusque contre le mur. Me visait-il? Non. Je crois qu'il m'a oublié. Son front, en sueur.

Comme le mien d'ailleurs, en voyant ce pauvre taureau souffrir, la pique du picador et les chevaux éventrés. Que le lecteur tourne la page, qui ne veut pas savoir que la fête taurine, ce jour-là, tandis que l'ombre coupait en deux l'arène, faisait bramer les hommes et jacter les femmes autour d'un héros blessé et d'un petit aurochs abattu, qui vomissait du sang et secouait ses cornes embarrassées dans les boyaux d'une mule. Nous, bien que plein de respect pour les traditions, nous prenons nos jambes à notre cou et filons (gardant pour nos souvenirs cet autre torero qui se servait de son chapeau au lieu d'une cape, celui qui sautait à la perche par-dessus l'animal, ce troisième, vêtu à la mauresque, qui chevauchait un taureau pour en combattre un autre, ou ce quatrième, qui courut si mal à propos que le *melocotón* (taureau à la robe rousse) qui le poursuivait arriva par-derrière la barrière dans les rangs du public et fit des blessés ici et là.

Et quel boucan, en tout cas. Déchirantes trompettes.

On les entend encore.

Se mêlant aux autres bruits de Madrid. Oh, pas encore d'autos, bien sûr. Mais du joyeux raffut quand même. Promenade.

On attend toujours Goya. Les travaux dans le palais royal avancent plutôt bien. Le plafond de la salle du trône s'annonce comme une machine qui se visitera encore dans trois ou quatre siècles, et c'est bien pour ça qu'on les paie, les artistes, non ? Cela dit, Giambattista, le papa, en dépit de l'extrême sensualité des femmes qu'il peint en raccourci sur ses ciels bleus, est gagné par une forme de mélancolie. Sous ses yeux, l'énormité grandissante des valises paraît indiquer un départ prochain. Les joues se creusent. Il ne dort plus. Ses nuits sont faites de dessins, qu'il grave quand il peut, presque tous nocturnes, peuplés de hiboux et de présages.

Il les rassemble sous le titre plaisant de *Caprices*. On est pétillant ou on ne l'est pas !

Mais lui l'est tellement qu'il finit par s'évaporer. Direct amalgame dans l'air. Le dépôt corporel pèse quelques kilos à peine et il me semble qu'on l'a mis en bière surtout pour éviter qu'il ne s'envole. 1770. Mort de Jean-Baptiste Tiepolo dans la capitale espagnole.

Larmes de Giandomenico. Bien cachées derrière une porte fermée, des volets clos. Cet homme, de dos, là ? C'est lui, qui sanglote.

Goya ? Toujours pas trace de lui.

Sachant qu'il publiera lui-même des gravures macabres et nocturnes sous le même nom de *Caprices*, en hommage, et que toute son œuvre prouve qu'il a bu littéralement les couleurs et la lumière du Vénitien à Madrid, il devrait, il aurait dû être là, sûrement, Goya, parmi ces gens endeuillés qui suivent lentement les restes de Tiepolo sous les voûtes de l'église San Martín. Et pourtant non. Les biographes, impitoyables : Goya, retour d'Italie, pas avant 1771. Bon.

On aurait pourtant bien aimé qu'il se fît copain avec Giandomenico. Mais pas davantage. Aucune rencontre documentée. Hélas. Giandomenico, les travaux finis et son père enterré, les larmes bues, regagne la maternelle Sérénissime. Rien de plus triste que de faire seul le retour d'un aller qu'on avait fait à deux. Et je ne parlerai pas de cette traversée-là.

Addio !

4

Pour être tout à fait certain de trouver Goya à présent, et sans qu'aucun biographe ne nous en empêche, il faut aller forcer la porte d'une église où nous sommes sûrs qu'il travaillait, tant pis, là, 1798, cinquante-deux ans, en contrebas du palais royal aux plafonds peints par Tiepolo, à droite de l'extension plane d'un parc appelé Casa de campo. L'église est celle de San Antonio de la Florida, de la *fleurie*, petite, avec un dôme. Église neuve, en fin de chantier d'ailleurs, un peu comme Tiepolo aux Gesuati de Venise, il y a quelques pages. Dedans, des échafaudages également, s'élevant jusqu'au tambour de la coupole. Silence, solitude. Nos yeux se font à l'obscurité. On ne voit d'abord qu'un bras et un pinceau intermittent, et des anges qui apparaissent, à fresque, et tout un peuple d'humains assistant à un miracle un peu vague, et qui rappellent ceux qui assistaient tout à l'heure à la tauromachie. Le bras qui brosse est nerveux, fatigué. Ses anges sont très beaux, délicieusement androgynes, avec quelque chose de baudelairien avant la lettre. « *Ange plein de gaieté, connaissez-vous l'angoisse* » ? On ne voudrait pas le déranger, mais on récite tout de même le poème, car il faut faire honneur à l'art.

« *Ange plein de beauté, connaissez-vous les rides* » ? Le peintre là-haut, interrompu par notre récitation, aurait pu se pencher, se demander qui venait faire du tapage, « *et la peur de vieillir, et ce hideux tourment* », et faire pleuvoir sur nous sa colère et nous montrer en passant son visage. « *Ange plein de bonté, connaissez-vous la haine ?* » Nous y comptions. Mais il nous revient qu'il est sourd ! (Décidément, les biographes sont des empêcheurs de tourner en rond.) Sourd comme un pot ! « *Les poings crispés dans l'ombre et les larmes de fiel…* » Comme Beethoven le sera après lui ! C'est vrai ! Alors non seulement nous pouvons réciter Baudelaire aussi fort que nous voudrons en frappant des casseroles, « *Ange plein de santé, connaissez-vous les Fièvres* » ? mais, pour qu'il se penche, il nous faudra trouver un moyen différent. Secouer l'échafaudage ? Pourquoi pas. Cet assemblage de bois, de cordes et d'échelles, mâts et haubans qui font de la nef un vrai navire ! Allons-y. Là ! On l'a eu. Il se penche ! Courroucé ! Et c'est lui ! C'est bien lui ! C'est Goya ! C'est ce crâne mort peint par Dionisio Fierros Álvarez, mais tout vivant cette fois, couvert de chair, rempli d'idées, rayonnant de rêve et de pensée, mi-chauve, mal rasé, le visage persillé de taches de peinture ! Ah, franchement oui, on le préfère vivant ! Oh, le regard !

Il grogne un mot, fait un geste du bras, comme Jupiter lance un éclair. Oui, oui, on va s'en aller. Il nous a sûrement pris pour un touriste. « *Ange plein de bonheur, de joie et de lumières !* » Nous sortons de l'église San Antonio de la Florida, la *fleurie*, avec une sorte d'enchantement.

5

À présent, pour rejoindre 1919 de proche en proche, avec cette tête de pioche de Goya, qui est peintre de la Cour, nous allons dans les couloirs du palais royal de Madrid, obéissant à toutes les commandes du roi, quel que soit le roi d'ailleurs, et nous voyons même avec une certaine perplexité comme les rois défilent. Des têtes étaient tombées en nombre, à Paris ; la Révolution débordait sur l'Europe sous la forme de Napoléon. Et voici, dans les couloirs du palais royal où nous suivons Goya, Joachim Murat, quarante ans, la force de l'âge, ses cheveux ondulés, son œil de jais, maréchal, commandant en chef des forces impériales françaises occupant Madrid et chargées d'asseoir Joseph Bonaparte, frère de l'Empereur, sur le trône d'Espagne.

Murat ? Joachim Murat ? Il faudra prévenir le président Wilson que son hôte est en train de faire la guerre, ici. Et plutôt bien, d'ailleurs. À son habitude.

Ou bien il faudra prévenir Murat que, dans l'hôtel particulier de sa famille, de ses descendants, à Paris, un président des États-Unis est en train de préparer la paix universelle. Quoi qu'il en soit, Murat est passé si vite qu'il ne nous a pas entendus.

On lui court après. C'est nous, cette ombre furtive qui glisse et se plie sur les murs.

Quatre à quatre, le grand escalier.

Nous voilà derrière lui dans la salle du trône, sous les plafonds peints par Giambattista et Giandomenico. Coup d'œil admiratif: ces bleus, ces jaunes, cette lumière céleste et oh, l'étalon blanc, sur le bord, quelle grâce! Murat apprécie tout particulièrement ce cheval. Puis un mouvement de sabre, un claquement de talons et les salutations en français à une jeune femme espagnole au regard fier qu'on lui présente et dont les pas avaient été amuïs par l'épais tapis immense – que le visiteur moderne voit encore aujourd'hui.

Il y a du beau monde dans la salle du trône et cela n'a pas l'air faux, ce qu'on dit, qu'une bonne partie de la société madrilène a vécu plutôt comme une libération le putsch français. À en juger du moins par la quantité d'illustres individus et de femmes de qualité qui fraient là autour du nouveau roi Joseph Bonaparte et de ses officiers français. Oh, l'Ancien Régime: la barbe! Murat a réprimé les révoltes de Madrid dans le sang? Fusillements à tout-va? Bah. Grand concours de carrosses dans la cour pavée, rumeur des laquais, écho montant du clapotis des sabots. On aimerait bien que la sémillante et jeune comtesse espagnole qui vient d'être présentée à Murat et qui, du haut de son mètre cinquante augmenté d'un peigne à longues dents et d'une mantille en dentelle, semble campée pour assaillir n'importe quel cœur, soit cette jolie jeune femme demi-cubaine récemment arrivée à Madrid de La Havane pour s'amuser mieux que là-bas et qui répond au doux nom de Mercedes.

Murat brusquement lui tourne le dos, appelé par le roi Joseph ou quelque devoir protocolaire. Et elle, la petite

Mercedes, qu'on observe bien, pivote sur ses talons hauts telle une tourelle de tank, repère sa cible suivante et vise.

Lui.

Superbe général habillé en hussard (peut-être même avec un haut bonnet à poil sur l'avant-bras), pas trop grand, et que le roi tutoie.

Comment s'appelle-t-il ?

Général Merlin.

Hop, regard carabiné. Grappin. Abordage. Quelques mots sur la beauté du cadre et déjà la main d'elle sur les lèvres de lui.

On se souviendra de ce couple-là.

— Vous nous quittez déjà, général Merlin ?

— Euh… oui… oui… prendre le frais, cher général Hugo. À tout à l'heure, à demain…

Et tandis que le général Merlin et la comtesse Mercedes vont prendre, il est vrai, le frais, à deux, elle un peu émue et lui un peu émoustillé (il y a au palais royal de Madrid des terrasses où le visiteur touristique moderne n'est pas autorisé à circuler mais où Merlin et la comtesse pourraient avoir sur le grand parc de la Casa de campo une vue imprenable et particulièrement romantique), le général Hugo, casque à panache sous le bras, altier, sévère et marié, lui, patiente encore, par politesse, fait son salut au roi Joseph – il lui coûte un peu d'entendre les Castillans l'appeler *José* – et prend congé.

Sonnaille d'éperons dans l'escalier. On aime particulièrement les rinceaux de fils d'or sur son col montant et la passementerie or également qui frémit aux épaulettes.

Le voilà dehors. Si on le suit, à présent, ce général Hugo, par la *calle de la Reina,* jusqu'au vieux palais madrilène où il loge, on aura la chance, ce soir, en marchant à pas feutrés dans le couloir pour ne réveiller personne, de pousser une porte, chuuut, derrière laquelle trois enfants dorment : un garçon nommé Abel, déjà adolescent, un autre nommé Eugène, onze ans, et le petit dernier. Tout doucement, on s'approche de celui-là. Comme dans les films, un opportun rayon de lune tombe du haut de la fenêtre sur son front bombé et sur ses yeux étonnamment ouverts et fixes, puis soudain mobiles, et enfin se refermant : c'est le petit Victor Hugo, neuf ans, que nous avons surpris en plein sommeil paradoxal, et qui rêvait…

Alors, qu'importent les avanies de l'occupation française de l'Espagne et les horreurs de ce que les Espagnols appellent leur *guerra de la independencia* : nous, avec les enfants Hugo, on a été mis à l'abri, on nous a fait regagner Paris. Leur maman est on ne peut plus heureuse de les avoir récupérés. Ah, vivre avec un militaire : pire qu'un pilote de ligne !

Pour continuer notre chemin, il nous suffit de grandir avec Victor – privilège ! – dans l'appartement familial de la rue des Feuillantines, du côté du Val-de-Grâce, de laisser Paris être Paris, de couvrir des pages d'octosyllabes mal assurés où *beau* rime pauvrement avec *nouveau*, et *jour* avec *amour*, puis d'alexandrins plus affirmés, où *terreur* rime richement avec *erreur*, par exemple, et *sentence* avec *clémence*.

Nous pouvons aussi laisser un moment Victor à ses vers de jeunesse pour nous offrir en ville le bonheur d'une coïncidence, oui, là, là ! Au détour d'un massif, dans les jardins du Luxembourg, avançant, courbé sur ses cannes… Quoi ? Vous ? Goya ? Ici, à Paris ? Mais ! Vous rappelez-vous ? À la Florida, mais oui ! C'était nous !

Rigolo : il est pris en filature par deux flics. Invraisemblable.

Le sait-il ? Deux Javert ! Les historiens nous disent que le pouvoir espagnol était à ce point paranoïaque qu'il faisait, d'accord avec Paris, surveiller le peintre octogénaire, qui aurait pu, qui sait, bien sûr, mais oui, fomenter quelque mauvais coup. Rien de tout cela néanmoins et les rapports de police nous le présentent paisible touriste de la Ville lumière, ne sortant de son hôtel que pour voir les monuments célèbres et fréquenter les promenades.

Touriste à votre tour, Goya ! Comme nous à la Florida !

Quelques dessins de son carnet nous montrent cependant qu'il est allé voir ce que c'était que la guillotine. Première et dernière apparition du *castigo francés* (châtiment français) dans l'œuvre du peintre espagnol. Sinistres dessins, du reste. Avait-il en tête cette idée de la décapitation ? Est-ce cette idée même qui lui aurait fait perdre son crâne post-mortem ? Car qui connaît le pouvoir des idées, leur modus operandi, et leur durée de vie ?

Encore quelques jours, puis ce vieil homme rentrera à Bordeaux par la malle-poste, longue route et cahots en perspective. Un plaisir pour le mal de dos et les vertèbres déplacées. À Bordeaux, il habite au 57 cours de l'Intendance. On passera peut-être le voir, plus tard, plus loin, ou dans un autre livre. On est notamment assez curieux de découvrir ces « choses nouvelles » qu'il dit avoir inventées : un art de dessiner en laissant couler au hasard de l'encre noire sur des petits blocs d'ivoire. Étrange, étrange, cet homme, cette créativité sans arrêt.

Il s'en va. Appuyé sur ses deux cannes.

Sous son grand manteau vert et son chapeau de feutre, ce vaste dos a quelque chose d'auguste. Il nous fait penser au colonel Chabert en fin de vie.

Paris, fin des années 1820. Où que nous regardions, des personnages des *Misérables* et des scènes de Balzac se glissent devant nos yeux. Bizarre. Agréable.

Des fiacres, des cochers jouant du fouet, un pavé sale, le ruisseau dégoûtant.

Une envie de théâtre. Une envie, concrètement, de voir Juliette Drouet ! Sa jolie silhouette, sur le pavé, et sur les planches. Son courage, son talent peut-être. Son nez mutin, son pas décidé. Sa jolie voix. Je trouve dans le journal qu'elle joue au Vaudeville, dans une pièce en un acte dont le titre ne m'évoque rien, mais on y va quand même.

Pas terrible.

On boit le punch chez James Pradier pour finir la soirée, le sculpteur son amant. On fait la connaissance de Claire, leur toute petite fille. On lui dit gentiment :

— Mais quel joli nom tu as !

Reste à voir Claire grandir, Hugo séduire Juliette et lui interdire désormais d'avoir d'autres amants que lui. Assister à l'érection, place de la Concorde, de la statue de Juliette en Strasbourg (ça c'est chouette), et suivre avec Hugo, Pradier et Juliette (ça c'est moins chouette) le cercueil de la pauvre petite Claire à peine adolescente, qui n'avait pas une bonne santé, et sécher les larmes d'une maman qui a vu son enfant mourir. Émotifs, on pleure à sa place. Et on regarde, comme elle, vers le ciel. Et on lui glisse à l'oreille : je suis ton ami invisible. Puis on file au ciel, nous, accrochés à la fumée d'une cheminée, puis nous raccordant à un nuage et rejoignant l'apesanteur des spectres, pour voir de très haut passer la guerre franco-prussienne de 1870, et des employés de la mairie de Paris couvrir Juliette, pardon, Strasbourg, de pagnes noirs de deuil. Avoir vu feu Claire sourire, comme si c'était pour elle, ce deuil national sur sa maman de granit. Voir la nuit tomber, la tour Eiffel s'élever, la Grande Guerre éclater.

On y est presque.

6

Dernier effort : traverser la guerre. Montrer, en passant, quelques-unes de ces croix de bois que Charles Seymour dans son trajet de nuit en train regrettait de n'avoir point pu voir. Et pour ce faire, allons-y gaiement, comme tout le monde, la fleur au fusil. Et soyons d'abord Charles, quarante et un ans, la force de l'âge, bon écrivain, penseur sincère, qui a trois mômes chéris et une femme, enceinte d'un quatrième lardon, et allons nous faire trouer la tête d'une balle précise, au bout d'un mois de campagne, et tombons, lâchant notre arme, en criant, comme lui : « Oh mon Dieu, mes enfants ! » Charles Péguy, lieutenant d'infanterie, 19e compagnie. Et soyons dans la foulée Henri-Alban, vingt-sept ans, qui vient de publier son premier roman, qui a frôlé le Goncourt, mais qui est jeune, alors la prochaine fois, hein, et qui a devant soi une carrière à la Dickens ou à la Balzac, au moins, et puis qui ne dépasse pas vingt-sept ans finalement à cause d'un imprévu, la compagnie prise à revers, mitraillade, étrange sensation dans la poitrine, du temps qui ralentit, puis une douleur brève, redoutable. Henri-Alban Fournier, alias Alain-Fournier, l'auteur du *Grand Meaulnes,* est mort et personne ne nous le rendra.

Mais on peut survivre, aussi. Par exemple, en étant Jean. Pour être Jean, il suffirait d'abord de ne pas avoir son bac et d'avoir plutôt travaillé dès ses dix-sept ans à Londres et au Canada dans l'import-export de cognac pour la firme familiale. Puis rentrer en France fin juillet 14, découvrir sur les murs des gares l'affiche de la mobilisation générale. Être réformé pour question médicale. Voir son grand frère partir soldat. Vouloir se rendre utile, être envoyé à Londres au service central du ravitaillement allié, ce qui ressemble le plus à ce qu'on sait bien faire. Guère plus dangereux que le travail de Zweig à Vienne, à vrai dire, mais sans doute plus utile. Puis revenir de Londres après l'armistice, à trente ans sonnés désormais, mûr, plein d'idées d'avenir et d'enthousiasme pour la Société des Nations proposée par le président Wilson. La prometteuse *League of Nations.* S'y faire engager. Croire à la paix. Trouver le monde jeune.

On peut même avoir le cœur en forme de voile et laisser la vie souffler dedans quoi qu'il arrive, et être alors Oscar et Marcel, grand frère et petit frère, s'enrôler sous le drapeau belge dans une des toutes premières unités de blindés mobiles et se faire envoyer sur le front de l'Est, en soutien aux alliés russes, dans des uniformes seyants taillés par la célèbre maison Paquin, rue de la Paix à Paris. Voyage, voyage. Et pour être Marcel, en particulier, il faut beaucoup admirer et regarder son grand frère Oscar, qui n'arrête pas d'écrire dans un carnet tout ce qui arrive, qui en fera un grand roman après la guerre, dit-il, lui qui a déjà publié deux livres ! Il faut embarquer à Brest avec les petits blindés rigolos dans un bateau anglais qui mène toute la troupe au pôle Nord, ou presque, par la mer de Barents et la mer Blanche où, parmi les glaçons balancés par les vagues noires, des mines flottantes les obligent à patienter.

Il faut voir Oscar écrire et monter, pour tuer le temps, des pièces pour marionnettes en cinq actes. Puis débarquer enfin, en 1915, et se mettre au service du tsar. Lui rendre visite à Saint-Pétersbourg – Marcel et Oscar crachant de la vapeur sur la perspective Nevski, quelques années après Berthe et Lou, quelques années avant Victor Serge. Combattre, à présent, en soutien des armées russes, en cheville avec la cavalerie cosaque, contre les Autrichiens, du côté de Tarnopol en actuelle Ukraine. Gagner, perdre, et puis pleurer quand Oscar le grand frère, trop peu protégé par le blindage du véhicule, a le crâne blessé par un éclat d'obus comme par un coup de bêche.

Marcel a vu la cervelle à nu de son frère et il a recueilli précieusement son carnet de notes. On se replie, la campagne est perdue. L'Autriche triomphe, sur ce front. Et Zweig – mais oui ! –, l'adjudant Stefan Zweig, quelle coïncidence, est envoyé recueillir pour archivage, à ce moment-là, les traces de propagande russe qu'on trouverait dans les territoires récupérés. Tout se tient.

Paix de Brest-Litovsk. Le tsar passé par les armes, les soviets au pouvoir, Lénine signant la paix avec l'Allemagne et les empires centraux. Les soldats russes démobilisés. Les blindés belges sans emploi, et ne trouvant rien de mieux pour rentrer au pays qu'un convoi transsibérien (ses poêles, ses samovars) où Marcel, qui s'est mis à écrire dans le carnet d'Oscar, à la suite de son frère, devient écrivain. Marcel et Oscar Thiry, ça ne vous dit rien ? On y reviendra.

De paysage en paysage. De page en page. Steppe ; poème. Quand leur train passe à Kharbine, en Chine, Lou est ministre à Shanghai. Quand ils arrivent à Vladivostok, ils prennent un bateau américain.

Enfin un animal dans cette histoire : Mitraille, le chien barbet de la troupe belge, pelage couleur cannelle, jolies bouclettes, qui a survécu à toutes les batailles. Il n'est pas admis à bord. Les règles sanitaires américaines sont plus que strictes. Vaine insistance. Le bon chien roux est cédé à des soldats, qu'on espère sympas et doux, de l'armée blanche. Qui sait ? *Waf, waf.* Adieu. *Waf.*

Flots noirs, gris, bleus, roses, traversée du Pacifique très mal nommé et habité de sous-marins comme une pomme de vers. Les Belges dans la baie de San Francisco. Une pensée pour Mitraille. Puis, dans les *sleepings*, traversée du Nouveau Monde jusqu'à New York. Puis, à bord d'un de ces paquebots dépouillés de leur confort pour transporter les troupes – oh, pas le *George Washington*, non, c'eût été trop beau, mais un petit-neveu baptisé *La Lorraine* – qui descend sur Bordeaux. Estuaire de la Gironde. Fin d'un tour du monde.

Bordeaux. 57 cours de l'Intendance ? Le fantôme sans tête de Goya allant de-ci de-là, curieux de tout ? Pas impossible. Les soldats belges, eux, remontent en train vers leur Nord.

Nous avec eux. Mais on descend à Paris.

Où on a juste le temps de suivre, le lundi 13 novembre, le convoi mortuaire du malheureux poète Apollinaire, mort de la grippe espagnole l'avant-veille de l'armistice, avant de retrouver, un peu essoufflé par le sprint, l'atmosphère de presque paix et d'ébullition diplomatique où nous nous étions laissé nous-même, janvier 1919, planqué derrière le rideau de Marcel Proust, qui nous a repéré depuis un bon bout de temps et qui s'impatiente.

Sa voix cassante et agressive :

— Vous foutez quoi, là, au juste ! Hein !

Et alors là, moi, du tac au tac :
— Je vous comparais à Eddy Merckx !
Vlan. Envoyé.

CHANT V

Où il est question d'un tyrannicide, à nouveau.

1

Mais oui, un assassinat.

Le pauvre garçon s'appelle Louis Émile Cottin, surnommé Milou. (Et Cottin sonne quasi comme Tintin.)

Quand je dis « le pauvre garçon », je ne parle pas de la victime, bien sûr, mais de l'assassin.

Milou, vingt-deux ans. Né à Creil, une semaine avant le printemps, 14 mars. Père menuisier ; mère inquiète. Jeune ouvrier, lui aussi ; réformé, employé pendant la guerre à la menuiserie d'aviation (hélices). Vit dans la banlieue parisienne, lit pas mal (sa mère trouve : trop), réfléchit, macère, économise et un jour, peu après l'armistice, à un de ces poilus démobilisés qui faisaient sous le manteau marché noir de quelques objets militaires soustraits pendant la guerre, il achète un revolver.

Si seul, au fond, le garçon Milou, qu'il ne l'a montré à personne, son objet à barillet, canon hexagonal, cran de mire. Métal froid, mais qui prend la chaleur quand on le tient longtemps dans le creux de la main. Par exemple toute une nuit. Et qui est brûlant quand on a tiré. Parce que Milou a appris à s'en servir. Plus ou moins. Il a éprouvé son sang-froid devant la glace de l'armoire, l'inconscient.

D'après ce qu'on lira dans les journaux, il a même tiré sur son reflet et brisé le miroir. J'imagine que la maman n'était pas là. Et qu'aux voisins il aura prétendu : Moi aussi j'ai entendu le bruit, ça devait venir de la rue, ou bien d'en face ? Ah bah regardez, là, des poilus, ils nous auront joué un tour…

Ce n'est certes pas la prudence qui le conduit.

Ni, non plus, une information très complète.

19 février 1919. Un mercredi, comme par hasard, jour de Mercure. Attends-toi à un grand départ, Milou. L'arme en poche, un matin vraiment pas comme les autres, même si tout est pareil par ailleurs : la mosaïque du pavé parisien, les reflets anthracite d'après la pluie, le ciel immobile.

Impossible de savoir si Milou se rend sur le lieu du crime en tramway ou à pied. Je vote pour le tram.

La victime, quant à elle, mesure, si l'on en croit Internet, un mètre soixante-trois, pèse, à vue de nez, soixante-treize kilos. Elle est debout depuis belle lurette, s'est hygiéniquement lavé les dents, les mains, tout ce qu'il faut, a rédigé son courrier sur un bureau circulaire, a préparé sa journée méthodiquement, a enfilé son manteau toute seule et ses gants de coton, s'est fait ouvrir la portière de la Rolls. C'est Clemenceau.

Rue Franklin. Paris, seizième arrondissement.

Sans la régularité des horaires de Clemenceau, Milou n'aurait pas su où et quand se poster pour descendre le président du Conseil.

Au coin de la rue Franklin et du boulevard Delessert, Milou, l'esprit fiévreux, planque dans une vespasienne, pissotière publique métallique verte, au parfum d'ammoniaque. L'esprit fiévreux, main suant sur la crosse du revolver. À quelle chasse t'adonnes-tu ? La chasse au tyran ? Par quel misérable interstice, Milou, guettes-tu le passage de la Rolls noire ?

Elle arrive ! Vite, comme d'habitude. C'est celle-là ? Pas de doute ! Sûr ?

Alors Milou surgit dans toute sa pathétique splendeur.

Le censeur Berger, non moins régulier dans ses horaires que Clemenceau, mais que personne ne songe à abattre, a compté comme tous les matins les marches de l'escalier de la Bourse (il n'en manque toujours pas) et fume à son bureau du sixième étage, ajoutant à l'atmosphère bleue roulant sous les plafonds.

Le chauffeur de la Rolls tourne, dérape peut-être un peu, s'engage sur le boulevard Delessert, et *pan* et *pan*, *pan*, des coups de feu, difficiles à compter à cause de l'inattendu. Tout le chargeur, en tout cas.

— Monsieur le président ! Monsieur le président !

(Puisque Clemenceau est président du Conseil, c'est-à-dire Premier ministre, tandis que le président de la République s'appelle, lui, Raymond Poincaré. Bref.)

Touché, oui, il est touché.

Dérapage. Arrêt.

Le soldat Decaudin, mi-planton, mi-garde du corps, qui accompagne Clemenceau dans tous ses déplacements, dans la fraction de seconde avant de bondir hors du véhicule, pense peut-être déjà à l'armistice rompu, à la guerre qui va reprendre dans quelques heures, qui sait ? N'avait-elle pas commencé par l'assassinat tout pareil du prince héritier d'Autriche à Sarajevo, par un forcené aussi, depuis le bord de la route ? *Pam !* Decaudin a probablement pensé aussi : depuis le temps que je dis que la Rolls devrait être blindée !

Il bondit, ouvre la portière arrière et se jette au secours de Clemenceau, qui a la main sur sa poitrine. On imagine bien un homme comme Clemenceau affirmer qu'il n'a rien, non, tout va bien, allez, allez, en route. Mais deux balles dans le thorax, ça doit rougir le manteau et empêcher un peu de parler. Le soldat Decaudin assurément n'en mène pas large.

Oh cette minute cruciale dans la vie du pauvre Milou, minute qui commence dans un urinoir, passe par des coups de feu (sourcils froncés, nez retroussé, tout le corps contracté, le regard façon loup, la mâchoire qui grince, le poignet qui encaisse le recul, les genoux fléchis), par le silence qu'imposent ces *pan !* comme des arrêts dans la course du temps, cette décision, je tire, je tire, je tue, puis la cible hors d'atteinte, puis quoi ? Une minute de chaos. Les passants reviennent de leur surprise. Le monde des autres, effacé l'espace de quelques incroyables secondes, revient de plus belle et se jette sur Milou.

Des agents de police accourent, évitent qu'il ne soit lynché sur place.

Toujours selon la presse : Clemenceau est ramené chez lui rue Franklin, c'est tout près. On y fait venir le corps médical.

Du côté de chez Berger, le téléphone chauffe, on s'en doute. Mandel, bras droit de Clemenceau, envoie ses instructions ; le commandant Nusillard les répercute. Interdiction, en toute hypothèse, d'annoncer la mort de Clemenceau.

— Quoi ! Il est mort ?

— Il crache le sang, il a quarante de fièvre, à son âge, il est fichu.

— Quelle est la consigne ?

— Se montrer très optimiste.

— Qui a fait le coup ? Les bolcheviques ?

— Aucune idée. Mais on peut laisser passer cette information-là. À petite dose !

Chez les censeurs, on y pense sûrement, à la reprise de la guerre. Quel que soit l'assassin, du reste. Bolchevique, Boche ou emboché. Ou un antipaix. On sait que le maréchal Foch n'attend qu'un signe, un geste, pour se relancer et terminer la guerre comme il l'entend, c'est-à-dire pour de bon, en achevant l'adversaire, en envahissant son territoire, en se portant jusqu'à Berlin. On a démobilisé le moins possible ; les régiments alliés sont encore prêts ! Le moment ou jamais, puisque ce damné armistice, dont on doit signer un prolongement toutes les quatre semaines, leur laisse, aux Allemands, du temps pour se refaire.

Ces conséquences de son geste passent sans doute loin de la tête de Milou Cottin, menottes aux poings, qui ne pensait qu'à punir un tyran militariste au service du Capital.

En attendant, il y a une mère assaillie par les journalistes, qui dit que Milou a toujours été la douceur même, et qui pleure. Puis un cachot qui s'ouvre devant le fils. Quelques dents en moins aussi, Milou, après le passage à tabac. Mais le souvenir le soutient, peut-être, d'autres coups d'éclat anarchistes ardents et douloureux comme le sien, les héros de la grande époque, Bonnot au regard de feu, ou Raymond la Science qui avait du cran ! Milou Cottin *forever*. Milou Cottin, comme eux ! Historique !

Pouvons-nous te dire, Milou, qu'aujourd'hui, pardon, mais voilà, l'histoire est l'histoire, tout le monde, mais *tout le monde*, t'a complètement oublié ?

Et puis, Milou *forever*, jusqu'à quand ? Le procès ne

tardera pas ; le verdict fait peu de doute et la tête de Milou risque fort d'enrichir la collection de ce livre, où nous alignons déjà les crânes détachés de Goya, du vénérable Shu, de Raymond la Science. Alors, regardons-la bien, cette tête. Danton avait dit au bourreau : « Montre-la au peuple, elle en vaut la peine. » La tienne, Milou, telle que sur les tristes icônes de toi dans les journaux, ne vaut pas tant : le nez mou, les yeux tombants et rapprochés, le front en éventail, la mâchoire et le menton en pointe, la moustache duveteuse. On dirait un personnage de Simenon. Une pâle victime du commissaire Maigret. Du moins ta bouche entrouverte témoigne-t-elle d'un souffle ou d'une parole. Photo misérable. Pauvre Milou.

2

Veux-tu, Milou, dans ton cachot, que je te raconte une histoire de mon grand-père ? Justement sur les photos ? Les toutes premières de son village ?

À quoi ressemble ta cellule, pendant le procès, Milou ? Je traverse le mur. Je ne peux pas te délivrer, mais je peux m'asseoir à côté de toi et te parler. Je peux même essayer de t'écouter, mais c'est moins sûr. Je me fais un peu l'effet de l'abbé Faria, tu sais, dans *Le Comte de Monte-Cristo*. Tu as lu ça ? Alexandre Dumas ? Ça nous fait peut-être une référence commune ? L'abbé Faria, qui rejoint par un tunnel la cellule du jeune Edmond Dantès, dans la prison sur l'île du château d'If. Île prison dont on ne s'évade pas. Toi, dis, au fait, 1919, n'est-ce pas une île, aussi, à sa façon ? Une île temporelle désormais perdue dans l'océan du passé, environnée par les flots de l'oubli, assez loin de la côte où moi je vis, et bientôt peut-être inaccessible aux regards ? Dans le roman, Edmond Dantès s'échappe du château d'If, parce que c'est de la littérature… Toi, ici, tu t'échappes un peu de la prison de l'oubli. Une bouffée d'air. Pour la même raison.

En attendant écoute, je vais te distraire un peu. Mon

grand-père raconte qu'en 1915, pendant l'occupation allemande (il vivait dans un petit village, près de Spa et de Liège, en Belgique), les autorités avaient imposé l'usage d'une carte d'identité. L'invention était toute neuve et personne n'en avait jamais entendu parler. Au point que les gens, tu sais, des gens fort humbles pour certains d'entre eux, et parlant plutôt le wallon que le français, d'ailleurs, dans ces hameaux de la Belgique profonde, ne savaient comment dire et au fond ne comprenaient vraiment ni le mot ni la chose. Ils prononçaient : la carte d'*indentité*. Bref. Oui, c'est touchant. En soi, le concept d'identité n'était peut-être pas si clair, ni si nécessaire, strictement, dans les villages anciens, tu sais, où au fond l'élément collectif et traditionnel l'emportait en bonne partie sur l'individu… Mais enfin. La carte d'*indentité* devait être accompagnée d'une photographie. Logique moderne, déjà. Et là aussi, nouveauté pour beaucoup, parmi les plus humbles évidemment, qui n'avaient jamais possédé de photographie d'eux-mêmes. Qui n'avaient encore connu d'eux-mêmes, ô étrange bonheur, que l'image variable du miroir, si tant est qu'ils passent du temps devant leur glace terne et piquetée. Or donc, passionnante cette histoire de photo : les Allemands obligent tout le monde à se faire tirer le portrait. Sauf qu'il y en a, bien sûr, qui sont incapables de se déplacer jusqu'à la bourgade voisine, Aywaille, chez le photographe. Alors un voisin de mon grand-père, qui possédait un appareil photo mais ne s'en était jamais servi et n'avait absolument personne pour lui en apprendre le fonctionnement, avait été mandaté par les Boches pour se rendre chez les récalcitrants. Et il prenait des clichés totalement flous, par pure incapacité, et peut-être aussi un peu exprès, par esprit de résistance, et puis par un goût bien wallon de la plaisanterie, de la moquerie aux autorités, quoi. Et où l'on ne reconnaissait absolument rien, vaguement un affreux ectoplasme de forme humaine, et cela faisait rire tout le village, et les Allemands avaient dû s'en contenter. Marrant. Oui ? Non ? Tu ne sais pas ?

Mais lugubre tintement des clés du geôlier. L'enfer sur terre, les prisons, c'est tout du métal. Ils viennent te chercher. Ne tremble pas comme ça. Prends courage ! Ce n'est qu'une audience. On ne te coupera pas la tête avant de t'avoir condamné ! Alors, même s'il y a peu d'espoir, ne te décourage pas. Laisse le temps au temps. *Cling, clang, bang.*

Un jour que je visitais un copain en prison, un gardien m'a expliqué que, s'il passait sa matraque sur les barreaux des grilles qui ferment les couloirs, à la manière d'un glissando de mailloche sur un xylophone, ce n'était certes pas pour taper sur les nerfs de tout le monde ni pour s'essayer à un nouveau genre musical, mais pour vérifier, à l'oreille, qu'aucun barreau n'était scié ou déboîté.

On a entendu un bruit à peu près identique, quand on est venu te chercher, Milou. Va. On te transfère au tribunal. Je reste avec les rats et le morceau de pain. Les fers, la chaise, les barreaux à la lucarne haute. Où aucun arbre par-dessus le toit ne berce sa palme.

En te regardant t'éloigner, je me dis, parce que je vois ton dos, tes jambes, le balancement multimillénaire des bras accompagnant la marche bipède, je me dis : c'est un homme, voilà tout. Cet assassin, ce nul, c'est peut-être même tout l'homme. Hello, Caïn !

Un œil te regarde.

Nous, moi, elle, eux.

Sinistre couloir, froid et humide. En blanc et noir.

Je vois aussi que de tes mains menottées tu retiens ton pantalon. Tu as encore maigri. Et puis surtout on t'a pris ta ceinture et il tombe.

3

Alors l'audience, c'était comment ?

— Comme la précédente. Mêmes questions, mêmes réponses. Une pantomime. Mais j'ai quand même dit que je ne comprenais pas la société actuelle, que je la tenais pour responsable de tous les malheurs. Et que je voulais l'enrayer, par tous les moyens. On m'a hué. J'ai dit : J'accuse tous les gouvernements autocrates qui ont participé directement à cette guerre et qui sont responsables de la perte de douze millions d'hommes et de plusieurs milliards. J'ai dit : Les anarchistes sabreront le pouvoir autoritaire parce qu'il est le seul coupable de la douleur universelle.

Eh bien. L'enrayer ? Tu l'enrayes un peu, mais pas beaucoup, mon petit Milou. Le bon vieux Clemenceau, tu veux que je te dise ce qu'il devient, dans deux ans ? Puisque tu sais que non seulement tu ne l'as pas tué, le dur à cuire, mais que tu ne l'as même pas abattu ! Pas affaibli du tout ! Il voyage, figure-toi ! Il traverse les mers du Sud et visite des pays lointains dans un costume en lin !

— Rien à foutre !

Ouvre-toi à la réalité, Milou. Il y a bien des choses qu'on

ne peut pas changer. Il voyage, oui. Un paquebot le porte jusqu'en Inde.

— Et que va-t-il faire en Inde, cet Apache ?

C'est plutôt toi, l'Apache, tu sais. Bah. C'est une vraie scène de *Tintin et Milou.* Oh, ça aussi, il faut que je te raconte, les *Tintin et Milou,* Milou.

C'est dans deux ans, 1920-1921. Clemenceau, comme Tintin dans *Les Cigares du pharaon,* est l'invité d'un maharadjah. Et, toujours comme Tintin, il est convié à la chasse au tigre. Il faut que tu l'imagines dans un palanquin, sur le dos d'un petit éléphant d'Asie, ceux qui sont intelligents comme des caniches, tu sais, qui ont des petites oreilles. Voilà. Le vieux Clemenceau, là-bas, à l'ombre de sa moustache blanche, son fusil à la main. Peut-être sue-t-il sur la crosse de bois et d'acier, dans son palanquin, comme toi naguère dans la vespasienne. Je l'imagine. Jungle épaisse traversée de bruits inquiétants et de silences encore plus inquiétants. Environné d'Indiens au visage impassible. Il attend le fauve comme tu attendais la Rolls.

Pas impossible qu'il se soit senti seul, un peu, dans son palanquin, Clemenceau, comme toi dans ta vespasienne, avec un petit vertige moral, quand tout a fait silence parce que le seigneur Tigre n'était pas loin. Tapi. On l'a entendu. On le cherche des yeux. S'il a grimpé sur un tronc, le tigre peut sauter directement et par surprise sur les chasseurs. Ça te distrait, Milou, ces récits de chasse ? Ça te plairait, peut-être, qu'un tigre du Bengale, soudain signalé par un feulement extrêmement proche, et bondissant d'un arbre, chat de deux cents kilos au pelage orange, noir et blanc crème, achève le travail commencé par toi au coin du boulevard Delessert ?

Moi, j'aime l'idée que Clemenceau, fier et sûr de son

surnom de Tigre, ait voulu, à soixante-dix-neuf ans, aller se chasser, je veux dire, *le* chasser. Comptes à régler avec lui-même ? Complexe de l'imposteur ? Tigre tue tigre.

Finalement, l'homme a tiré le premier.

Autant de questions à poser à Freud, quand on le trouvera. Dommage qu'il n'ait pas étudié Clemenceau comme il a étudié Wilson.

Oh, encore un détail, Milou : tu sais que Clemenceau se promène encore avec une des balles que tu lui as logées dans le corps ? Elle était trop compliquée à extraire, et fichée dans de l'os, inoffensive somme toute, et les médecins la lui ont laissée, quelque part dans les côtes. Petit souvenir métallique de toi jusqu'à son dernier jour, pas loin du cœur. Comme c'est étrange, non ?

4

Le verdict ne fait hélas aucun doute, et on l'attend, Milou et moi, en pensée avec Victor Serge et Raymond, et avec Shu et avec Marie-Antoinette, stoïques devant le destin. Qui vivra verra. Et avec la maman de Milou, tant qu'on y est.

Et certes oui, l'avocat général qui la requérait (avec sa mitraillette dans la gorge, avec sa langue en gâchette et son nez qu'il retroussait en chien de fusil) l'obtint sans mal, la condamnation à mort. Le jury populaire n'a délibéré qu'un quart d'heure.

Ça, ce froid, ce vide, je ne peux pas le connaître. Je ne puis pas entrer dans ton corps et sentir l'effet qu'une sentence de mort produit dans les os. L'effroi, ce n'est pas : « Tu mourras. » Puisque nous mourrons tous. Mais : « Sache que nous te tuerons prochainement. » Avec ce surcroît d'épouvante d'être prévenu. Et cruellement invité à attendre. Toi, Milou, l'assassin, du moins, tu voulais tuer par surprise. C'était moins torturant. Tu continues de penser que ta victime à toi était responsable de milliers de morts, tu étais le pacifiste qui voulait venger les soldats tombés en culbutant le chef. Étrange romantisme.

En attendant, joyeux anniversaire… Car oui, personne

ne fait le rapport dans ces obscures coupures de presse et documents d'archives qui me passent sous les yeux, mais c'est pourtant bien certain : tu as été condamné à mort… le 14 mars, jour de ton anniversaire !

Tu serres les poings, Milou, tu serres les dents et tu pleures. Je ne peux pas faire grand-chose, même pas donner raison ou donner tort, à toi, aux autres, ce n'est pas dans ma nature. Je suis tout sauf un juge. Mais je suis là. Et je t'accompagne dans ton transfert à la prison de la Santé.

C'est devant le grand mur de la Santé qu'on a guillotiné Raymond, naguère.

Et quand tu dis : « Changeons-nous les idées ou nous deviendrons fous », je te raconte des histoires (accréditant peut-être dans ton esprit l'idée qu'à l'approche de la mort le temps s'ouvre et qu'on entend des voix de l'avenir). Qui veux-tu que je te raconte ? J'ai encore l'histoire de Van de Velde sur le feu, mais je pressens que tu préféreras les aventures d'un héros anar comme toi, non ? Alors : Victor Serge !

Victor Serge, on l'a laissé au camp fermé de Précigné, dans la Sarthe. Fin 1918, je veux dire, il y a trois, quatre mois, il s'est porté volontaire pour un échange de prisonniers avec la Russie. Les bolcheviques qui ont pris le pouvoir à Pétersbourg (bientôt Leningrad) ont, depuis l'attentat manqué de Dora Kaplan contre Lénine, une série d'agents français importants enfermés dans leurs geôles. Un échange est conclu, contre des bolcheviques retenus en France. Et comme Victor Serge est fort heureusement fiché, il est du voyage ! Pour Victor, à vingt-huit ans, ce sera sa première fois au pays de ses parents et de la révolution. Il est content. Qui vivra, verra. Direction Saint-Pétersbourg. On embarque à Dunkerque les prisonniers à échanger sur un steamer escorté d'un destroyer qui canonne les mines flottantes. L'échange a lieu au large du Danemark. Sur une mer laiteuse, dit Victor, qui perçoit bien et qui écrit bien, « d'où l'on voyait parfois émerger la pointe des mâts de bateaux coulés ».

« Nous quittions le néant, nous allions vers le domaine de la volonté. » Révolutionnaires, ils s'exaltent, et pas qu'un peu, dans le froid pelant et en se brûlant les lèvres dans du thé fort. Ils avaient l'espoir et « l'amour implacable des hommes », au sens de « l'humanité », bien sûr.

— Tu me fais rêver.

Encore un peu ? À un condamné à mort, on ne refuse rien. Tiens : « À partir des îles d'Åland, la Baltique était de glace, constellée d'îles blanches. Le destroyer fendait la banquise, à cent mètres devant nous, et le paquebot s'avançait lentement, par un étroit chenal noir tout bouillonnant. D'énormes blocs de glace tournoyaient sous l'avant. Nous les contemplions jusqu'au vertige ; ce spectacle, par moments, me paraissait plein de signification. »

Ils débarquent au port de Hangö (Hanko), à l'éperon de la Finlande, son port de plaisance, ses maisons de couleur. On les charge sans ménagement à bord d'un train qui, au bout de longues heures dans la nuit phosphorescente, s'arrête. Rase campagne. De l'autre côté de la forêt, c'est la frontière, c'est le pays des soviets. On les lâche, ils traversent à pied. Tracent leur chemin dans la neige. Ils sont une vingtaine ; il y a des enfants.

Ils embrassent des gardes-frontières rouges hébétés qui, dans leur pelisse pelée, ressemblent plutôt à des ours faméliques qu'à des sujets de la révolution, et qui ne pensent qu'à leur demander du pain. La dictature du prolétariat commence dans le froid et dans la faim, tu vois. Ou alors c'est Victor qui suit la faim comme on suit une piste, comme on suit un nord ? Comme jadis le héros de *La Faim*, le formidable roman de Knut Hamsun. Tu te rappelles, tu connais, non ? Ou bien, inconsciemment, pour rester connecté à son petit frère Raoul, mort de faim pendant l'enfance ? Questions à poser à Freud.

Un train encore les conduit, le long du mélancolique lac Ladoga, jusqu'à Pétersbourg, gare de Finlande, terminus, tout le monde descend.

Traîneaux grelottants. Nous : fantômes de Berthe et Lou. Haleine givrante. Souvenir tout récent d'Oscar et Marcel Thiry. Saint-Pétersbourg. *Petrograd.*

Victor découvre une ville, dit-il, complètement à la dérive. Brillante de froid comme un diamant. Qu'une seule année de révolution, plus le typhus, a fait tomber de trois millions à sept cent mille habitants. La mort est en marche. Il dit la Neva gelée couverte d'un tapis de neige, il dit les rares passants, transpercés de froid, les palais rouge sang-de-bœuf, somnolents, la colonnade des théâtres et des ex-ministères, le haut dôme doré de Saint-Isaac, la flèche dorée de la forteresse Pierre-et-Paul. Il dit l'étique ration de pain noir. Il dit la haute tour lumineuse de l'hôtel Astoria partout visible comme une torche brandie au-dessus de la ville ténébreuse, le seul bâtiment éclairé la nuit, et où œuvrent les services du gouvernement. Il dit les mitrailleuses gardant l'entrée. Le seul immeuble à peu près chauffé, aussi. Luxe incroyable. Où il a la chance de loger et de travailler : nommé bien vite – on a besoin des bonnes volontés et de tous les talents qui s'offrent – coordinateur et inspecteur de l'enseignement, professeur d'histoire et de « grammaire politique » pour les miliciens de la caserne, journaliste à *La Commune du Nord,* au four et au moulin. (Bordel, son père et sa mère et son oncle pendu seraient fiers de lui, non ?)

Il dit le poète Maxime Gorki dans son appartement de la perspective Kronverski, appartement ressemblant presque à une serre et saturé de livres et d'objets chinois. Il dit le lourd chandail gris du poète, sa courte moustache en brosse, son teint terreux, cinquante ans, ses grands yeux clairs d'halluciné inoubliables, ses quintes de toux tuberculeuse, ses disputes et ses accords avec Zinoviev, son dégoût de ce despotisme sanglant et des massacres, et des fusillements continuels et des pendaisons par grappes. Mais la révolution est en marche, le pire serait encore qu'elle succombe. Il dit sa maison d'édition où des collaborateurs voûtés et amers (*gorki* en russe veut dire « amer ») traduisent mélancoliquement Balzac et Boccace... Il dit aussi Zinoviev, le *big boss*, numéro un de la nouvelle Internationale, ce type chevelu qui mange avec eux le midi un fond d'assiette de daube de cheval avariée, toujours animé d'un optimisme déroutant, sûr que la révolution mondiale est pour tout à l'heure, qu'elle est déjà en train d'éclater en Hongrie, en Bulgarie, en France, en Allemagne, mais oui, mais oui, soyez prêts.

— Il a raison, le Zino. Ça viendra.

Mais oui, Milou. Mais oui.

Il dit les cadavres congelés du typhus, les chevaux morts sur lesquels on trébuche, la nuit, le long des trottoirs. La fête autour d'une boîte de thon. L'alcool de grain à quatre-vingts degrés. Il dit les coups de filet de l'inarrêtable Tcheka. Pêche miraculeuse tous les jours.

— La quoi ?

La police politique. Qui faisait la chasse aux contre-révolutionnaires. Qui n'est pas avec nous est contre nous. Il faut bien aider l'histoire ! Pouvoir discrétionnaire d'arrêter et d'abattre, légalement et sans procès. Sommairement. Tout ce qui se met en travers du chemin. Pauvre Victor, là-dedans, pas à l'aise du tout, se rassurant en parlant de mal nécessaire. Cette folie meurtrière disparaîtra d'un coup et guérira, quand la révolution ne sera plus menacée. Qui vivra verra. Le paradis est toujours différé, par essence, n'est-ce pas ? En attendant, il faut bien qu'il participe aussi un peu aux coups de filet. Aux perquisitions. Au moins, le plus humainement possible, dit-il. Mais il ne dort plus, n'est-ce pas. Il reçoit des coups de fusil jour et nuit, pardon, des *coups de fil* – lapsus ! – d'inconnus le suppliant de parler pour telle mère, tel père, fils, cousine, tel ami, dans les couloirs de l'Astoria, sauvez-les ! Avant l'issue connue d'avance, la balle dans la tête. Fais quelque chose, camarade Kibaltchitch !

Milou ?

Milou !

Gracié ! Gracié, je t'assure ! On est le 8 avril, et dans quelques instants on va ouvrir cette porte pour te l'apprendre. Je te le jure ! Je le sais ! Surprise pour toi ! La grâce présidentielle a été signée ! Pas de guillotine ! On ne te tuera point ! C'est un drôle de cadeau qu'on te fait là ! Comme un joli paquet enrubanné et rempli de temps, des jours en quantité indéfinie, des mois, des années. Joyeux anniversaire en retard ! Vas-y, jette-toi là-dedans comme les fortunés qui ont touché le gros lot se jettent dans les billets de banque. Piscine, bain, fête, orgie, soulagement.

Oh, même pisser est tout à coup si différent, pas vrai ? Et comme exaltant ! C'est beau à voir, parce que, en dépit de la commutation en réclusion de dix ans ferme, tu te sens libéré. On te transférera à la Meule ! À Melun. C'est sur une île. Mais oui, je connais déjà, moi ! Sur les traces de Victor Serge !

Pas rancunier, tout de même, le vieux Clemenceau. Et qui sait, peut-être même reconnaissant. C'est lui qui a demandé ta grâce au président Poincaré. Assez de morts, franchement, assez. Les Enfers eux-mêmes et les neuf cercles de leurs intestins sont au bord de l'occlusion.

CHANT VI

Où l'on tire les oreilles d'un empereur et où,
de retour du front de l'Est, Stefan Zweig nous passe,
sur un petit papier, l'adresse viennoise de Freud.

1

Tchac, tchac, tchac. Coupe de bois. *Tchac.* Technique du lancer de hache, cognée, la lame levée en l'air, tout en haut, un instant flottant hors gravité, puis tirée par les bras musculeux, s'abattant sur la bûche et la fendant d'un coup net. Cet exercice comporte une satisfaction micro-orgasmique répétitive. Bravo !

Les bois du petit château de Doorn offrent bien des beaux fûts de hêtre et de chêne à la hache de l'empereur. Wilhelm II, c'est-à-dire Guillaume II, fort joli prénom. (Mes enfants ont chanté comme moi au même âge une comptine plaisante, sans savoir qu'elle parlait de lui : « Guillaumememe, le méchanthommememe, qui a tué trois millions d'hommememes. » Sans parler de « sa femmememe, l'impératricecece, qui est la reine des saucissessesses »). Le Kaiser. Méthodique individu qui, dans son carnet d'exil, tient la précieuse et névrotique comptabilité des arbres abattus et débités.

On vous l'avait dit, empereur, plus haut, quand vous preniez votre train à Spa, qu'on ne vous lâcherait pas. Arrivé aux Pays-Bas dès le 10 novembre 1918. À Paris, on pleure le poète Apollinaire ; et demain matin, Saint-Martin, on signe l'armistice. Vous, un châtelain d'Utrecht vous héberge, sur l'ordre de la reine de Hollande, on vous fait abdiquer, vite fait bien fait, vous respirez à nouveau, et, à l'été 1919, à peu près quand on transfère Milou Cottin à la prison de Melun, dite « la Meule », vous vous achetez, non loin d'Utrecht, le beau manoir de Doorn, ceint de douves, et son domaine boisé, où vous vous transférez et faites venir des trains entiers de vos meubles de Berlin. (Soixante-huit wagons, dit mon livre.)

Doorn, oui, en néerlandais, « épine ». Couronne ?

Pas dépité pour un sou, toutefois, le fier gaillard, qui promène en grandes bottes sa santé de soixante ans, sa moustache en croc et sa barbiche en pointe.

Je me sens proche des brins d'herbe que ses pas écrasent. Et qui, lentement, imperceptiblement, se redressent et restaurent l'intégrité verte et douce des grands gazons du parc, constellés de copeaux.

Doorn. Le temps tourne en rond, comme un cheval de manège. Et il en coupe encore, du bois, Guillaume, c'est une manie ! On pourrait croire qu'il bâtit une flotte. Ou bien une cathédrale. Ou bien un fabuleux et inconscient bûcher. Où brûler pendant des siècles l'infinie vanité du monde. Feu, feu. (Vingt mille arbres les neuf premières années, dit en somme le cahier de comptes, soit six arbres par jour.)

En attendant le bois débité remplit des cahutes et dresse des murailles de stères. (On a des photos.) C'est pour chauffer le château. Abri de frileux.

Guillaume II, empereur d'Allemagne abdiqué d'office, et qui, en coupant son bois, échappe à cette justice internationale qui n'existe pas encore vraiment. On sait que le

Prime Minister britannique Lloyd George (sous sa touffe de cheveux blancs) est très désireux que le chef des Allemands ne soit pas le seul de son peuple à ne pas payer. Et qu'il fait campagne dans son pays avec un slogan peu équivoque : *Hang the Kaiser !* Pendez le Kaiser ! Peut-être pour ça, ce gros dos du Kaiser se penchant pour ramasser les bûches. Entre arbres nus et arbres morts.

Des trains entiers, donc, sont venus de Berlin apporter l'essentiel du mobilier de sa maison et de ses habitudes. Du bois, toujours du bois. Des pendules en marqueterie, des bergères rococo, des tables d'acajou, votre cher tabouret de travail monté ridiculement sur deux skis et dont l'assise est remplacée par une selle (vraiment, un cheval de bois, vous êtes fou !), des tapisseries mièvres, des collections entières d'antiquités hétéroclites, des portraits aux cadres énormes, des photographies de famille, de l'argenterie, du linge brodé et, bien que je n'aie vu ce détail nulle part, je le parierais volontiers : une superbe collection de pipes.

Pour ce qui est du tabac, je ne m'en fais pas : la Hollande importe le meilleur. Et que vous fumiez ou non la pipe dans la réalité, dans mon livre, vous fumerez. Point. On obéit ! Coupez du bois, empilez les stères, puis rentrez au logis, crachotez des petits nuages de tabac, chauffez votre paume au foyer de la pipe et vos pieds à l'âtre du salon. Je vois les lourds tapis. Aux murs lambrissés, je veux suspendre aussi quelques trophées, des sangliers empaillés et un rang de massacres de cerfs dix-cors. Un lustre de cuivre à boule centrale ; un autre à pendeloques de cristal. Tisonnez, fumez, pensez. *Hang the Kaiser* ? Meuh non. Ce serait vache ! L'assurance dans votre regard fixe fait envie. « *Tsia !* » : couchée près des flammes, l'adorable Senta, votre teckel au poil acajou, vient d'éternuer.

Vous êtes, plus vigoureusement encore que la plupart des humains, un fou en votre asile.

On entend des bruits montant de la cuisine, et une odeur de rôti à la sauge.

Un officier d'ordonnance ou aide de camp (*Flügeladjutant* Sigurd !) vous suit partout et, sans qu'on lui en ait donné l'ordre, par pur amour fanatique, il consigne, d'une écriture précise, chaque jour, avec des yeux fascinés, les moindres faits et gestes de Sa Majesté. Vous feriez, Kaiser, des envieux auprès des gars et des filles d'aujourd'hui qui *livestreament leur life.*

Nous ne jugeons pas ! N'empêche, j'ai un peu l'impression d'être descendu dans un cercle encore plus profond de l'enfer, quand je suis près de vous, que j'entends vos pas faire craquer les parquets, grincer les planchers, crisser le gravier. N'avez-vous pas vous-même l'impression que le soleil ne donne pas directement jusqu'ici ? N'y a-t-il pas quelque chose comme une demi-sphère en verre fumé qui nous sépare de la réalité ? De celle des autres ? De ce qui se passe dans le monde ? Moi, j'ai un peu le malaise. Je ne sais pas.

2

Oh, et puis, empereur, je te tutoie.

Je suis sûr que tu ronfles. À ta mâchoire, à ton nez, on devine un ronfleur impénitent. Bruit de tes jours : la hache ; bruit de tes nuits : la scie ! Il doit y avoir dans le château de Doorn des greniers, des placards, des couloirs dérobés, et j'aimerais y traîner des chaînes, ou hululer, ou gratter le mur, et te faire peur et hanter tes nuits.

Sans succès, hélas.

J'ai même essayé de te parler. Mais le matin, tenant d'une main la grande jatte de café, tu as fait de l'autre un geste agacé qui chassa cette mouche qui te houspillait, ou était-ce une ombre ou une odeur peut-être ? Enfin, c'était moi.

Ah, ton agenda est si bien rempli, Kaiser ; tes journées, si bien organisées ! Ça donne envie aussi de donner un bon coup de pied dans cette discipline, pour enfoncer ton quotidien dans une sorte de chaos, de dépression d'exilé, autrement plus au contact de la vérité que cette vie que tu mènes, bourrée d'apparence de fierté, d'effort sain, et de micro-satisfactions constantes, qui tourne le dos au vrai et à l'abîme.

Il ne reste sans doute qu'une seule fenêtre dans ton emploi du temps qui ne soit pas cadenassée par cet aide de camp qui note et consigne tout : tes rêves. Alors, c'est par là, par tes rêves que je vais t'atteindre, te prendre par le revers du veston, t'imposer le silence et t'emmener voir. Te forcer à voir, un peu.

Ne fût-ce que par pitié pour toi, qui n'as même pas profité de cette guerre mondiale pour voyager ! Tu es resté dans ton camp, tout au plus as-tu déplacé ton QG dans la Belgique occupée et c'est depuis Spa – ses hôtels, ses sources thermales – que tu as assisté à la défaite de tes idées, à la ruine d'un monde. Franchement, quand tu penses aux voyages que vous avez offerts à des millions de soldats, gratis ! Des Sénégalais ont visité les plages de la mer du Nord ; des Belges ont pris le transsibérien ; des Américains ont connu les abysses de l'océan ; et un fameux contingent de jeunes gens ont filé, ticket gratuit, jusqu'à l'au-delà. Et toi, pourtant empereur et privilégié, tu n'auras connu, modestement, pendant tout ce temps, que la Germanie et la Belgique ? Viens, bouge un peu. Est-ce pathétique, ces grands chefs toujours vissés sur leur colline, le nez retroussé, la longue-vue à la main, ou plutôt les jumelles en sautoir, pendant que la piétaille seule connaît les joies de l'action ? Aïe. Viens. Viens.

D'abord, je t'envoie un rêve tranquille. Tu dors ? Fourbu d'une après-midi sur tes soixante hectares, tu t'es endormi dans le confort amniotique d'un bain chaud ? Tout nu, tout velu ? Parfait. Voilà. Je t'envoie un rêve. Un tranquille. Viens voir, c'est l'image de la paix. Ce que tu as gâté. Viens voir le soleil à Ostende, souriant, et fondant dans ses nuages, disons, comme un pain de savon dans la mousse d'une baignoire. Viens y voir, là, Stefan Zweig, en vacances. L'as-tu lu, au fait, Zweig ? J'espère ! Un livre, ou au moins une nouvelle ? Pas très amateur de littérature ? Ça ne m'étonne pas. Mais viens voir cette scène, célèbre pour tous sauf pour toi qui la gâchas : Zweig du côté d'Ostende heureux, goûtant une bière belge et causant avec son pote, l'acteur et dramaturge Fernand Crommelynck. Représente-toi le décor, tout le tourisme, la villégiature européenne qu'il y avait là-bas. Les canotiers, les crinolines, les ombrelles. À peine interrompus par les manœuvres de l'armée belge et ces patrouilles qui paraissaient absurdes, et ces soldats précédés d'un chien attelé à une mitrailleuse, là, sur la promenade des touristes ! Et Fernand Crommelynck qui pose sa bière, se lève, caresse l'animal, et se fait réprimander par l'officier vexé de tant de désinvolture bonhomme et insolente vis-à-vis du matériel militaire. Et Zweig riant, et la trouvant bien bonne. Regarde ce beau sourire de Zweig ! Et la conversation tournant sur cette crise diplomatique de l'été, dont personne ne croit sérieusement qu'elle pourrait dégénérer en guerre. Et Zweig – ne ricane pas, Kaiser – qui prend un réverbère à témoin, jurant qu'on peut l'y pendre si tu envahis la Belgique.

Et là, en vacances aussi, au même endroit, je te présente Van de Velde. Henry Van de Velde. Que tu connais sans doute, au moins de réputation, puisqu'il est un de ces artistes en vogue chez toi.

— Chez moi ?

Oui, en Allemagne, à la cour du grand-duc de Saxe, à Weimar.

— Oui, bon. Oui, oui, je me souviens.

Absolument un grand bonhomme, ce Van de Velde.

Tu te demandes bien pourquoi, à Doorn, dans ton bain

tiédi, tu rêves de ce visage inconnu, grande mâchoire en ganache, front proéminent, cheveux rares, yeux exorbités, regard fixe. Fraîchement rasé. Tu crois sentir l'odeur de l'after-shave. Mais hop, tu te réveilles.

Quel drôle de rêve.

Voilà, je t'ai présenté Van de Velde.

Quel âge lui donnes-tu ? Il a cinquante et un balais quand tu commences la guerre. Quatre de moins que toi.

3

Connais-tu la ville de Weimar ? Bah oui, forcément.

— *Sicher !* (Bien sûr !)

Moi, j'y suis passé en coup de vent en revenant de Berlin, avec les enfants. On s'y est arrêtés pour la pause repas. On a mangé un sandwich sur une très jolie place, entre les gouttes.

— *Han-treu lé ghoutt ?*

C'est une expression pour dire qu'il y avait des averses intermittentes. Bref. Superbe petite ville, Weimar. Fascinante d'histoire. Patrimoine grandiose. Sur des poteaux indicateurs on lit : par là, *Maison de Liszt*, par ici, *Maison de Nietzsche* et *Nietzsche Archiv*, par là, *Maison de Goethe*. On vous parle du séjour de Bach, de Herder, de Schiller – merveilleux Schiller ! Cette cité de Thuringe paisiblement environnée de collines ressemble plutôt, par son dépôt humain et artistique, à une grande capitale. Ce qu'on appellerait un foyer. Ces lieux où on aime être. Où quelque chose de la présence du passé nous réchauffe.

Sans oublier bien sûr cet autre panneau, après celui de la Maison de Liszt : par là, *Maison de Van de Velde*.

Les enfants jouaient une minute au foot sur la jolie place

et je me dégourdissais les jambes à ma manière dans un bureau de tabac. C'est là que j'ai trouvé, parmi les cartes postales, le beau portrait de Van de Velde (menton en ganache, front proéminent). Puis une autre carte postale représentait les *Nietzsche Archiv* et précisait: «Architecte, Henry Van de Velde». Puis une troisième carte postale de Van de Velde et sa famille dans le jardin de leur maison à Weimar. Je connaissais mal Van de Velde. Je savais seulement que c'était un architecte célèbre et qu'il était belge, comme moi.

Quand le ballon des enfants a interrompu ma rêverie en faisant *bang* sur la carrosserie d'une belle voiture, j'ai emmené mes loustics faire un petit tour de la ville, nous avons pris quelques photos puis sommes remontés en voiture, sous la pluie. J'aurais encore voulu voir la maison de Van de Velde, un peu à l'écart, qui s'appelle *Hohe Pappeln*, Hauts Peupliers, mais les indications erratiques, la pluie qui tombait plus dru et la vitalité naturelle des enfants s'y sont opposées. J'ai renoncé, on est repartis, des petites routes vers les moyennes, et des moyennes vers les grandes.

Mais nul ne quitte sans y laisser un vigilant bout de soi une ville que hantent une telle pléiade de géants, Bach, Goethe, Schiller (merveilleux Schiller!), Herder, Liszt et Nietzsche… De sorte que, de retour à Bruxelles, quand j'ai pris le temps de lire l'autobiographie de Van de Velde, je pouvais assez facilement me projeter là-bas, je veux dire: être là-bas, à Weimar, fin juillet 1914 ou bien tout début août, quand il débarque du train. Son fidèle bras droit, le dessinateur Hugo Westberg (Van de Velde est directeur de l'école d'architecture et des beaux-arts de Weimar), a retenu un des rares taxis disponibles et les attend. Il a de la marmaille aussi autour de lui, Van de Velde. Des loustics qu'il ne faut pas perdre dans la foule, et qu'on repère grâce au long filet à crevettes porté en travers de l'épaule, qu'ils n'ont pas voulu lâcher – symbole et prolongement des vacances à la mer. Van de Velde explique à Hugo Westberg l'histoire qu'il lui a déjà sûrement communiquée par courrier : ils ont dû interrompre leur villégiature en Belgique, au Coq près d'Ostende, on leur a annoncé une toute dernière liaison ferroviaire avec l'Allemagne, il a fallu sauter dans ce train-là. Est-ce possible, cette guerre, cette invasion ? Dans le train, nous voyions de lourds convois progressant dans l'autre sens, transportant des machines de guerre et arborant sur les flancs l'inscription à la craie multicolore : *Nach Paris !* Multicolore ! Ils sont joyeux, Hugo ! Ah, misère…

Enfin, tout le monde a trouvé place dans le taxi (grandes roues à rayons de bois, conduite extérieure), même ces dames : Maria, la riche épouse d'Henry, et Else, sa meilleure amie. Hugo sait-il, en s'enfournant dans le véhicule bondé et peut-être en s'excusant de froisser une robe, qu'Else est la maîtresse de Van de Velde ?

Et voilà cette petite famille s'éloignant dans la voiture, avec les enfants qui braillent, avec le manche du filet de pêche qui dérange tout le monde, avec la bombe à retardement d'une relation extraconjugale, avec la guerre qui va éclater demain, roulant sur les petites et les moyennes routes de Weimar.

Pas de poteau indicateur touristique pour leur signaler *Hohe Pappeln*; pourtant ils ne se perdent pas, eux, et trouvent très facilement leur chemin. Et leurs pénates. On se représente les enfants s'égaillant. Un soleil d'août dans les peupliers qui bruissent. Des cris. Quelque animal domestique bondissant. Chacun retrouve sa chambre. On imagine une domestique s'approchant. Une voix de femme :

— C'était le chaos ! Entre Ostende et Weimar, la moitié des malles se sont perdues !

Une voix d'homme :

— Else, puis-je vous parler un moment ?

Mais *pouf,* le Kaiser se réveille. Il a de nouveau rêvé de ce drôle de type avec une grosse tête et une mâchoire en ganache.

Zut, j'aurais dû lui dire, à Van de Velde, qu'à Ostende il a pris le même train que Zweig. Sûr qu'il a dû lire un livre ou l'autre de lui, ou en avoir entendu parler.

4

Tchac, tchac, tchac, crrrrr, iiiiii, chlblchch chlblblvram. Et un hêtre en moins, un ! Le bout des branches qui cassent et s'arrachent quand le grand arbre tombe me fait toujours mal.

Le bois crépite dans l'âtre.

On a probablement, empereur, selon l'usage du temps, préchauffé tes draps de lit en y passant (hop, hop, geste rapide et juste de la femme de chambre) une casserole de braises au bout d'un long manche.

Tu enfiles ton bonnet de nuit. Les lampes sont éteintes et tu sais (tu crains un peu) que tu as rendez-vous avec les rêves. Les rêves que, tout autocrate qu'on soit ou fût, on ne contrôle pas.

Eh oui, ça recommence. Des images viennent, c'est moi qui les commande. Ce décor, sur ta rétine, tu ne sais pas que c'est Verdun, c'est seulement brun, marron, noir, bruyant, on dirait une piscine de boue, et là tu vois certains des tiens, pas tout près, à l'écart, à cheval, faisant un tour de reconnaissance, tranquilles, et tu es fier d'abord de les trouver calmes, puis tu les trouves insensés de ne pas voir les obus arriver. Car tu les vois, toi, profilés, ogives brillantes et brûlantes sifflant dans l'air mauvais. Mais ils continuent, tes cavaliers, impavides, calmes. L'un d'entre eux est Franz Marc. Tu connais ? Celui au visage si doux. Nous, aujourd'hui, on l'aime beaucoup, Franz Marc. C'est un copain à Kandinsky, avec qui il a fondé le *Blaue Reiter*, le Cavalier bleu, un courant d'avant-garde en peinture. Non ? Ça ne te dit rien ? Parce qu'il peignait d'admirables chevaux bleus, Franz Marc. On dirait les premiers chevaux du monde, au premier jour de leur création. Et ça se mélange dans ton rêve. Ce cheval bleu, doux, paradisiaque, qui s'abreuve, qui redresse l'encolure, qui s'ébroue. Que l'homme au doux visage chevauche. Mais pourquoi bleu, ce cheval ! Et surtout pourquoi tombe-t-il, Franz, pourquoi ce gros plan sur ses yeux rêveurs ? Chute au ralenti, choc muet, corps ouvert par un éclat d'obus. Soldat Franz Marc, mort.

Quelqu'un à ton chevet pourrait remarquer les apnées. De plus en plus prolongées. Inquiétantes. Mais tu ne te réveilles pas. Tu débloques une bouffée d'air brusquement, dans un ronflement claquant. Le rêve pénible ne t'a pas encore lâché.

Rêve décidément très pictural, qui mélange les tranchées et les chambres d'un hôpital. Pas de doute, c'est un hôpital psychiatrique. Certitude à cause du regard dément du bonhomme qui te regarde du fond de son lit, qui te parle. Tu vois ses lèvres remuer avec insistance, mais amuïes tout à fait par l'effroi, hurlements d'un implacable silence. Nul son, en dehors d'un sifflement pénible. Derrière l'homme pendent des tableaux, l'espace s'agrandit, la paroi se décale et une femme nue très vulgaire regarde les peintures au mur. Soudain l'homme muet assis sur les draps sales et qui parle dans le dortoir de l'hôpital psychiatrique a un uniforme qui lui sort du corps comme une suée, et qui le revêt.

Ça, ça te rassure, tu reconnais les uniformes. C'est celui bleu et rouge d'un de tes régiments d'artillerie. Canon ! Moi, je reconnais l'homme, c'est Kirchner, tu sais, le peintre expressionniste. Ernst Ludwig Kirchner. Comme je l'aime ! Soudain une longue cigarette blanche sort de sa bouche, comme une langue ou un canon de fusil. Est-ce un pinceau ? Quelque chose se met à bouger sous le drap, quelque chose d'inquiétant et d'informe. Ha ! Brusquement, ha ! Il te le met sous le nez, là, le peintre, ha, rageur, son moignon sanguinolent !

— Haaaa !

Cette apnée-ci était vraiment prolongée et tu t'es réveillé en sursaut avec la sensation d'être tombé dans un puits. Tu as crié ! Quelqu'un qui veillait dans le couloir est entré dans la chambre pour s'assurer que ce n'était rien, n'est-ce pas, et que Son Altesse va bien.

Allez, on te laisse.

5

On te laisse à tes sueurs froides irraisonnées (l'empereur a peur de ses rêves ! ha ! gorges chaudes !), on te donnerait bien le nom d'un bon psy, et on s'en va, nous, voir des copains sur le front de l'Est, en Galicie, on va dire, toujours pendant votre satanée guerre. La Galicie, aujourd'hui principalement en Ukraine, à l'époque province de l'Empire autrichien, tu sais, où Allemands et Autrichiens se battent contre les Russes et les Alliés. Les Russes d'ailleurs ont bien progressé dans le territoire. Douces campagnes de collines à échine de noires forêts ; villages à petits clochers baroques ; massives préparations d'artillerie. Offensive dite Broussilov, du nom du général russe qui la dirige. Bientôt la plus meurtrière de toutes les opérations de la Grande Guerre. Où nous recherchons et trouvons, mêlés aux forces russes et alliées, Marcel Thiry et son grand frère Oscar, les petits gars liégeois, et le corps des autocanons belges. À cause d'une scène qu'ils ont vécue, que Marcel écrivain a racontée plus tard et à laquelle j'aimerais, sinon participer, du moins assister. Pas un rêve pour toi, Kaiser. Un rêve pour moi.

C'est dans un pauvre village qui n'avait rien demandé. Un bourg, plutôt, parce que dans la rue principale il y a une banque, tout de même. Et il n'y a pas de banques dans les tout petits villages. Bref. Le bourg, pas de bol, se trouve pile sur la ligne de front, et les habitants ont décampé. De même que dans les avions on vous demande, en cas d'urgence ou d'accident, de sortir en abandonnant vos affaires derrière vous, de même les gens de Zboriv, c'est le nom du bourg, près de Ternopil (Marcel Thiry dans ses souvenirs écrit à la russe, Zborov et Tarnopol), ont fui en laissant les casseroles sur le feu.

Il y avait eu préparation d'artillerie, c'est-à-dire pilonnage.

C'était le tour des mitrailleuses, qui crépitaient depuis un bout de temps.

La banque dont on parlait était la proie des flammes.

Dans ce décor quasi de cinéma – action ! – une guimbarde crachotante surmontée d'une tourelle à petit canon fait son entrée. Ordre de mission : prendre position dans le bourg de Zborov et attendre les ordres. De l'autocanon descendent nos amis liégeois. Qui, aux aguets, courant et se cachant des balles ; qui, tranquille et droit, les narines au vent, humant quelque bonne cuisine. Et là, ce léger signe de la main d'une bonne dame avec un fichu sur la tête. Par ici, par ici !

Ça vient de la maison en face de la banque. Où l'incendie ne s'est pas propagé.

— Par ici ! Par ici !

Du moment que ce n'est pas un piège…

Marcel ne précise pas s'ils ôtèrent leurs bottes boueuses à l'entrée. Mais il dit la verrière de cette maison de notables, le feu dans l'âtre, le mobilier cossu, la vue sur la banque fumante d'un côté et sur le jardin de l'autre. Et tandis que le feu ennemi, je veux dire le rideau continu des mitrailleuses, taille et hache menu les arbres du jardin, à feu doux la commère très indifférente à la guerre et au-dessus de la mêlée, sainte femme grassouillette, souriante et taciturne, leur réchauffe le festin prévu pour ses maîtres enfuis et le sert dans un couvert comme les soldats las et sales n'en avaient plus touché depuis deux ans.

Et le vin ! Oh, le vin ! De derrière les fagots !

Et la pluie cependant des rameaux déchiquetés par la mitraille sur la verrière !

C'est à ce repas que j'ai toujours eu envie de goûter. Oh, quelle cène ! Quel pot-au-feu était-ce ? Quel goulasch ? Y avait-il beaucoup de paprika ? Était-ce du gibier faisandé en la cave de ces maîtres bourgeois ? Était-ce quelque volaille décapitée le matin même sur le billot, d'un coup de hache habituel et presque distrait – *tchac* – avant le déclenchement de l'offensive ? Y avait-il un piano dans la maison cossue ? Sûrement. Qui en joua ? Oscar ? Marcel ? Un autre ? Et quoi ? Des hymnes à soldats ? Un triste et long Schumann ? Un chant traditionnel wallon ?

Ah, chère bonne dame au fichu sur la tête, si vous saviez comme elle est longue en bouche, votre cuisine ! Jusqu'à aujourd'hui ! N'aviez-vous pas peut-être un chouïa forcé sur l'ail ? Avez-vous, surtout, fait circuler parmi les hommes autour de la table une généreuse tabatière de porcelaine à couvercle d'argent ou d'étain, ces objets dont l'Europe centrale a le secret ; et y avait-il un présentoir à pipes, et ces gaillards aux mains noires ont-ils sucé délicieusement de fins tuyaux d'écume et d'ambre, crachant, en digérant, de bienheureux globes de fumée sous la verrière et les arbres abîmés du jardin, où par moments encore, comme des derniers postillons, des projectiles de gros calibre pénétraient les troncs avec un bruit sec ?

Dites oui.

Dites-nous que certains s'endormirent sur leur pipe et que des sourires presque d'enfants trahissaient chez ces gaillards, dont plusieurs tomberaient les jours suivants (offensive Broussilov : un million de morts), l'inoubliable capacité d'être heureux.

Alors, pendant qu'ils digèrent, et profitant d'une accalmie, nous irons voir de l'autre côté du front les soldats autrichiens. Pas beaucoup moins à plaindre, à vrai dire, si ce n'est qu'ils ont l'avantage désormais et qu'il y a des sensations de victoire quand, chaque semaine, on pousse la ligne de front devant soi, qui obéit à votre marche comme un horizon.

On jette un coup d'œil dans ces régiments. On apprécie le fort drap bleu-gris de l'uniforme, la curieuse casquette haute à visière fine et luisante, en forme de croissant. Viennoiserie jusque dans le couvre-chef ! On tâte, quand leurs propriétaires ont les yeux ailleurs, ces *Repetiergewehr* calibre huit, qui envoient leurs cartouches à six cents mètres-seconde par le fin canon d'acier. Le bois poli et patiné de la crosse et de la poignée. Quatre kilos, quand même. Les baïonnettes sont de vraies dagues, en revanche.

Aïe !

Le bout pointu est vraiment pointu.

Ils logent sous des tentes. Plutôt mieux installées que chez les Russes, franchement.

Même bruit de succion des pas dans la boue. La terre est la même pour tous.

Je lis quelque part que, sur le front de Galicie, côté autrichien, c'est-à-dire où je me trouve, combat un certain Josip Broz. Obscur soldat. Je cherche, je ne le vois pas ; je me renseigne, on arque les sourcils, on ne sait pas. Et c'est marrant parce que Josip Broz, c'est quand même le futur Tito, grand maître fondateur et autocrate de la Yougoslavie.

Dommage qu'on ne l'ait pas vu. Ç'aurait été marrant. On l'a peut-être croisé sans le savoir. À moins qu'il ne soit là-bas, sous les bâches blanches de l'infirmerie. Qui sait ?

Puis le jour se lève. De semaine en semaine, le front recule. Ou avance. C'est selon. Quoi qu'il en soit, l'Autriche reprend du terrain en Galicie. Lorsque soudain, d'un tir bien ajusté, les artilleurs autrichiens (Josip Broz ?) ont éventré une de ces étranges autos blindées équipées d'une tourelle à canon qui caracolent depuis des mois sur le champ de bataille, cibles mobiles difficiles à atteindre et qui leur ont fait pas mal de dégâts jusqu'ici. En plein dans le mille.

Dans l'autocanon voisine, Oscar en reçoit un éclat d'acier dans le crâne. Ce détail de la cervelle qui a giclé est obsédant.

Le soir, quand on a ramassé les blessés, les copains n'ont pas voulu que Marcel voie ça, son grand frère ouvert comme une noix de coco.

Nul doute que le ciel aussi, de rouge, de gris, de mauve, était ouvert quand Marcel, tournant le dos, faisait quelques pas en séchant ses regards mouillés dans les plis du crépuscule.

On se repliait. Oscar était envoyé à Ternopil pour une trépanation de la dernière chance. On abandonnait la Galicie.

Bonne merde, Oscar. La messe n'est pas dite. Marcel, courage.

6

Ce qui, ce retrait des forces russes et alliées, nous permet de recoller avec les mémoires de Zweig, quand il raconte qu'on l'arrache à son terrier de la caserne de Vienne et qu'on le met dans un train pour l'Est. Nous l'attendons de pied ferme. Ou plutôt, nous poussons jusqu'à Budapest, où son train doit arriver et d'où il partira en mission. Nous l'accueillons à sa descente. Et on le trouve assez mal remis de ce qu'il a dû voir, dans les wagons. On s'en souvient. C'était un transport de blessés (sang bruni, charpie sale, résidus divers, liquides visqueux, yeux manquants, regards vides, orbites creuses, et des odeurs surtout : concrètement, c'était donc ça, le signifiant concret de la guerre, sous le signifié du patriotisme et des fiertés nationales).

Il faut qu'il se repose, qu'il aille dormir. On le comprend. On le laisse à son hôtel.

Pendant quelques semaines, il moissonne donc les tracts, affiches et publications diverses témoignant de la propagande russe en Galicie et les rapporte à Vienne, pour archivage et mémoire historique.

Une mission peut-être aussi captivante que le ramassage

des feuilles à l'automne sous un marronnier, lui avons-nous dit pendant le trajet de retour. Mais il trouvait, à raison, que cela valait mieux, ou lui convenait mieux, que de tirer au fusil.

Juste pour dire : le temps du voyage en train, Zweig sous nos yeux a rédigé au moins dix-sept lettres. Une activité épistolaire sidérante. Bien qu'assez commune, peut-être, à l'époque. Être en contact avec le plus de monde possible, avec l'Europe pensante et écrivante, même pendant la guerre… Évidemment qu'il nous fait penser à Érasme, son idéal dans la vie.

L'écriture de Zweig est plutôt grande, bien que serrée, légèrement inclinée vers l'avant, anguleuse et néanmoins douce, liée et nettement appuyée. Pendant tout le trajet, je me suis entraîné à la déchiffrer à l'envers, tandis qu'il rédigeait face à moi. Puis, abruptement, je lui ai demandé :

— Vous n'écrivez pas à Sigmund Freud ?

— Certes, je devrais, je pourrais.

MOI, intéressé : — Vous avez son adresse ?

ZWEIG : — Bien sûr. Pourquoi ? Vous voulez lui écrire ?

Mieux : le rencontrer.

Pour suivre une psychanalyse ?

Euh, en fait, dans un premier temps, ce serait pour lui poser des questions sur Wilson.

— Sur qui ?

— Sur Wilson.

L'étonnement de Zweig se comprend : les États-Unis ne sont pas encore entrés en guerre et le nom de Wilson n'est pas encore sur toutes les lèvres.

ZWEIG : — Le président américain ? Il le connaît ?

MOI : — C'est-à-dire…

— Qu'importe, je ne veux pas faire l'inquisiteur. Je vous

passe son adresse. Vous descendez à quel hôtel ? Sur les boulevards ? En tout cas, ce ne sera pas loin.

J'ai envie de lui dire, là, à Zweig, par gratitude, qu'il est un écrivain épatant et que son œuvre, encore largement à venir (1916, il aura trente-cinq ans en novembre), est assurée d'une enviable postérité. D'une énorme, d'une immense postérité.

Dans mes bras, Stefan !

Votre opuscule sur Érasme, par exemple. Génial ! Ou celui sur Nietzsche ! Quel bonheur d'intelligence et quelle leçon de vie ! Il y a des épées dans ce que vous écrivez !

J'aimerais aussi, d'ici la fin du livre, ne pas perdre ce bout de papier, cette carte de visite en bristol, 7×5 cm, où Zweig m'a écrit, de sa main, à la belle encre noire, l'adresse de Sigmund Freud. Ça doit valoir son pesant d'or, aujourd'hui, cet autographe.

« 19 Berggasse, Vienne, neuvième arrondissement (Alsergrund) ».

Arrivée en gare de Vienne. *Hauptbahnhof.* Gare centrale. Vapeur, sifflets, porteurs.

Zweig ? Retour à la caserne de la rue Stift. Ciao !

Comme j'aime cette ville !

Mais de même que Platon préférait la vérité à ses amis, de même je préfère suivre mon devoir et m'élancer vers l'appartement de Freud plutôt que d'aller musarder sur les boulevards de la vie viennoise et commander un verre de grüner veltliner.

Un tramway (des passagers à la face triste : la guerre ne leur vaut rien. Elle ne vaut rien à personne). Google Maps. Si les noms de rue n'ont pas changé. Non. Ouf. Je marche, je cours, je cavale et j'arrive. N'aurait-on pas dit un amoureux s'empressant de rejoindre son amie ? Ridicule. Je ne sais pas ce qui m'a pris. Je m'arrête là. Les trottoirs. Une balayeuse nettoie le pavé d'une brosse lente. Un chapeau noir poussé par le vent s'est rempli de feuilles mortes dans le caniveau. Marrant.

Bel immeuble viennois. Forcément, il n'y a pas encore la plaque : « Ici vécut le Prof. Dr Sigmund Freud ». Bon. Courage. Hop. Le charme de ces vastes escaliers viennois aux élégantes rampes et garde-corps en fer forgé. Premier étage. Je pense un peu au *Troisième Homme*, ce film formidable avec Orson Welles et cette musique entêtante. Mais c'est une mauvaise idée. *Le Troisième Homme*, c'est la Deuxième Guerre mondiale, pas la Première, et l'atmosphère n'a rien à voir.

J'ai plutôt besoin d'une bonne photo. Je n'en trouve pas. Tant pis. Je sonne. Après tout, l'original vaut mieux.

Siècle de domesticité. On nous fait entrer.

Antichambre. Tableaux, décor, papier peint. Bourgeois. Quelconque. Enfin, nettement mieux tout de même que la plupart des salles d'attente des médecins actuels. Pas de magazines à papier glacé sur la table basse, évidemment.

C'est divisé en deux : à gauche, vers l'appartement familial ; à droite, le cabinet de consultation. Odeur de tabac. De cigare, évidemment. J'entends une voix. Un patient, sans doute.

Des pas. Est-ce à côté ? Est-ce à l'étage supérieur ?

Le patient – pardon, la patiente – sort. Peut-être une personne célèbre (sachant le prix des consultations, depuis que le docteur est renommé), mais je ne la reconnais pas. Navré de cette occasion manquée. Elle ne me voit pas. Il faut s'y faire.

Lui, le docteur, en revanche, on le reconnaîtrait entre mille. Barbe blanche méticuleusement taillée, costume gris clair trois-pièces, chaînette au gousset. Un peu plus petit que moi (qui fais un mètre soixante-dix-huit).

À peine plus grassouillet, rond, joufflu que sur les photos célèbres du grand homme, où il est généralement un peu plus vieux, vers les soixante-quinze ans, plus sévère, sec, les joues plus creuses. Freud vieux fait hors temps. Il fait olympien formidable au regard hypnotique. Il fait sénateur antique – il aurait pu jouer dans un péplum, par exemple Caton l'Ancien. Tandis que le Freud que je vois là, 1916, soixante ans seulement, est un peu moins grave. Moins sûr de lui, oserais-je dire ? Moins monolithique. Ce sont surtout ses joues qui surprennent. Plus remplies, rebondies. Cela dit, qu'on ne s'y trompe pas : il impressionne assez.

Il fume. Il ne porte pas de lunettes. Il arbore le front de l'homme qui ne cesse jamais de penser. Variété rare. Je me demande s'il va me voir et, s'il me voit, s'il va le croire. Ou s'il va me balayer, fantôme, fantasme. Il fronce les sourcils, relit et annote ses papiers, assis à son bureau. Il se tait ; j'attends. Une fois de plus, je suis heureux. Le silence suffit à la rencontre.

Par la fenêtre, un rayon oblique révèle les infimes poussières et jusqu'aux atomes imperceptibles qui flottent dans l'air. Le même rayon révèle aussi – dirait ma mère – que les vitres feraient bien d'être lavées, docteur Freud.

Un peu comme chez Proust, c'est épatant d'être là.

Alors brusquement, sans lever la tête de ses papiers, puisqu'il sait manifestement depuis le début que je suis là :

— Prenez place ou allez-vous-en. Mais ne restez pas là debout.

Je ne dis rien. Je m'assieds. Sur une chaise face au bureau.

Pas sur le fameux divan, sorte de long pouf recouvert d'un tapis persan et qui n'a pas l'air doux.

— Je vous écoute.

À mi-chemin entre la courtoisie et l'injonction.

Je bredouille quelque chose.

— Avec moi, on ne triche pas. Vous allez me dire exactement et sincèrement ce que vous faites ici et ce que vous voulez.

Alors voilà, je lui dis que je m'intéresse à Wilson. Que j'écris un livre sur les clignotements de la guerre et de la paix, qui a 1919 comme porte d'entrée, le rêve d'une paix mondiale… Enfin, quand je dis un livre *sur*… Non. C'est plutôt *autour* qu'il faut dire… (Je le vois sourire, approbateur, à ce changement de préposition.) Je lui explique que ça commence avec un bateau, le paquebot *George Washington*, qui emmène le président Wilson en Europe, et que ça finira avec le même bateau ramenant le président Wilson aux États-Unis. Et qu'entre les deux, je noue des boucles de temps avec passages réguliers au point de Paris 1919, dans l'espoir par-ci par-là de faire apparaître des dieux le long du chemin. Là, déposant son stylo plume, il m'interrompt pour dire, presque s'exclamer, que c'est marrant, que lui, il l'a pris, le *George Washington*, qu'il connaît très bien ce bateau-là, qu'il a voyagé à son bord, en 1909 quand il est allé en Amérique. Il était parti de Brême. Moi, je trouve la coïncidence formidable. Quoi ! Donc vous étiez caché entre les lignes de mon premier chapitre ? Mais c'est fantastique, docteur Freud ! Je l'ignorais, n'y pensais pas, mais vous étiez présent ! Dissimulé ! Cryptique ! Et finalement manifesté ! Vous, le docteur révélateur : révélé ! Tout est toujours là, n'est-ce pas. Tout le monde. Comme l'image sur le film photographique apparemment vide et sombre, dont un bain chimique fait apparaître toute la mémoire et la lumière…

Mais, impatienté peut-être, il me demande de poursuivre. Je lui dis que j'aurais aimé qu'il me parle de Wilson.

Il me regarde droit, maintenant. Un beau regard rond, amusé. Je crois que ça le repose, le distrait, qu'il est content de ma présence, de ce petit événement extraordinaire, comme d'un arc-en-ciel, de ces plaisantes irisations poétiques qui transcendent la pluie et l'ennui. Et dont on se hâte de jouir, parce qu'elles ne durent pas.

Je lui demande s'il connaît William Bullitt. Il me répond que non, mais je sens qu'il me fait tellement confiance – comme si j'étais le destin même – qu'il a failli dire, c'était sur le bout de ses lèvres : *pas encore.*

Tandis que, arc-en-ciel, je tiens bon dans la pièce, il me dit que de Wilson il ne sait finalement pas grand-chose. Qu'il sait ce que chacun sait. Que c'est le président des États-Unis. Qu'il appartient à la catégorie des tergiversateurs, puisqu'il fait peu de doute que l'Amérique entrera tôt ou tard dans la guerre et que cet homme en retarde perpétuellement le fait. Ce disant, il tape de la main sur trois journaux pliés et empilés sur le côté de sa table de travail, que je n'avais pas remarqués. (Une photo d'époque de l'appartement de Freud à Vienne montre le rang d'objets hétéroclites qui fait barrière au bord de son bureau entre lui et son vis-à-vis : petit buste égyptien, hoplite miniature, figurines asiatiques, statuettes diverses de prêtresses et de danseuses antiques.) Il ajoute que bientôt il sera trop tard pour ce Wilson et ses Américains, que les trois cent cinquante sous-marins que le Kaiser a lâchés dans les eaux auront bientôt fait leur œuvre (songez que l'on compte en moyenne vingt navires coulés par sous-marin !) et qu'il n'y aura plus moyen pour les

Américains d'acheminer ni troupes ni approvisionnement en nombre voulu et au rythme nécessaire, c'est-à-dire massivement. Le Kaiser est près d'atteindre son but !

À ces accents et à une mobilité soudaine de ses pupilles, je me rappelle – après coup on oublie – qu'il reste, tout Freud soit-il, en Autriche et du côté des Autrichiens, et qu'il a beau parler de cette guerre avec dédain, avec consternation même, il voit très bien tout ce que l'empire et tout ce que Vienne ont à perdre.

Sans compter qu'il a deux fils sous les drapeaux.

Je suis ému. Le silence est bon. Il tient son visage vers moi. Un presque sourire, un peu triste. Une sensation d'intimité extrême. Et parce qu'il a décidément tout compris, et que le passé dont je m'enquiers est son futur, il me promet d'être attentif à ce Wilson, et à ce Bullitt, et me propose de revenir le voir. Plus tard. Quand il sera temps.

Un nuage sans doute passe dans le ciel, car le fort rayon de soleil qui, par la fenêtre, dessinait jusqu'au parquet une colonne oblique de poussière en suspension s'atténue brusquement, faiblit et s'éteint. Prenant ce météore pour un signal de départ, je m'efface à mon tour.

Tout rempli d'une joie étrange.

Revenir vous voir, docteur Freud ? Quand il sera temps ? Mais certainement ! Avec joie !

En attendant, j'ai du temps à tuer à Vienne, ce qui est une des choses les plus agréables qui puissent arriver.

En plus, sans les enfants !

CHANT VII

Où l'on suit des gens dans Vienne,
une Japonaise d'abord, un ami de Mozart ensuite,
lequel ami nous entraîne à New York.
D'où nous revenons sur un bateau à voiles
en compagnie de la soprano coloratur
d'origine espagnole Maria Malibran,
bientôt amoureuse d'un violoniste belge.

Malgré cette singulière manière de tourbillonner, les étourneaux n'en fendent pas moins, avec une vitesse rare, l'air ambiant, et gagnent sensiblement, à chaque seconde, un terrain précieux pour le terme de leurs fatigues et le but de leur pèlerinage. Toi, de même, ne fais pas attention à la manière bizarre dont je chante chacune de ces strophes.

LAUTRÉAMONT,
Maldoror, Chant V

1

Je descends, jovial, l'escalier du docteur Freud, me rappelant un roman de Mathias Énard où un personnage secondaire qui visite l'appartement-musée de Freud n'en revient pas de constater sur une boîte aux lettres à l'entrée que le voisin d'étage du docteur Freud s'appelle Kafka. Kafka ! Pur hasard, et sans rapport avec l'écrivain praguois, lui répond, si je me souviens bien, le narrateur. Mais guilleret, sautillant et changeant de pied et d'idée à chaque marche (songeant notamment à cette coïncidence, la présence fortuite de Freud sur le *George Washington* !), j'oublie de vérifier le tableau des boîtes aux lettres en sortant.

Je gambade. Cavale, presque. Les gens du quartier, très chics, me voient fendre le trottoir avec un grand sourire. Le nuage de tout à l'heure est encore au ciel, mais il a lâché le soleil et se fait confire dans un bleu délicieux. *Ciel bleu trop bleu,* disait le joli titre d'un roman lu dans ma jeunesse et dont l'histoire avait ceci de particulier qu'elle était racontée *à l'envers.* Vienne ! Manège ! Vienne ! Valse ! Tourbillon ! Tourner dans Vienne, Vienne, Vienne. Ce subjonctif impérieux de venir. *Vienne* Vienne ! Ciel bleu trop bleu Tiepolo, ciel de peinture, avant arrière, sens dessus dessous, intemporel azur, Vienne. Arbres. Rires. Trams. Autos. Fast-food. Oiseaux (des merles). Publicités en allemand. Calèche, *clipiclipiclop.* Manifestation (petite cinquantaine de personnes brandissant des photographies douloureuses) pour la libération des chevaux de calèche. Haridelle endormie dans ses brancards, mouches aimant son crottin. Puis génuflexion dans Stephansdom, cathédrale Saint-Étienne, où (souvenir) mon professeur de musique me racontait que Chopin avait pleuré, une nuit de Noël, au son des grandes orgues, dans les bas-côtés sombres, parce qu'il y avait la guerre dans sa Pologne natale, qu'il y avait laissé sa famille, ses amis, et qu'il avait peur pour eux et peur de l'avenir. Je vais les voir, là, les bas-côtés ténébreux, et ils sont en effet tout environnés de pierres tombales et d'inscriptions funéraires. Il avait bien choisi son lieu, le jeune Chopin.

Je sors.

Dehors.

Tuiles multicolores du toit de la cathédrale formant comme des écailles ou le plumage d'un aigle immense et bicéphale. Commerces. Magasin vendant sur deux étages des objets fabriqués en Chine. Chine ; Lou. Sur le Graben, large avenue, presque une place, populeuse, se dresse la colonne votive commémorant la fin d'une épidémie de peste, surmontée d'anges et d'une trinité dorée. Sûr que Berthe, femme voyageuse de diplomate voyageur, a dû la voir, un jour. Et peut-être la photographier. Clic. Clac. Kodak. Son regard ; mon regard. Moi, je prends mes photos avec l'iPhone, bien sûr. Du reste, je ne photographie guère les monuments. Je préfère la mémoire. La mémoire et l'oubli, leurs jeux de cache-cache. Ces anges-là ont-ils été sculptés, comme la Strasbourg de la Concorde, sur le modèle érotique d'une maîtresse de l'artiste ? Encore une calèche. Elle fonce. Ils n'en auront pas pour leur argent, ces Américains-là.

Je descends voir le Danube, qui n'est évidemment bleu que dans la valse de Strauss. Le pont qui l'enjambe. Architecture moderne sur la rive en face, hôtel Mercure (dieu des grands départs et des voyages, toujours là, prêt, à l'affût). Jeunesse à vélo. Toujours belle jeunesse. Jeunesse écolo. L'avenir toujours plus fantastiquement ouvert qu'on n'ose le voir. Toujours regorgeant de vie incommensurable, irréductiblement.

Reflets du ciel dans le fleuve : le ciel et le Danube, deux dieux antiques surpris en pleine conversation. Et qui doivent nous prendre pour des acariens, s'il leur arrive de nous considérer.

Où vont les reflets transportés ?

Quel port pour eux, Charon ? Quelle destination, Ophélie ? Reflets, embarcations de photons, appareillage des images. En une heure et demie, par ce ferry de tourisme, en descendant le cours du Danube, vous êtes à Bratislava, Slovaquie.

— *Dreissig Euro.*

Non, non merci. Je reste à Vienne. Bratislava n'est pas au programme.

Une passante :

— Vous êtes l'acteur Kenneth Branagh ?

Non, pourquoi ?

— Vous lui ressemblez.

(Tout cela en anglais.)

— Je peux prendre une photo avec vous ?

Bien sûr. Selfie. Jolie fille. Japonaise.

Rire puéril. Elle porte un étui à violon sur le dos et ça me fait quelque chose. *Bim,* adieu Danube, je mets les voiles, je quitte un dieu pour une muse, je la suis. Comme une ombre.

Certains paient un guide ; moi, j'en dispose gratuitement. Mais je ne sais pas du tout où elle me conduit. C'est une bonne manière assurément de visiter une ville et de s'y promener. On perd généralement la personne de vue assez vite, mais ce n'est pas grave, on peut en choisir une autre. Et ainsi de suite. (Ce n'est pas autrement que j'ai construit mon premier roman, *Madrid ne dort pas.*) Celle-ci, avec son étui et ses cheveux noirs aux reflets presque bleus, grande en plus, on la repère facilement. Je lui invente un nom : Yoko. Amoureux le temps d'une balade. Disponible aux immédiates volontés du moment. Grâce à Yoko, je vais à gauche, je prends à droite, je file par là. Dans les plis de Vienne, juste chiffonnée comme il faut. Zigzag, le chemin de la foudre. Je me rappelle que Balzac, dans un roman, *Ferragus* je crois, montre également sa façon de créer un personnage et d'inventer des destinées en suivant quelqu'un choisi au flair dans la rue. Écrire, c'est marcher. Attention : *Clipiclipiclop.* Calèche. Attention, une deuxième. Ils ne s'en lassent pas, les touristes américains.

Calèches passées, mais allons bon, je l'ai perdue de vue, maintenant, ma Yoko.

Elle m'a donc mené ici. Je regarde le ciel. Plus un seul nuage ! Ça ne fait pas beaucoup.

Glacier appétissant.

Librairie. *Austerlitz* de Sebald. Zweig, *Gesammelte Werke.* Reflets. Mille passants multicolores.

À côté, shop touristique et maison-musée de Mozart.

2

Importante queue devant la boutique. Affiches tapageuses. Rencontrez Wolfgang Amadeus. Venez découvrir son billard, ses instruments, sa vie privée. Dans la vitrine, vulgarité un peu décourageante : tasses, foulards, colifichets à l'effigie du compositeur. Dont les traits réels nous sont en réalité mal connus, les quelques portraits qu'on a de lui divergeant au point de sembler des personnes différentes. Heureusement, la perruque blanche met tout le monde d'accord. En vend-on, dans la boutique de souvenirs ? Peut-être.

Mozart, qui a la bougeotte, n'a pas vécu toute sa vie dans cet appartement, loin de là. Quelques mois, quelques années, tout au plus. Mais le musée est bien fait et ça attire vraiment du monde.

Mozart : la vie est grave, l'art est gai. C'est-à-dire l'art surnage, la vie coule. À fond. À pic. Les sous-marins du Kaiser dont parlait Freud. Torpilles. Mozart. Emmène-moi dans ton hydravion.

J'ai visité l'hydravion, pardon, *l'appartement* de Mozart il y a deux ou trois ans. C'était avec les enfants, donc à leur rythme, et avec l'encombrement que cela suppose. C'est l'occasion maintenant d'y aller seul, en prenant mon temps et à mon rythme.

Voilà.

Patience dans la queue. Ticket. Patience dans l'escalier. Enfin, deuxième étage et, en dépit des vitrines, des spots, des flèches signalétiques, du petit panneau vert issue de secours et du boîtier rouge de l'extincteur réglementaire, de la bousculade aussi, et d'un silence douteux, pas du tout signé Mozart, le charme opère une fois de plus : près du billard, ils sont là.

— *Morti !* (Morts !) dit l'un.

— … *non son !* (… ils ne sont pas !) dit l'autre.

— Ha ! « *Morti* », *forte*, évidemment. Et puis « *non son* », *pianissimo*. Effet comique !

Mozart, l'un, c'est une évidence ; l'autre, c'est à vérifier.

Ils composent ensemble.

Tic, tac, tac. Pas du tout le bruit d'un instrument de musique, mais bien *tic, tac, tac, tac*, celui du billard à bandes (annoncé en bas dans la rue, sur l'affiche), des boules de couleur et de la queue de bois qui vibre. Les touristes vont, là, sur leur strate ; et sur une autre, sur leur strate à eux, au même endroit toutefois, ces deux hommes, Mozart certainement et, oui, sans doute, l'autre, Da Ponte, Lorenzo Da Ponte, son librettiste, on dirait aujourd'hui peut-être scénariste ou parolier, enfin, mais oui, et d'ailleurs un petit effort de mémoire et je me rappelle fort bien ce moment qu'ils ont chanté, « *Morti !… non son !* », dans un des opéras qu'ils ont écrits ensemble. Non pas dans l'immortel *Don Giovanni*, le plus célèbre, mais dans le miraculeux *Così fan tutte*. Moment drôle où un messager s'amuse à donner des frayeurs à deux demoiselles : « Vos amants, mes amies, ah, vos amants… Morts… (Elles, épouvantées : Morts ? !)… morts ne sont pas, non. Mais ils doivent partir. » Ha ha.

Ils sont deux et, détail curieux, ils ne portent pas la perruque ! Lecteur, nous sommes sans doute les deux seuls mortels de ce siècle à voir Mozart sans cet attribut ! Sans doute ne la portait-on pas, la perruque, dans des circonstances aussi familières ? Un peu comme de nos jours la cravate ? Il faudrait que je demande à un spécialiste.

Approchons-nous.

Da Ponte, parolier ; Mozart, compositeur.

Je ne connais pas assez les règles du billard à bandes pour savoir qui des deux gagne. En revanche, avec les *Mémoires* de Da Ponte à présent ouverts devant moi, feuilletés, lus par passages, et passionnants, je peux établir la date approximative de la scène. *Così fan tutte* sera joué pour la première fois en janvier 1790. Il faut donc, s'ils y travaillent, qu'on soit au moins une année auparavant. Signor Da Ponte a quarante ans à peu près. Léger, ingambe, gai. Fameux menton prognathe (c'est-à-dire en avant). Sourire. Ce sourire que j'imagine à tous les Vénitiens (car Da Ponte est vénitien d'origine, bien sûr), ce sourire que j'ai vu aussi sur les lèvres des Tiepolo. Jarret galbé mis en évidence par la mode de l'époque dans un bas de soie, ici gris perle moiré. Souliers à talons de bois et à boucle rectangulaire en argent.

Et puis cette amitié de Mozart vaut garantie. Da Ponte. C'est lui maintenant que je vais suivre. Da Ponte, vous serez ma nouvelle Yoko. Pour rejoindre Paris et 1919, en toute confiance, car tous les chemins y mènent, tout est en ordre dans le temps. En toute confiance et plein d'amour. Dans la cohorte des touristes, Da Ponte quitte l'appartement de Mozart. Je m'installe dans son ombre comme dans un véhicule. Ou bien dans l'invisible ballon doré que l'âme d'enfant de Da Ponte, divin aventurier, tient par une ficelle, et qui flotte au-dessus de sa tête.

C'est-à-dire, je suis plongé dans la lecture de ses *Mémoires.* Et je constate que j'ai le même âge que lui, là, la quarantaine entamée.

Ça y est, il quitte Vienne, notre nomade. Chercher fortune ailleurs. C'est toujours là qu'elle se trouve : ailleurs.

3

Oh, ce regard effilé des aventuriers quand ils partent. Paupière méfiante, pupille pleine de défi. Joie impayable de la liberté. Partir, c'est leur vie, ça, partir. Arriver n'est jamais que préparer son départ. Essor, essor, voyage, voyage. Le jabot froufrouteux de dentelle grisâtre tressaute sur sa poitrine. Cahots de la route, voiture à cheval. L'échancrure du corsage de la dame en face sur la banquette capitonnée. C'est la malle-poste. Oh quel bonheur.

Apparemment, son idée, à Laurent Dupont, c'est-à-dire Lorenzo Da Ponte, c'est d'aller à Paris. Offrir ses services aux théâtres de là-bas.

Détour et étape d'abord à Teplice (ville d'eaux, jolies arcades, loisirs et tables de jeu), aujourd'hui en République tchèque, pour voir un vieux copain (le fameux Casanova, de vingt-cinq ans son aîné, vénitien aussi) qui lui doit de l'argent. Et qui fait la sourde oreille. Pas un rond à donner ou à rendre.

Via, via! Vieni via di qui! Mettons les voiles. Autres diligences, autres malles-poste.

Via, via! Gaiement.

Les malles-poste secouent leurs passagers sur un système d'amortisseurs en forme d'accolade de bois et de métal qui, comme des lèvres, s'ouvrent et se referment au gré des cahots. Avec des grincements divers et, quand le trou dans la route est trop important, des chocs à fond de caisse assez faciles à imaginer. Des excuses aussi, sûrement, entre passagers courtois que le choc a poussés les uns contre les autres dans la promiscuité de l'habitacle.

Ces scènes de carrosse font le désespoir des cadreurs au cinéma, et les films historiques usent de stratagèmes variés dont aucun ne parvient jamais à rendre l'exiguïté et le frottement permanent, et cette étrange présence invisible du cocher, là-haut, là-devant, quasi sur le toit, dont une ouverture dans certains modèles de coches permet (hélas) de voir l'assise, le gros derrière et un bout du dos. Et ses bruits, ses cris, son fouet, son ennui. La manie de jouer du cornet pour annoncer le départ, pour se signaler dans les passages étroits ou simplement pour se faire remarquer des jolies passantes. Jean-Sébastien Bach a mis en musique les bruits du coche et ces sonneries de cornet qui faisaient la bande-son des voyageurs dans un petit *Capriccio* pour clavier. Peu probable que Da Ponte connaisse ou se rappelle cette œuvre néanmoins, car Bach, eh oui, à l'époque déjà, est fort oublié. Mais rien n'empêche d'imaginer qu'un homme aussi voisin de la musique que Da Ponte se fabrique lui aussi, à partir des sons et des incommodités du voyage, un petit opéra de poche, qu'il se joue dans la tête pour faire passer le temps. *Via ! Via !* Dresde, à présent, où saluer des amis encore. Pas d'emploi hélas au théâtre de Dresde. Mais on a pu trouver quelque argent en écrivant des lettres d'amour pour le compte d'un riche marquis aussi galant et pressé que dépourvu d'éloquence. Merci, ô muse et ô plume ! Puis c'est la diligence à nouveau, vers le Rhin. Et le cœur déjà *nach Paris* ! La fortune attend, toujours, quelque part, c'est sa nature.

Mais les nouvelles de Paris sont terribles. La rumeur plus rapide encore que les journaux proclame l'inimaginable, l'imprévisible : l'incarcération, par le peuple, du roi (et de sa viennoise épouse Marie-Antoinette), à la prison du Temple. On savait le pays agité, mais rien d'aussi grave n'était pensable. Qu'adviendra-t-il d'une nation qui détient son monarque comme un prisonnier de droit commun, qui le juge comme un criminel et qui, qui sait, peut-être, où s'arrêteront-ils, lui coupera la tête comme à un scélérat ? Quel opéra jouera-t-on là-bas ? Quelle place pour Da Ponte ? Quelle sécurité, quels revenus ? Quelle mentalité ? Da Ponte, approchant de Spire et du Rhin, apprend au surplus que la noblesse française, qui avait fui le pays, forme une armée, là, tout près, du côté de Mayence et de Trèves, avec le soutien de princes allemands, et s'apprête à pénétrer en France pour y rendre au roi sa couronne et au royaume sa pérennité. Ces préparatifs de guerre sur la frontière allemande, Da Ponte n'aime pas trop ça. (On ne lui dira pas qu'à peu près au même endroit Zweig a vu – verra – les préparatifs de guerre aussi, et n'aimera pas ça non plus.) Changement de plan, donc. Londres fera aussi bien l'affaire que Paris. Les théâtres y sont nombreux. On abandonne le *nach Paris* et l'on monte vers Bruxelles faire le point. *Via, via*, Da Ponte !

Tu ne précises pas dans tes *Mémoires* le port d'où tu t'embarques pour l'Angleterre. Est-ce Ostende ? J'aimerais bien. Ou peut-être Rotterdam ? Possible aussi. En tout cas, c'est sur un quai, devant le gris acier des flots de la mer du Nord que tu patientes, là, prêt à monter à bord.

Les malles suivent. Je les imagine peu nombreuses. Je gage aussi qu'elles doivent plus d'une fois scier les doigts (il n'y a pas toujours de porteurs). À bord du *packet boat*, croisement de frégate et de coquille de noix, qui défie de ses voiles humides les lames d'acier de la Manche et de la mer du Nord, avec les passagers nauséeux rassemblés sur le gaillard d'arrière, accoudé au bastingage, en voyant sous un nuage de mouettes s'éloigner les maisons flamandes ou hollandaises et leurs toits à deux pentes, tu as dû songer peut-être, Da Ponte, en te suçant la lèvre, qu'ils sont parfois bienheureux ceux qui voyagent avec un espoir de retour, un foyer à retrouver, une demeure qui les attend. Mais nous te disons : « *Forza*, Da Ponte ! », courage ! Nous aimons les nomades qui voyagent la face tournée vers l'avant, toujours. Le vent et les embruns te burinent le visage. Va ! Va ! *Via !*

— Signor Da Ponte ? *Would you like to take shelter ?* Voulez-vous vous abriter ?

— Merci, mon brave. Pas tout de suite. Je demeure un peu sur le pont.

Roulis. Coup de tabac.

Te voilà en Angleterre. Malle-poste, cahots, amortisseurs grinçants, sonneries de cornet, derrière du cocher, robes, corsages, chapeaux, bruine sur la vitre, et improvisation mentale d'un opéra de poche. Londres. Ta réputation viennoise, Dieu merci, te vaut à présent cet emploi d'adaptateur et de librettiste au théâtre de Drury Lane, à Covent Garden, Londres.

Oh, on y va encore, tu sais, aujourd'hui, au théâtre de Drury Lane et à la maison d'opéra de Covent Garden. C'est même très chic. Et, si je me souviens bien, on y voit un petit buste de toi. Ce qui doit t'étonner, étant donné le bonheur très relatif qu'on te fait vivre là-bas. Mal payé, arnaqué, escroqué, exploité, puis, comble, poursuivi pour dettes. Mais heureux, toujours. Le malheur n'empêche jamais d'être heureux. C'est une illusion lexicale. Allez, dis-nous, juste un coup d'œil : c'est comment, Londres, à la fin des années 1790 ? Donne-nous ne fût-ce qu'un détail. Y a-t-il déjà les premières traces de la révolution industrielle ? Des cheminées noirâtres piquant le ciel des faubourgs manufacturiers, où les sans-emploi crèvent la gueule ouverte dans des caves suintantes ? Non, c'est un peu trop tôt, je crois. Tu dois vivre encore l'Angleterre de Hogarth et de Barry Lyndon, aristocratique et en couleurs, avec une Londres de duchesses en landaus et d'affairistes en coupé, *clipiclipiclop*, de costumes en drap jaune, châtain, bleu ou rouge, tricornes, jabots de batiste, de lèvres pincées sur de fines pipes blanches, la Londres des *coffee houses* et des rues remplies de métiers ambulants ? Oui ?

4

Impossible de me rappeler pourquoi exactement, au bout de quelques années tu quittes Londres. Des gens d'aujourd'hui prétendent que tu fuyais encore des créanciers. D'autres, que tu rejoignais une femme. Possible. L'un n'empêcherait pas l'autre. Quoi qu'il en soit, nous sommes enchanté, ô Vénitien nomade, car nous avons cru entendre que c'est en Amérique que tu nous emmènes. De Venise à Vienne ; de Vienne à Londres ; de Londres à New York.

Tu récupères en vitesse un passeport à l'Alien Office, tu files au port de Gravesend, à l'embouchure de la Tamise. Embarquement. Ton brick appareille. Adieu, *city*, cabriolets et créanciers.

Quatre-vingt-six jours de traversée… Es-tu bien certain d'avoir pris le bâtiment le plus rapide ? Mais c'est un baleinier vermoulu ! Ha ! Pas vraiment des dirigeables et des escadrilles d'acrobates pour accompagner ton départ, comme celui de Wilson sur le *George Washington*. Bateau sale et puant que le tien, lent et dangereux, le moyen absolument le moins cher pour traverser l'océan.

Et puis, comme on a fini par parler trop fort, Da Ponte nous a entendu et un air d'incompréhension se marque à présent sur son visage anguleux. *George Washington*? Pour lui, George Washington, c'est simplement le président des États-Unis, cet homme remarquable qui s'est éteint il y a six ans, en 1799. Quel rapport ?

Désolé, Lorenzo, on parlera plus bas dorénavant, en tâchant de ne pas te déranger. Histoire, encore pardon mais c'est drôle après coup, de te laisser profiter de cette traversée, de cette bouillie infâme et noirâtre qu'on te fait avaler, de ces doigts répugnants qui te passent le pain moisi après s'être frotté les dents ! Ce corbeau qu'on te vend pour du poulet ! Ton mal de mer. Quatre-vingt-six jours ; quatre-vingt-six éternités de nausée sur les courants de l'Atlantique. Le commandant aux dents ruinées s'est payé ta tête. Et les nuits, ballotté dans tes draps collants. Le hublot qui ne s'ouvre pas. L'odeur de graisse de baleine rancie. Forcément, toi, tout heureux de voir approcher, enfin, la côte américaine. Tandis que nous, à vrai dire, un tantinet désappointé. Parce que ce n'est pas New York, ça. On croyait. Mais non.

— C'est Philadelphie.

Bon. C'est bien aussi.

Lorenzo Da Ponte, soixante ans, homme neuf sur le quai du Nouveau Monde. Que feras-tu ?

— Vivre !

Comme on peut.

Quais, bruits, cordages, odeurs, chiens errants, bousculades. Abords du port. Ces maisons de planches coloriées qui sont les trois quarts de l'architecture de l'Amérique. Nous rêvons un moment devant ces enseignes peintes, très jolies, ces fumées pâlottes dégueulant par un trou dans la paroi des effluves mêlés de graillon et de feu de bois. L'enfance pauvre des ports nous marche sur les pieds, des cris nous font dégager, une charrette nous baptise de boue et de poussière. Quelques indigènes, peut-être, mélancoliques et définitivement étrangers parmi les envahisseurs.

Nous te laissons là, debout, prêt à devenir quoi ? Lorenzo, homme libre, aventurier, nous t'admirons. Te feras-tu cow-boy ? Chapeau, bandana, jambières de cuir, lasso, bottes à éperons ? Le librettiste de Mozart se muant en garçon vacher ? Ce serait marrant et pas impossible, en admettant par exemple que tu tombes sur deux compatriotes, et qu'eux et trois ou quatre verres d'eau-de-vie t'aient convaincu et entraîné vers quelque riche éleveur de l'hinterland. Mille destins, à quoi nous songeons pour toi, en regagnant, pour notre part, New York, un peu plus au nord.

New York au bout du doigt de Manhattan, est une ville tout en pierre, brique et bois, et fort bien pavée, ma foi. Avec quantité de bourgeois et même un opéra. Des remparts, encore. Ça, c'est rigolo. Des enseignes, des banques, des temples protestants, des églises catholiques. Et des lotissements de petites maisons à toit en double pente, le long de la côte jusque vers Long Island.

Impayable, cette promenade.

Et puis, puisqu'on n'a pas vraiment de temps à perdre, *boum*, vingt ans plus tard, 1828, en plein Broadway, sur qui on tombe ? Lorenzo !

Comme le temps passe ! On s'est quittés hier, et le voilà presque vieux. Pas devenu cow-boy du tout, d'ailleurs ! Monté à New York. Installé à New York. New-Yorkais ! Longs cheveux blancs sous un chapeau haut de forme (le tricorne, c'est bien fini, la mode a changé : au siècle des usines, on portera des tuyaux de poêle). Joues creuses, nez à arête nette, lèvres fines, sourire éblouissant porté en avant par la mâchoire, yeux vifs et mobiles comme des têtards. Involontairement et trompeusement tristes, les yeux, du reste, à cause du dessin tombant de l'arcade sourcilière, qui lui donne un air, même dans la conversation la plus vive, d'avoir beaucoup souffert et de bien vous remercier de daigner vous souvenir de lui.

Ce que je bois ? Mais comme vous, Lorenzo, comme vous !

— Venez, entrons là. On y sert du bon. Savez-vous que je fus distillateur ?

Certes non, mais au fond pourquoi pas ! Je vous imaginais même garçon vacher.

— Allons donc ! Garder les bêtes, moi ? Cow-boy ? Comme le fils prodigue ? Ha !

Sur quoi, l'homme me raconte comment il a roulé sa bosse depuis quinze ans, recommencé à zéro, à ses soixante ans, comment d'abord il est allé chercher l'argent où il se trouve, c'est-à-dire chez les gens riches, et en se proposant, armé de son prestige littéraire et d'une bonne dose d'humilité, comme professeur d'italien auprès des jeunes filles de bonne famille ; il aurait jadis trouvé cet emploi humiliant, mais l'Amérique lui a appris à ne pas mal placer son orgueil. Puis, dans la foulée, promouvant les lettres de son pays et s'étant mis à importer des livres d'auteurs italiens, d'Alfieri à Dante en passant par les siens propres, voilà, il s'est installé comme libraire.

Eh bien, bravo.

Sauf que, happé par quelque mouvement picaresque, il a brusquement tout plaqué pour reprendre à Sunbury une distillerie de whisky qui devait le rendre millionnaire, qui lui a procuré quelques années de prospérité en effet avant de lui donner la bonne leçon d'être entièrement volé et plumé par des amis en qui il avait mis toute sa confiance. Enfin, de retour à New York depuis quelque temps, il a repris sagement une librairie et persévère dans l'enseignement. Et il vient, surtout, me dit-il, de connaître une des plus fortes joies de sa vie.

Laquelle ?

Le grand ténor espagnol Manuel García est tout juste arrivé d'Europe avec sa famille, tous des chanteurs prodigieux, pour une tournée, et ils vont donner là, là, à cent pas, à l'opéra de New York, *Le Barbier de Séville* ! De Rossini !

Ah bravo. Je me réjouis pour vous.

Mais ce n'est pas tout. Da Ponte est parvenu à entrer en contact avec ce Manuel García, lequel, oh bon Dieu comme ça fait du bien, a salué avec autant de surprise que d'enthousiasme et de déférence l'auteur illustre des immortels livrets de *Don Giovanni* et des *Noces de Figaro*…

— Et de *Così fan tutte.*

Oui, et de *Così fan tutte*, l'embrassant, le vénérant, le fêtant. Aucun alcool d'aucune distillerie au monde ne grise autant que les délices d'une gloire reconnue.

Alors, me dit Da Ponte, ils bavardent un peu du bon vieux temps, de la grande époque, puis don Manuel s'exclame : « Eh quoi ?! Jamais l'Amérique n'a entendu encore *Don Giovanni* ?! Vraiment jamais ? »

— D'où découle, cher ami, me dit Da Ponte, une série de représentations de *Don Giovanni* de Mozart et moi-même, qui me causent cette joie si vive, et dont la première a lieu ce soir. En italien, s'il vous plaît ! Non pas dans une de ces traductions barbares dont l'usage est par ma foi trop fréquent. Y serez-vous ?

MOI : — Gardez-moi donc une place !

— Oui ! Sur mes genoux !

J'attribue cette réplique étonnante à l'entrain extraordinaire de ce monsieur de soixante-dix-sept ans qui, par quelque côté, notamment cet élan, toujours, me rappelle la gaieté du prince de Ligne ou de Casanova lui-même. Nous trinquons au *rye whiskey* (whisky de seigle). Celui que Da Ponte – « souvent on m'appelle Du Pont ici, voyez-vous » –, celui que Du Pont distillait à Sunbury était infiniment supérieur précise-t-il. Mais on n'a jamais vu d'Italien qui trouvât que la cuisine d'un autre approchât de la sienne.

5

Magnifique Manuel García. Ce baryton espagnol joue Don Giovanni comme un dieu. Il ne craint ni la passion ni le lyrisme. Je parierais que, jeune, il a sauté bravement par-dessus les taureaux, comme on a vu faire à Madrid.

— C'est un Andalou, me chuchote Da Ponte.

Da Ponte me prête ses jumelles d'opéra montées sur une tige de laiton et nacre. À inspecter de la sorte le détail de la physionomie des chanteurs, on se prend pour un joaillier, un diamantaire, la loupe à l'œil, appréciant la pureté et la puissance lumineuse d'une pierre, je veux dire, d'une voix.

Da Ponte ne cesse, à tout propos, de me serrer l'avant-bras :

— Ne sentez-vous pas la présence de Mozart !

Le brave vieux ne se sentait plus lui-même. De félicité, bien sûr.

— Il est là, je sens son âme planer près de nous, oh, cet infortuné Mozart, ah, s'il avait pu vivre un peu plus et voir sa musique jaillir de la sorte dans le Nouveau Monde !

Je disais oui, oui, mais j'étais surtout captivé par la jeune fille qui jouait Zerlina, la jolie paysanne assez portée sur la chose et qui propose des gâteries sensuelles pour faire oublier les amertumes de la vie, « *vedrai, carino, se sei buonino, che bel rimedio ti voglio dar*», chante-t-elle en présentant sa poitrine, « tu verras, mon chéri, si tu es gentil, quel beau remède je veux te donner», et dont la voix me rappelle celle de Cecilia Bartoli. Ah, Zerlina ! Sa gorge, menue, palpite, ses mains, délicates, flottent, expressives, comme des papillons, et son regard semble deux lasers. Je passe les jumelles à Da Ponte, qui les manie avec une aisance toute viennoise (et je vois avec plaisir des voisins de baignoire imiter sa façon) :

— C'est sa fille. La fille du ténor. Maria.

Sans les jumelles mais avec les lentilles de l'imagination, tout à coup je suis entré voir jusque dans la bouche de cette Zerlina sublime – *sentilo battere, sentilo battere !* « sens-le battre ! », en approchant de son cœur la main de l'amant irrésolu –, et hop me voici accroché à sa luette rouge et balançant là au fond de sa gorge dans une extase merveilleuse. *Toccami qua !* « Touche-moi là ! »

Da Ponte, l'auteur des paroles, fredonne en même temps, et souvent un peu en avance. Horripilant. Mais j'aime trop ce vieillard pour lui faire le moindre reproche ou lui demander de se taire. Il est si heureux ! Et, on le voit, appartenant à cette espèce d'âmes qui ne trouvent jamais honteux de verser des larmes.

Moi, je reste vissé à la luette de Zerlina, c'est-à-dire de la jeune Maria, fille de Manuel Garcia. Et je la gêne manifestement aussi peu qu'un insecte butineur gêne une fleur. Elle fait tout l'opéra avec moi dans la gorge. Et je la sens avec transport avaler sa salive pendant les tonnerres d'applaudissements. Car les New-Yorkais, qu'on aurait pu craindre trop puritains pour cette œuvre, lui font là, au contraire, un triomphe enflammé.

Dans sa bouche, c'est évidemment une vie de palais. À travers les rideaux perlés de ses dents je vois même un morceau de ce moment touchant où Da Ponte, venu dans sa loge la féliciter, fait presque une génuflexion et lui baise la main avec une tendresse de grand-père un peu vert.

— Mozart, que j'ai si bien connu, dit-il, aurait été aux anges, mademoiselle… Au revoir…

Et la mademoiselle en question, dix-huit ans, avec moi en passager clandestin sur la luette, poursuit son destin. Quelques représentations encore à New York, puis une tournée profitable jusqu'à Chicago ou Philadelphie. Il est même question de descendre dans le Grand Sud.

Mais il y a cette révolte, un jour (moi, bien accroché, parce que ça gueule) contre le père tyrannique. (Un vrai con, parfois, je confirme.) Il y a ce « non ! » (le père et la troupe familiale partant pour une tournée au Mexique, mais ce sera sans elle désormais). Et il y a, en revanche, ce « oui », parce qu'elle n'a pas cru pouvoir rester seule, ou pas osé, ce « oui » d'une jeune femme de dix-huit ans à un banquier new-yorkais d'origine française, monsieur Malibran, qui la met dans son lit et lui donne son nom avant de faire aussitôt faillite, tant comme banquier que comme mari d'ailleurs. Et il y a alors (après un an à peine) ce billet de je ne sais plus combien de dollars (combien coûtait une traversée ?) pour rentrer en Europe. Seule. Elle luttant contre le vent froid et moi, au contraire, bien au chaud et quasi suffoquant, parce que la diablesse sait bien protéger sa voix au moyen de châles et d'écharpes. Non mécontents, toutefois, elle comme moi, de revoir bientôt le Vieux Continent.

Alors, il y a de nouveau Paris, pour cette jeune femme seule. Paris, champ de toits, labyrinthe. Habiter quelque temps chez une parente. Obtenir des recommandations. On connaît beaucoup son père, qui est en tournée américaine. Mais ils sont brouillés. Alors Maria envisage de se rendre chez une dame célèbre, qui tient un salon influent, et qui est d'origine espagnole, comme elle. Moi, je pense que c'est une bonne idée, en effet, et on y va.

Rue de Bondy, dans le dixième arrondissement. Aujourd'hui rue René-Boulanger. *Clipiclipiclop*. En fiacre. Maria un peu stressée ; mais moi, je profite !

Et puis ce plaisir d'être déjà assez bien introduits dans le monde : car, avec la grande dame de la rue de Bondy, on se connaît ! C'est la comtesse Merlin ! L'épouse du général ! Mais oui, rappelez-vous, à Madrid, au palais royal, sous les plafonds de Tiepolo, Mercedes, la petite Mercedes, mulâtresse cubaine tout émoustillée parmi les généraux français dans la salle du trône. À qui Murat avait tourné le dos, mais qui en avait accroché un autre, le général Merlin en l'occurrence – dont on ne voit pas trace, du reste, dans la maison, hormis peut-être ce portrait au mur. M'est avis que le couple bat de l'aile. Bah. Il l'a épousée, le général ; il l'a ramenée en France quand la France a quitté le trône d'Espagne, et la voilà qui brille à Paris. Bref. Taisons-nous.

La douce et forte Cubaine fait part à présent à Maria de son étonnement d'avoir reçu de son maître d'hôtel cette carte de visite annonçant Maria *Malibran* et de se retrouver face à Maria García, la fille de don Manuel ! Alors elle explique la lamentable histoire de ce mariage new-yorkais.

— Je me suis couchée avec ce millionnaire et je me suis réveillée à côté d'un homme pauvre et déprimé. Je dois gagner de l'argent ici et le lui envoyer là-bas !

— *Hija mía*, vous êtes ici chez vous. Divorcez ! Annulez !

— Je dois me refaire un nom.

— Chantez, chantez quelque chose, qu'on entende comment est votre voix. Je me souviens de vous petite fille, mais…

Et Maria prépare sa voix.

Moi, dans le théâtre à l'italienne en velours rouge de sa bouche, perché au balcon d'une molaire, je suis tout ouïe. *Vedrai, carino, si sei buonino, che bel rimedio ti voglio dar.*

Évidemment, la comtesse franco-cubaine fond comme un sucre et fait revenir Maria un jour de grande réception. Nous touchons, triomphons, faisons pleurer qui veut et chavirer tout le monde. Ce qui lance la carrière solo de la Malibran en Europe. Nous ravissons l'Opéra-Comique de Paris, nous charmons Covent Garden, à Londres. *Le* Malibran n'existe pour ainsi dire plus. Et moi, qui voyage à ma guise dans tout le corps de la soprano, je vois bien que son cœur est à nouveau libre. Aussi ne suis-je qu'à moitié surpris quand (je crois que c'était à Londres) brusquement un homme y est introduit. Il s'appelle Charles et porte beau. Ce n'est certes plus un banquier fragile, mais le premier violoniste de son temps depuis la mort de Paganini. Ces coups d'archet là me paraissent de bon augure, d'autant plus que Charles, sans être banquier, amasse des fortunes à chaque concert. Noble, en plus. Petite noblesse, mais tout de même. Maria et moi ne crachons pas là-dessus. Charles *de* Bériot. Né en 1802 à Louvain. Belge, comme moi.

Il a vingt-sept ans, elle en a vingt et un, je donne mon consentement (que Maria n'était toutefois pas du genre à demander ni à attendre) et me prends d'amitié pour le nouveau mari. Surtout de voir comme il vénère cette déesse. Et de savoir aussi que, forcément, il me fera faire un tour à Bruxelles, du côté de chez moi.

Où, en effet, il ne tarde pas à faire bâtir pour sa femme géniale un bijou de petit palais. Sur une légère éminence, entourée de gazon et de bouquets d'érables. C'est le long de la chaussée d'Ixelles, dans le faubourg du même nom, aujourd'hui très central, c'est-à-dire justement à l'endroit où, dans cinquante ans (mais chuut) le petit Victor Kibaltchitch portant un gros chou rencontrera le petit Raymond. Tout, toujours, est en place, en ordre.

Petit palais, donc, ou hôtel particulier, avec, côté jardin, un bow-window en demi-cercle donnant à la façade caractère et agrément. Excellente idée, ce bow-window, car quoi de plus romantique que de voir la première soprano du monde, légère comme une grive, dans une robe claire, imaginons, taille haute sous les seins, style Empire tardif, passer de la maison au jardin par ce bow-window, cette demi-lune de verre au châssis ouvragé, où un courant d'air printanier soulève les rideaux de tulle et les mêle un instant aux volants en soie et coton de la robe. Les cheveux bruns, épais, solides, montés en chignon, les yeux noirs, puis une exclamation quelconque, et peut-être un irrésistible fond d'accent espagnol quand elle ne fait pas attention. Ses pas (je suis sûr qu'elle va pieds nus) parmi les pâquerettes de la pelouse ; l'ombre précisément dessinée des érables par le soleil glorieux de ce – disons – samedi, fin de matinée. Oui, quelle bonne idée, ce bow-window. Maria heureuse. L'époux Charles fait le job. *Vedrai cari-hi-hii hi-no.*

6

Mais les choses vont comme elles vont, sept ans de vie passionnée, une chute de cheval et, sur le petit banc sous les érables, c'est bientôt un veuf qu'on voit rêver et pâlir, et décapiter parfois d'un coup de semelle plein de dépit les pissenlits qui poussent dans le gazon.

Pour le consoler on pourrait lui dire que son fastueux nid d'amour pour la Malibran a été depuis réaffecté en hôtel de ville de la commune d'Ixelles et que les couples y défilent aujourd'hui pour se marier. Mais est-il homme, Charles, à panser ses peines avec les petits bonheurs d'autrui ? Peut-être, au fond. Pourquoi pas. Qui n'aime pas les mariages ?

On n'est en tout cas pas le seul à vouloir le réconforter. Le prince Youssoupov, par exemple, de Saint-Pétersbourg, grand seigneur russe, deuxième fortune en roubles après le tsar, buveur de vodka, protecteur des arts, importateur de champagne et collectionneur de stradivarius, qui a un tel souvenir des concerts de Charles, et peut-être aussi de son bon caractère, apprenant que le virtuose veuf est en train, en plus, de perdre complètement la vue et de renoncer à sa carrière, le presse par billets, lettres et émissaires de venir séjourner chez lui tout un hiver, dans les luxes et les consolations de son palais tout jaune, sur le quai de la Moïka. Charles, aveugle, et, je trouve, très courageux, se dit tiens, pourquoi pas, Saint-Pétersbourg, faisons le voyage.

Assurément, la pelisse de ce riche infortuné devait être belle, quand il s'est calé au fond de la voiture qui lui ferait traverser l'Europe sans profiter du paysage.

Était-ce raisonnable, ce voyage pour un homme vieilli et aveugle ? Oh non ! Et donc une très bonne idée. Car nous sommes avec lui à Pétersbourg. Où nous avons un peu nos marques. Les hectares de parquet marqueté du palais Youssoupov ne nous sont ni vraiment connus ni vraiment étrangers. Les avalanches de lustres non plus. Le prince a mis à la disposition du virtuose aveugle son joli théâtre et surtout son orchestre privé, afin qu'il puisse interpréter à sa guise ses concertos personnels ou toute autre œuvre, sans public. Dernière joie de ce genre pour Charles, orgie de musique à huis clos, pendant tout l'hiver interminable, de jour, de nuit, infinis dialogues de violoniste à violonistes dans le langage universel de l'harmonie et des petites notes noires. Étourneaux les doubles croches, cygnes les blanches. Nord. Soleil pâle de midi. Coups d'ailes en *sol* majeur emplissant la volière néo-rococo du théâtre privé des Youssoupov aux plafonds peints à la manière de Tiepolo, gris-rose et tendres, représentant des êtres qui s'envolent.

Nous savons qu'il y aura là, un jour, un hôtel Astoria éclairé comme une torche, et que par là-bas, de l'autre côté de la Neva, sur la perspective Kronverski, Maxime Gorki aura son appartement tout vitré qui ressemble à une serre. Et tout en admirant la prestesse de l'archet de Charles et en écoutant son concerto en *ré* sur YouTube, ou bien la scène de ballet, opus 100 (interprète I. Perlman), nous songeons qu'il nous suffirait au fond, pour rentrer à Bruxelles, d'attendre une bonne dizaine d'années à Pétersbourg et *boum*: l'attentat contre le traîneau du tsar Alexandre II et le sang sur la neige. Retrouver alors (contrairement à la police impériale) la trace d'un des suspects échappés, un certain Kibaltchitch, le suivre dans sa fuite et, via la Suisse, arriver à Bruxelles. Puis voir le fugitif devenir le papa d'un petit Victor. Tendre nourrisson. Maman Véra donne le sein; papa Léon cloue au mur le cadre des pendus.

Tout aussi bien nous pourrions n'avoir que faire des terroristes, laisser courir la police et les voleurs de pommes, et nous attacher plutôt à quelque moulure dorée au plafond d'une salle de bal dans le fastueux palais, une bonne dizaine d'années encore, et nous laisser tomber dans le plumet du chapeau d'un homme noble (ou, sous forme de billet doux, nous glisser dans l'échancrure d'un corsage, forte poitrine un peu transpirante d'une douairière, délicats seins d'une jeune première) et nous faire porter jusqu'à Tsarskoïe Selo, le palais impérial, le soir de cette réception que nous avons dû imaginer et où se rencontrent le jeune interprète Lou Tseng-Tsiang et la fille de diplomate Berthe Bovy, en hauts talons, et qui, c'est marrant, ne se doutent encore de rien. Avec eux aussi nous aurions notre ticket pour la Belgique et même pour Paris 1919, à la conférence de la paix.

Mais, accord final du concerto, triomphe d'applaudissements sur YouTube, claquements privés d'archets sur les pupitres dans le théâtre Youssoupov. Merci, merci, *spassiba*, clap, clap, clap, *clipiclipiclop*, et comme dans un bon film, nous faisons se fondre le souvenir de ces applaudissements et le bruit des sabots de l'attelage qui ramène au printemps le violoniste aveugle en son pays. Cahots de la route.

Rêverie. Soleil qu'on ne voit plus mais qui caresse le visage, la joue, la moustache pointue et la barbiche à l'impériale. Le sommeil gagnant. Le bras d'un compagnon de voyage qui le réveille : Charles, nous sommes arrivés.

Et là, toute la Belgique pour nous.

Cette Belgique propre et prospère, millionnaire, vulgaire, généreuse, cupide, naïve et insouciante, que Victor Hugo aimait et que Baudelaire détesta. Cette Bruxelles pimpante d'hôtels particuliers blancs à grilles noires, trois fenêtres et une porte cochère, avec toujours une bonne astiquant au savon jusqu'au pavé devant le seuil. Et une autre derrière les vitraux du salon, vérifiant en flamand le nombre exact de morceaux de sucre dans la bonbonnière.

Je ne pense pas qu'on échapperait à cet air de bourgeoisie satisfaite et obsédée d'elle-même en glissant un peu vers Anvers, ce serait du pareil au même, mais du moins nous pourrions y voir un gamin donnant la main à sa nourrice et indiquant de l'autre, tendue par le désir, les chevaux de bois d'un manège richement coloré et couronné de miroirs qui font danser et défiler les immeubles environnants, et nous dire : tiens, nous venons de voir Henry Van de Velde à l'âge de quatre ans.

Alors, retournant à Bruxelles, nous pourrions longer la chaussée d'Ixelles et passer le palais Malibran-Bériot dont les fenêtres sont ornées d'un crêpe de deuil (tout le monde est mort, là-dedans : regardons notre montre, il est 1871, Charles de Bériot est enterré depuis un an). Puis continuer tout droit vers le faubourg suivant, Boitsfort et, à mi-chemin, au carrefour de la rue du Bourgmestre, s'autoriser un bref coup d'œil à la fenêtre d'une maison basse aujourd'hui disparue, où vit, avec sa compagne Rose, Auguste Rodin, ce robuste trentenaire pas trop rasé, taciturne et parfois sombre, incertain de jamais parvenir à percer vraiment comme artiste (hélas, quelle patience il faut, et quand la chance sourira-t-elle ? À quand le chef-d'œuvre, Auguste !). En attendant, il boit des coups avec un autre Auguste, le copain belge, militaire en permission, lequel pourrait poser, d'ailleurs, et servir de modèle, parce que c'est un bel homme, n'est-ce pas, allez Rodin, ose, propose, nous on sait que ça va marcher et que c'est lui, ce soldat qui s'appelle Auguste comme toi qu'on admirera tout nu et majestueux et en bronze dans ton premier chef-d'œuvre, cet *Âge d'airain* – allez ! – que tu sculptes avec acharnement lors de ta dernière année à Bruxelles, en 1877. Vas-y ! On y croit ! Et on te laisse, aussi, parce qu'un peu plus loin, toujours tout droit, vers le faubourg de Boitsfort, en cette même année 1877 naît chez d'autres Bruxellois (non, je ne crois pas que tu les connaisses, des gens aisés, tu sais, belle et grande maison, la famille Wiener, ça te dit quelque chose ?) un enfant qu'à présent nous voulons voir. Tels les Rois mages, nous approchons. Invisibles. Par la fenêtre nous apercevons le nouveau-né.

Cris, vagissements, larmes, sang, sein. Vénération et inclinaison devant la mère.

Alléluia !

Comment l'appellerez-vous ?

— Francis !

Francis. Oui. Joli.

Fête chez les Wiener à Boitsfort, donc, où l'enfant grandit bien. Ondulation naturelle dans les cheveux marron, marron clair. L'oncle Wiener était graveur et médailliste, chef ciseleur à la Monnaie de Bruxelles et concepteur des plus beaux timbres-poste du royaume, aujourd'hui rares et convoités. Le talent ne manque pas dans la famille. L'art y est encouragé. Francis, d'ailleurs, écrit bien.

Adolescent, touché d'un seul coup par le doigt d'Aphrodite et par celui d'Apollon, il chante en poèmes d'amour très en avance sur son âge les étreintes sauvages et « le précoce appétit de la chair ingénue ». Un autre oncle, sénateur à Bruxelles, et qui apprécie les vers de son neveu, en parle à ses relations parisiennes. Le célèbre et influent Octave Mirbeau se lisse la moustache, applaudit, rédige une préface pour le recueil et fait publier chez Ollendorff *Les Nuits de quinze ans*, premier opus de Francis Wiener, dont la carrière littéraire commence tôt et bien, qui monte à Paris (oui ! avec lui nous arrivons à Paris !), nouveau Rastignac, sûr de lui et de son talent. Bien introduit, il réussit du premier coup au théâtre, avec *Chérubin* (trois actes, sorte de *sequel* des *Noces de Figaro*), immédiatement adapté à l'opéra, succès, argent, flots de champagne, renommée, et coquet changement de nom dans la foulée : on s'aristocratise, on gomme les origines belges et juives, Francis Wiener devient Francis de Croisset (en souvenir de Flaubert, excusez du peu, qui habitait Croisset, près de Rouen) avant de faire, à vingt-trois ans, ce qu'on pourrait appeler le mariage du siècle, avec l'élégante, la charmante, la maternelle, la fascinante, la richissime comtesse Marie-Thérèse de Chevigné, veuve du banquier Bischoffsheim (actuelle banque Paribas) et descendante en ligne directe, pour pimenter l'union, du marquis de Sade. Ouf ! Ouf ! Nous y voilà ! 1910 ! Les noces ! Vite ! Toujours un plaisir d'assister au mariage d'un petit gars qu'on a vu naître. Ce mariage-ci est très joli en plus : dans une petite église de Provence, avec le poète Mistral comme témoin et tous les humbles villageois pour applaudir la sortie des époux sous le soleil et le filtre marbrant des platanes. Plus quelques photographes mondains.

Monsieur Francis de Croisset, en l'hôtel Bischoffsheim, 1 place des États-Unis, Paris, seizième arrondissement.

Belle adresse, fameuse carte de visite. Aujourd'hui vide de tout habitant et devenue musée du cristal de Baccarat, mais à l'époque, tout simplement, le plus riche hôtel particulier de Paris, un vrai palais, admirablement meublé et décoré, ainsi qu'en atteste le magazine *L'Illustration* début mars 1919, magazine que le censeur Berger, à son sixième étage de la Bourse, doit feuilleter, par conscience professionnelle, probablement peu inquiet d'y trouver quoi que ce soit qui enfreigne les consignes du gouvernement et où l'on assure que le président Wilson, après avoir séjourné deux mois dans l'hôtel du prince Murat et après un aller-retour Paris-Washington imposé par les obligations de sa politique nationale, s'installera à présent pour la suite de la conférence de la paix.

Très accueillant, le couple Croisset. Parti pendant ce temps dans leur villa de Grasse, sur la Côte d'Azur.

Proust écrit à un ami: «J'ai appris avec plaisir que le président Wilson était de retour, avec surprise qu'il habiterait chez Croisset.» Et comme il doit bientôt déménager, il ajoute avec ironie que Croisset ne lui a pas offert de le loger, lui.

Nous, on aime tout particulièrement ce détail: dans le salon où Wilson établira son cabinet de travail, un Goya, sous prétexte de joliment décorer, veille pour nous et regarde.

Tout fait écho. Tout est présent.

CHANT VIII

Où, pendant que les politiques décortiquent le monde
et pavent le chemin de la guerre suivante,
l'on distrait le vieux Freud exilé à Londres,
en lui racontant l'histoire véridique du palais Stoclet.

1

Assez de voyages ! Restons, demeurons. Là, la somptueuse maison de Francis et Marie-Thérèse de Croisset. Paris, dans le seizième arrondissement. Place des États-Unis : esplanade rectangulaire, platanes. Ajoutons-y un air de square, une bonne en uniforme, quelques enfants en chapeau canotier et ruban rayé, qui courent et jouent, par exemple au cerceau, cercle de bois léger mené à la baguette, *tac, tic, tic, toc,* hop. Et c'est pas mal, parce que la place s'appelait déjà comme ça avant la venue de Wilson. On aurait pu croire que c'était une place baptisée de la sorte après et en raison de ce séjour du président Wilson. Mais non. Bon. Entrons. Chez Francis de Croisset. Escalier monumental, colonnes cannelées et pilastres à chapiteaux corinthiens, on se croirait violant un temple. Atmosphère d'hypogée, crevé de rayons filtrés par une baie zénithale. Corridors. Salles. Suivons le guide, parmi les somptueux lambris. Le luxe n'est pas coupable, quand on se l'octroie dans l'immatérialité du passé. Somptueuse salle de bal, rapportée pièce par pièce d'Italie : murs couverts de panneaux clairs et de bois doré, plafonds peints, délicieux rococo. Le luxe est même à tous, dans ces conditions. Venez ! Goûtons la douceur de vivre là, ordre et beauté, calme et volupté. Et si les marbres de la salle à manger vous rappellent quelque chose, rouges à veines gris-bleu et taches lenticulaires comme des œils blancs, marbres dits de Rance, très typiques et reconnaissables entre mille, c'est sans doute que vous avez vu Versailles un jour et sa galerie des Glaces, qui les a pour toujours mis à la mode.

Moi, chuchotant à ma propre oreille : ne jamais oublier que par ces œils blancs du marbre, soixante-cinq millions d'années nous contemplent. Infini respect pour le vénérable, le silencieux dépôt, la beauté la plus lente, la couleur la plus patiente. Ô marbres froids, testaments calcaires dont le rouge est fruit du fer, n'ayez les cœurs contre nous endurcis. Ne jugez pas trop durement nos éphémères catastrophes, notre continuelle incapacité à nous entendre, à vivre en paix.

Par ici, s'il vous plaît. Bibliothèque aux tons havane. (Œuvres complètes de Francis de Croisset ?) Là, derrière cette porte, c'est la chambre où Wilson dormait. On n'y entre pas. Imaginez un lit carré, un ciel de velours plissé bleu clair, un crucifix glaçant avec Christ en ivoire, cloué au mur à travers le velours. Ajoutez les éléments habituels du confort, de la banquette en tapisserie au lavabo de porcelaine peinte. Ici, dans ce petit salon, Wilson avait établi son cabinet de travail (le Goya n'y est plus, mais on n'a pas de mal à le deviner) et recevait, en petit comité, les trois autres « grands » : Clemenceau, le Premier ministre britannique Lloyd George, et l'Italien Orlando. À l'étage toutefois se trouvait un salon plus vaste, où les *big four*, assistés de l'inévitable et impeccable interprète monsieur Mantoux, pouvaient tenir audience et entendre à huis clos les représentants nationaux.

Il n'était pas impossible de trouver sous la nappe de cette table un journaliste américain clandestinement accroupi, le carnet sur le genou, espionnant les palabres des grands. On pouvait aussi en trouver, des journalistes américains, parmi le personnel de la maison, ayant pour un jour et cinquante dollars soudoyé un domestique, revêtu sa livrée et pénétré dans le Saint des Saints des négociations de l'avenir. Et si l'on s'était penché à la fenêtre, là, on aurait probablement vu un permanent attroupement de reporters, aux aguets de toute personne entrant ou sortant des lieux. Voyez-les se relayer, entre confrères, pour faire le pied de grue devant chez Croisset-Wilson et aller lamper de temps en temps un café crème dans un bistrot du voisinage, rue de l'Amiral-d'Estaing, rue Hamelin, rue de Lübeck ou plus probablement descendant jusqu'à la place de l'Alma et ses brasseries.

On irait bien, d'ailleurs, jeter un coup d'œil dans ces bistrots, ne fût-ce que pour voir, à travers le flou de la tabagie, à quoi ça ressemble un journaliste américain en 1919, et aussi son matériel étalé sur les guéridons. Blocs-notes à couverture moleskine, crayons à papier (le stylo à bille n'est pas encore un objet commun). Et puis le Kodak, sûrement. Modèle compact automatique à soufflet rétractile et film souple en bobine, modèle dit « Vest Pocket ». Wikipédia me dit qu'à l'époque Kodak en avait vendu déjà deux millions d'exemplaires. Tellement pratique.

Se glisse dans la poche.

Plus léger et moins encombrant qu'un revolver.

2

Il faut dire, pour expliquer un peu l'excitation et la frustration des journalistes, qu'on les a appâtés puis déçus. Wilson, angélique et chimérique, a annoncé que la conférence de la paix serait l'affaire de tous, que c'en était fini des arrangements secrets et de la diplomatie de dissimulation, que tous les débats seraient publics et menés en totale ouverture. Mais aussitôt la vieille Europe l'a douché : hors de question. Tout au plus on donnera en fin de journée une sorte de conférence de presse ou, mieux encore, on fera prononcer le soir par un porte-parole désigné une bafouille résumant les travaux du jour, qui se seront tenus à huis clos. Le peuple très moderne des reporters du monde entier, accouru aux promesses wilsoniennes de publicité, en est pour ses frais. Même désillusion, en somme, que celle de Berger au début de ce livre, quand il espérait que, l'armistice étant signé, la censure militaire, comme promis, serait levée.

Il en va encore de même avec le format des réunions. L'idée wilsonienne des grandes plénières ouvertes et démocratiques est abandonnée immédiatement au profit d'un conseil restreint aux grands : deux représentants des cinq puissances, France, Royaume-Uni, États-Unis, Italie, Japon, c'est-à-dire un aréopage de dix personnes, entendent les requêtes de chaque délégation nationale, les arbitrent souverainement et fixent leur formulation dans le projet de traité de paix. Ce conseil de dix membres lui-même, devant qui on a vu comparaître plus haut Lou Tseng-Tsiang et Wellington Koo, dans une salle du ministère des Affaires étrangères au Quai d'Orsay, est bientôt réduit à un conclave de quatre chefs d'État décidant de tout, tout seuls, dans les salons privés de l'hôtel de Croisset. Grande-Bretagne, France, Italie autour de Wilson. Les *big four*, comme dit Wilson. (Et bientôt même *big three*, parce que l'Italien très mécontent ne vient plus.)

Fascinantes réunions.

Elles sont préparées, certes, et c'est à cela que servent les légions d'experts et de diplomates structurées en commissions régionales, qui étudient les problèmes par zone territoriale, centralisent les données statistiques du monde et écoutent les délégués des populations concernées. L'Empire allemand, l'Empire austro-hongrois et l'Empire ottoman ayant été défaits, il convient, selon l'idéologie toute relative de « un peuple, un État », de réorganiser en États autonomes l'éclatement de ces empires plurinationaux. Une bonne illustration en est cette image, qu'on voit chez certains bouchers et dans le *Larousse*, d'une vache en pied découpée par des lignes pointillées détaillant les zones respectives de l'aloyau, de la bavette et de l'onglet, de la future Tchécoslovaquie, du rumsteck et du jarret, de la Yougoslavie, du faux-filet, de la Pologne et de la Roumanie. Les commissions régionales et sous-commissions travaillent d'arrache-pied, dessinent des tas de projets de frontières, construisent des compromis, transmettent aux *big four*, qui reçoivent les hauts représentants nationaux sous les tableaux de Croisset et tranchent.

Puisqu'on a l'avantage de connaître des tas de gens et d'être admis partout, on file par exemple chez Charles Seymour, qui a des journées de seize heures, des valises sous les yeux et de l'enthousiasme à revendre. Et puis, fier comme Artaban, parce qu'il a été désigné, lui, simple professeur d'université de trente-cinq ans, chef de la commission régionale pour la réorganisation de l'Empire austro-hongrois, poste auquel on nomme en théorie des ambassadeurs de premier rang. Ce qui lui permet d'écrire à sa femme qu'on lui serre la main comme à un homme important, désormais, et qu'il a mangé à quelques chaises de distance à peine du maréchal Foch, le généralissime des armées alliées. Et que, dans les photos de groupe, il est désormais le plus souvent assis et proche du centre.

Waw.

Il loge toujours au Crillon, comme tous les Américains de la délégation, sauf le président. Je n'ai pas bien compris, en parcourant ses lettres parfois très bavardes, si ses bureaux se trouvent dans l'hôtel également ou bien dans un bâtiment voisin. En revanche, il est très explicite quand il se réjouit de cette secrétaire que la Croix-Rouge a mise à sa disposition et qui tape à la machine parfaitement.

Il reçoit les champions de la future Tchécoslovaquie, Bénès et Masaryk (voir leurs statues à Prague) qui, renards flatteurs, ont d'ores et déjà fait rebaptiser la gare de Prague gare T. W. Wilson. Il se casse la nénette sur la frontière à tracer entre le nouvel État et l'Allemagne : où s'arrête un peuple, où commence un autre ?

Et si – c'est moi qui suggère – on arrêtait un peu avec ces histoires de peuples. Comment ça se définit, un peuple ? Comment ça se délimite, une nation ? Où arrête-t-on la subdivision ? Ne sommes-nous pas tous des mélanges ? Seymour ne nous entend pas, s'est contenté de se gratter le nez. Et la secrétaire de lui dire :

— Selon une tradition française, quand on a le bout du nez qui chatouille, c'est que quelqu'un pense à nous.

— Ma femme, sûrement, répond-il.

S'il savait que c'était nous…

Une commission s'occupe de chiffrer les dégâts de la guerre et les réparations dues par les pays perdants, d'abord par l'Allemagne, jugée premier agresseur. Et dans cette commission, où nous nous infiltrons brièvement, il y a un type voué à devenir célèbre, une sorte de Charles Seymour anglais, un universitaire parmi les diplomates : John Maynard Keynes. Avec sa moustache comme tout le monde. Puis il y a la commission des Belges, aussi, avec leur ministre Hymans, qui se sentent très importants parce que Wilson a déclaré que, en tant que premier agressé de la guerre, le rétablissement de leur pays avait la priorité, « ou alors tout l'édifice du droit international ne serait pas restauré ». Mots qui valent leur pesant d'or puisque, grâce à eux, les Belges obtiennent de la commission l'assurance d'être, quoi qu'il arrive par ailleurs, les premiers payés. Paul Hymans tout content.

Tout ce petit monde habite Paris pour une saison. Les Belges, à l'hôtel Castiglione, aujourd'hui Costes ; les Chinois, on l'a dit, au Lutetia ; les Anglais, au Majestic sur les Champs-Élysées. Les Tchécoslovaques, se souvient Bénès dans ses *Mémoires*, impécunieux, logeaient dans un modeste meublé près du couvent des Jacobins, du côté de Montparnasse.

On pourrait s'asseoir avec eux, avec quiconque parmi eux, et leur dire poliment qu'on s'étonne quand même que les pays vaincus ne soient en aucune manière représentés dans cette conférence mondiale d'un nouveau genre. Même les assassins assistent à leur procès et sont entendus, non ? Certains prêteraient peut-être l'oreille à nos raisons. La plupart, sans doute, le porte-documents – ou le portefeuille, comme on disait fort justement – calé sous le bras, et rajustant sur leur nez retroussé un lorgnon cerclé d'or ou d'argent, s'excuseraient : ils ont beaucoup à faire, et ce n'est pas eux, de toute façon, qui ont envoyé les invitations.

L'Italie reprendrait bien un bout de côte dalmate ; la Belgique a planté sa fourchette dans le Grand-Duché de Luxembourg et s'offusque que la France ne la soutienne pas dans ce projet. Laquelle France entend s'arroger un bon filon dans les mines de l'Allemagne de l'Ouest en annexant la Sarre, ce que les Anglais, qui ont raflé presque toutes les colonies allemandes sauf deux ou trois cédées aux Belges, ont le toupet de trouver trop gourmand. John Maynard Keynes avertit que les Allemands ne pourront payer, dans le meilleur des cas, même en trente ans, que quinze des deux cents milliards de dollars qu'on exige d'eux, que ce traité chimérique prépare d'amères désillusions – et les Belges, menés par le menu ministre Hymans en son manteau raide comme un cornet à dés, se réjouissent doublement de passer les premiers à la caisse. Wilson, haut col, cravate, menton carré, le visage crispé par des tics, là-dessus tâche de proclamer le droit des peuples à disposer d'eux-mêmes. Bon.

Moi, je l'aime, Wilson. Et ce n'est pas pour rien qu'il passe pour le messie, attendu par les deux camps de la guerre : il veut une paix qui ne soit pas partisane, il veut que le matin de cette nuit horrible soit l'aurore d'un nouvel ordre : un ordre mondial, pour la première fois, où les nations entre elles auraient les rapports qu'ont les citoyens entre eux dans une démocratie : respect des différences et de la liberté, soumission aux contraintes légales du vivre-ensemble, rôle politique prépondérant confié aux majorités et sauvegarde des libertés et particularités des minorités. Les peuples seraient vus comme des individus et on leur reconnaîtrait toujours le droit de disposer d'eux-mêmes. Il faut à ces peuples-citoyens du monde un Parlement : c'était exactement cela, un Parlement mondial, cette *Société des Nations* dont il rêve. C'est le legs qu'il veut faire au monde, Wilson, pour que la guerre n'ait pas servi à rien. Pour que ce soit la dernière.

3

On a deux sources magnifiques pour se plonger dans ces conversations-là : les *Mémoires* de Paul Hymans, reliés en bleu ciel (dont l'exemplaire de la Bibliothèque royale de Belgique que j'ai consulté contenait un long et beau cheveu blond, fin, doré, desséché par le temps, et qui s'est cassé quand je l'ai touché), et les deux volumes, également recouverts d'un cartonné bleu, des notes de Paul Mantoux, l'omniprésent interprète.

Mantoux avait une méthode pour traduire : il prenait note en sténo et traduisait, oralement, dans la foulée. Ces notes sténo, il les transcrivait le soir avant de s'aller coucher. Songeant au bon livre, au merveilleux témoignage qu'elles constitueraient un jour.

Mantoux, des hommes comme vous, que la vie a l'habitude de fort mal récompenser, méritent la reconnaissance affectueuse des générations suivantes, et j'aimerais vous dire combien l'exemplaire (en deux volumes) qu'on prête à la Bibliothèque royale est usé, abîmé, souligné en tous sens par différents crayons à papier, annoté de toutes parts, signe rare (les livres de la bibliothèque sont généralement intacts) d'une passion dévorante de vos lecteurs.

CLEMENCEAU : — Je crois qu'il faut nous entendre sur la procédure à suivre quand les Allemands seront ici. Je propose que toutes les objections qu'ils auront à faire sur les termes du traité soient présentées par écrit. C'est le seul moyen de s'en tirer. Si nous commençons à faire et à écouter des discours, cela n'en finira plus.

Et voilà. Grâce à Mantoux, Clemenceau a parlé.

Il est comment, au fait, Clemenceau, depuis sa fusillade ? Retapé ? Il a changé ? Boite-t-il un peu ? A-t-il pris un coup de vieux ? Mantoux n'en dit rien. Ces voix n'ont pas de corps. Un journaliste écrit tout de même que, quand Clemenceau s'enferme dans son silence, on ne sait plus si sa tête devient auguste ou s'il est mort.

J'aurais tellement aimé que Proust vive cette conférence de plus près et qu'il en parle, que lui aussi l'ait écrite en direct. Mais à lire sa correspondance de ces mois-là (janvier-juin 1919), pourtant abondante comme toujours, on pourrait presque croire qu'il ne se passe rien de tel à Paris. On a juste ça : au Ritz, dîner nombreux avec la reine de Roumanie, venue en France pour la conférence.

On aurait adoré qu'il voie et qu'il nous décrive par exemple l'extraordinaire et ombrageux aristocrate allemand, sa canne noueuse, son chapeau diplomate à large galon noir, moustache préhitlérienne, raideur maigre, gants de chevreau, souliers de nuit à reflets bleu pétrole, qui avait l'ingrate mission de présider la délégation allemande invitée à Versailles pour recevoir et emporter chez elle le projet de traité – cent pages – qui réglerait les conditions de la paix et le nouvel ordre mondial. Ulrich, comte von Brockdorff-Rantzau.

Le censeur Berger nous dit que la voiture du comte allemand a été lapidée par des gens furieux (« ne passe pas ») et que l'hôtel des Réservoirs, où on le loge, à Versailles, est gardé comme un bunker (« passe »).

Faute du témoignage de Proust (aurait-il bien peint le regard fuligineux échangé par cet homme et Clemenceau, l'instant unique où commençait à se précipiter la réaction d'un monde fini et d'un monde prochain !), on se contente du glacial « non, pas de discours » opposé par Clemenceau au comte quand il allait prendre la parole. Et de remonter en silence avec le douloureux Ulrich et le terrible document, jusqu'en Allemagne.

Vous avez quinze jours pour nous soumettre vos éventuelles contre-propositions.

Train, trajet lugubre. Comte Ulrich von Brockdorff. Idées noires. Rails. Saccade. *Nach Weimar.*

Et nous, à présent, au risque de repartir dans une nouvelle boucle temporelle, nous descendons du train avec le comte Ulrich à Weimar. D'ailleurs, on commence à la connaître, cette gare. Nous laissons la politique aux politiques et nous montons, sûrs de nous cette fois, par l'avenue du Belvédère jusqu'à *Hohe Pappeln*, la belle maison d'Henry Van de Velde.

Ce qui n'empêche pas, bien sûr, les négociations de continuer à Paris, grâce à Mantoux, avec par exemple Lloyd George, à la chevelure toujours neigeuse : « N'oubliez pas, monsieur Paderewski, que votre Pologne doit sa liberté aux quinze cent mille morts que la France a perdus dans cette guerre, aux huit cent mille morts de l'Empire britannique, aux cinq cent mille morts de l'Italie. Votre liberté a été payée par le sang d'autres peuples et vraiment, si la Pologne, dans ces conditions, se révoltait contre nos décisions, c'est qu'elle serait tout autre que nous ne l'espérions. »

À *Hohe Pappeln*, Van de Velde se frotte-t-il les mains en songeant qu'après la plus destructrice des guerres le travail ne manquera pas pour les architectes ? Connaît-il, jalouse-t-il ceux qui reconstituent en jolies briques de sable jaune clair des bourgades entières rayées de la carte par quatre années de pilonnage sur les rives de l'Yser flamand ?

— Se frotter les mains, vraiment, me répond-il, l'expression est malheureuse ! Vous vouliez dire : se retrousser les manches, je suppose.

Oui, pardon, merci.

Mais la vérité est que la maison de Van de Velde est vide. Il a fait ses valises. Il a quitté Weimar ainsi que l'école d'architecture qu'il y avait fondée. Et qui sera bientôt reprise par Walter Gropius et baptisée le plus simplement du monde : Bauhaus, « maison de la construction ». Bon. Très bien. L'histoire en marche.

Où file-t-il, Van de Velde ? Ce demi-paria, comme on l'a dit, d'avoir été belge en Allemagne pendant la guerre ? On le retrouve en Suisse, d'abord. Puis aux Pays-Bas et en Belgique, œuvrant : maison Kröller-Müller (Otterlo), maison Cohen (Bruxelles), tour des Livres (Gand).

Il s'est mis au béton armé.

4

Moi, je fais une mélancolique balade avec les enfants (congé scolaire) par les rues d'un de ces bourgs rebâtis de Flandre en brique de sable. Ciel bleu clair, très de printemps flamand. Grosses bagnoles garées, prospérité devant les maisonnettes irréprochables. Propre et riche Belgique. À quelques encablures, la mer du Nord et ses plages. Les enfants aiment.

Pensées.

La mer, jamais loin.

La mer. Vagues, flots. Nuages, mais très peu. Ornementaux, on dirait. Un ciel Tiepolo, évidemment. Céruléen.

Opinion des députés allemands sur le projet de traité de paix des Alliés rapporté à Weimar par Ulrich von Brockdorff : désastreux, évidemment. C'est le prélude d'une prochaine guerre. Tout le monde en est conscient.

Giambattista Tiepolo, couché sur les échafaudages, peignant l'élévation d'un mystique au plafond des Gesuati tout neufs.

Eh oui, tout se passe en même temps. La physique quantique cherche à nous habituer à cette réalité. Tout voyage est immobile. Éternel retour, non du même mais du différent. Nous vivons toutes les époques ensemble. Tant de personnes ont déjà vécu notre vie.

La mer, comme on dit, « toujours recommencée ». Et pas seulement la mer.

Si l'Allemagne n'accepte pas les termes du traité, la guerre reprendra, c'est simple. Mais la guerre civile larvée qui divise le pays vaincu lui laisse désormais assez peu la possibilité de se défendre.

Épée de Damoclès, toujours et, en fait, sur tout le monde.

Tout est en route, sans cesse. Le vent : qui sait d'où il vient, où il va ? La mer, vert-gris presque sans âge. Telle aujourd'hui à peu près que Zweig la voyait en 1914.

Mes enfants, là. Génération suivante. Plage. Sable qui s'écoule. Mer du Nord. Côte flamande, bord écumeux, frange crémeuse du vieux manteau de dame Europe.

La rêverie a ses droits. Peut-être les plus inaliénables qui soient.

Mémoire individuelle, souvenir historique.

Ostende, brasserie, dame blanche et crêpes Suzette, bière blonde dite triple et, au mur, cette photo d'archives qui me surprend et m'émeut : Stefan Zweig à cette même table, dans la même brasserie. En 1914 ? Non ! En 1936. Chassé de chez lui par le nazisme et l'approche d'une deuxième guerre. Moins jeune et bizarrement pas l'air triste. Il cache bien son jeu. Il boit une bière, comme moi.

Stefan, en français, c'est Étienne.

Stephansdom, Vienne, cathédrale Saint-Étienne. En 1830, on l'a dit, le jeune Chopin pleurant dans la nef latérale et ténébreuse, tout environné de pierres tombales. Chambre d'échos.

— Papa ! Papa ! appellent mes enfants.

Nous lisons les journaux.

Invasion de l'Ukraine par la Russie, février 2022. Kiev assiégée. Arsenal nucléaire mis en alerte.

— Une autre bière ?

— Volontiers. La même. Une triple, oui, c'est ça.

Le chien de la patronne, une longue saucisse…

— Un basset.

C'est ça, oui, un basset, chemisé d'un tissu écossais rouge. Collier cuir vert. Sorti. Flaire. Et pisse au réverbère.

— L'addition ?

Lumière. Vaste lumière. Qui prend tout.

Les toilettes au sous-sol ont un air de bunker.

La mer, eaux des origines ; la mer, grand linceul, ciel catafalque.

— Les enfants, on rentre à Bruxelles directement ou on s'arrête à Gand pour manger ?

— À Bruxelles, à la maison, directement.

Mon grand-père, donc leur arrière-grand-père, rejoignait la mer depuis Bruxelles à vélo, le vendredi après le boulot, retour le dimanche soir. Il avait du mollet !

Finalement, on s'arrête à Gand tout de même. C'est moi qui décide. L'occasion de voir là-bas cette sorte de gratte-ciel Art déco joliment baptisé tour des Livres, bibliothèque de l'université de Gand, œuvre et présence de Van de Velde sur le ciel déclinant.

On regarde.

Derrière un muret, dans les branches d'un grand tulipier, un pigeon ramier tranquille et doux semble avoir trouvé le secret du bonheur. On dirait un de ces animaux paradisiaques cachés dans les frondaisons du retable de *L'Agneau mystique* des frères Van Eyck. Lequel retable n'est pas loin, d'ailleurs, à vol d'oiseau : la cathédrale Saint-Bavon est juste là, vous voyez ?

Le comte Ulrich von Brockdorff à Weimar. La raie nette au milieu de ses cheveux noirs et gominés, comme une arête dorsale. Et quelque chose comme un enfer dans le cerveau. Le Parlement allemand, qui a abandonné Berlin et les symboles de l'Ancien Régime impérial défait, s'est provisoirement installé dans le théâtre du palais du grand-duc de Saxe-Weimar. Théâtre à l'italienne, balcons, baignoires. Somme toute, un hémicycle. Le côté opéra bouffe, toujours, forcément, de la politique, crève le cœur.

Ne se dit-il pas, le dur comte, en fichant sa cigarette au bout d'un fume-cigarette d'ambre, ne se dit-il pas, comme tous les sages après une guerre : quel gâchis ? Clic, briquet d'argent, ciel de Weimar, petite fumée individuelle du comte sévère rejoignant les nuages ornementaux.

Cependant que le Kaiser, abdiqué, abat des arbres en Hollande.

Ma voiture. La route de Gand à Bruxelles. Les enfants. Radio, musique, un morceau que je ne reconnais pas mais qui ressemble à du Vivaldi. Soir tombant. Échancrures orange dans le crépuscule violet.

Le Vivaldi ou pseudo-Vivaldi, contre-rythmé par le bruit de mon feu clignotant.

Coup de klaxon. Encore un connard.

Voilà. À droite.

5

Si j'avais pris à gauche, j'aurais plongé sur Vilvorde, petite ville quasiment absorbée dans la banlieue bruxelloise, où il y avait jadis un internat, grande bâtisse sombre pour jeunes filles de bonne famille, et dans les couloirs duquel circulait dans le même uniforme que les autres une enfant nommée Magda.

À peu près l'âge de mon grand-père. À peine plus âgée. Les deux ne se sont pas connus, et heureusement.

Petite Magda, col brodé, tablier. Gamine qui comme les autres a dû trouver qu'il y avait trop d'ombres là-haut dans les voûtes néogothiques du corridor qui menait aux chambres. Pénombre, ténèbres tissées dans les coins comme des toiles d'araignées. Par ailleurs, cours de latin, musique, couture. Génuflexions catholiques, chant choral. L'ennui, probablement, en entendant l'harmonium. Le temps long. Une enfance comme une autre.

Les biographes nous disent que la petite Magda en son internat de Vilvorde-lez-Bruxelles est la fille non désirée d'un patron d'usine allemand et d'une de ses employées. Que la mère a trouvé refuge chez un brave homme nommé Friedländer, qui l'aime, l'épouse, déménage en Belgique pour affaires, prend soin de la petite comme un véritable deuxième père. Bien.

Moi, j'arrive chez moi. Je monte au grenier, où on ne me dérange pas. Où les mémoires de Bon-Papa, un épais paquet de feuilles tapées à la machine, racontent le bonheur. Car il n'y a pas mieux qu'être un jeune homme de village qui vient de signer son premier contrat de travail, à la comptabilité d'une usine locale productrice d'acier laminé. Et de s'acheter, avec les premiers salaires, une moto. Combien de fois les réalisateurs néoréalistes italiens ont-ils filmé mon grand-père, c'est-à-dire son équivalent, vingt ans, moto flambant neuve, pétaradant pour épater les filles, risquant sa peau pour rire et surtout sans savoir ?

Avec ses lunettes de conduite et son casque en cuir souple, il devait avoir fière allure. J'ai longtemps cru que c'était un fléau récent, ces mobylettes à étrangleur qui hurlent comme un troupeau de chèvres dans la rue, et tiraient, quand ils étaient tout petits, mes enfants de leur sieste. Or, mon grand-père, très honnête, reconnaît le plaisir qu'il avait, déjà en 1923, à gagner quelques kilomètres-heure et beaucoup de décibels grâce à l'adjonction d'un dispositif rétrécissant au niveau de l'échappement. (On voit qu'il n'avait pas encore d'enfants.) Mais il allait, sourire au vent, à la conquête d'une grand-mère pour moi. Lui en voudrais-je, de son raffut ? Il la trouva, d'ailleurs. Elle s'appelait Angèle, couturière et fille de tailleur, du village voisin, plus bas, celui sur la rivière. Blonde. Souriante. Modeste.

Il y a toujours eu chez mes parents une photo de cette jeune fille, de Mamy quand elle était jeune, en haut, sur le palier près du bureau. J'aimerais rentrer dans la photo (tout en nuance et épaisseurs de gris nacrés, comme l'intérieur d'une huître) pour l'embrasser. Eussé-je été mon grand-père, je serais tombé amoureux de la même.

L'usage était que les tailleurs travaillassent assis, *en tailleur* justement, sur une table. Afin que les pans de leur ouvrage ne traînent pas par terre. Cette table échut à mon père et je n'ai pas souvenir d'avoir jamais mangé sur une autre, dans la cuisine de mes parents. Bois devenu grisâtre, irrégulier. Quelques coups et entailles, peut-être de ciseaux et d'épingles ?

Il y avait du mariage dans l'air. Le vieux père assis en tailleur, l'Angèle printanière, le jeune Théo aux cheveux gominés, raie sur le côté, à califourchon sur sa moto et donnant des gaz. Et Angèle qui dévale les trois marches du seuil et enfourche l'engin en s'agrippant à mon grand-père ; le vieux tailleur, la boule d'épingles au poignet, les lorgnons sur le bout du nez, le coup d'œil par la fenêtre à croisillons, le départ en trombe des amoureux. Quelque chose d'aussi évident que l'amour des oiseaux. Petits instants bénis et parfaits, comme l'ascension de la mousse du champagne.

Pouvoir de la littérature : je suis en train de mettre en place les conditions lointaines de ma propre naissance. Je vais me faire naître. Oui !

Zut, je n'ai pas dit que Magda, quand 1914 éclate, coup de tonnerre en plein été, ne reste pas à Vilvorde, dans son internat. D'origine allemande, elle est emmenée par ses parents du côté de Berlin. Et nul ne sait si sa robe à volants et les soucis de ses parents ont coudoyé les Van de Velde et Stefan Zweig dans ce fameux dernier train bondé, ou pas.

Elle grandit. Elle s'amourache, aussi. Sans doute. On n'en sait rien. Elle plaît, en tout cas. Elle a des amours d'adolescence. Puis elle épouse à dix-neuf ans un certain

Günther Quandt, industriel veuf, chauve et millionnaire, qui pourrait être son père. Puis elle claque la porte, fait un riche divorce, rencontre un type de son âge, engagé politiquement, hyper nationaliste et raciste, trouve ça sympa, bientôt l'adore, l'épouse.

Ce n'est pas que je veuille établir aucune sorte de parallélisme, mais ce sont des questions de simultanéité et de générations. Mon grand-père se marie à peu près en même temps et la jolie Angèle Hamoir devient Angèle Polet à la même époque que la petite Magda de l'internat de Vilvorde, adulte et bientôt redoutable, devient madame Joseph Goebbels.

C'est à étudier sociologiquement, et en tout cas moi, je n'aurais pas pu : mon grand-père et ma grand-mère vivent leurs premières années de couple marié chez le tailleur. Mon grand-père dans sa belle-famille, donc. Bon-Papa avec ses beaux-parents, ses beaux-frères. Voilà. La rivière coule pas loin, l'Amblève, ses jets d'écume sur les cailloux ronds, le pont de pierre, ses trois arches, la vie du bourg. Naissance d'une petite Annie.

Tandis que Joseph Goebbels a une super idée. Chouette ! Et si on brûlait plein de livres, hein ? Formidable. À plein d'endroits en Allemagne en même temps, tu sais ? Des grands bûchers où on jetterait les livres avec des gestes théâtraux et mélodramatiques, tu sais, on filmerait, il y aurait la fanfare. On a des tas d'étudiants à l'université disposés à participer. Il suffit de quelques camions, d'un peu de bonne volonté et de beaucoup d'essence. Dangereux, dis-tu, Magda ? Mais non ! Les pompiers s'occuperont de préparer les feux, et s'assureront à la fin qu'ils sont éteints comme il faut, pour que l'incendie ne se propage pas aux maisons, aux villes. Quels livres ? Mais voyons ! Les mauvais ! Les livres écrits par de mauvais Allemands ! Les livres qui mentent, qui nous affaiblissent ! Ce poison antinational des démoralisateurs, des dégénérés ! Un brasier de haine qui illumine la nuit, n'est-ce pas un beau cadeau ? Une bonne idée ? Tu dis oh oui, oh oui ? Enfin.

Les images d'archives des autodafés nazis sont sans équivoque. Pas besoin d'être grand clerc pour trouver qu'elles ressemblent assez, noir et blanc contrasté, aux images de sabbats sorciers (Goya ?). Les imbéciles brûlent Marx, Ludwig, Mann, tout, n'importe quoi. Et dans le tas, ça ne nous a pas échappé, ils jettent à grands cris les œuvres de Freud.

Ah, ces sourires ; ah, cette musique ! Sourires et musique ne valent donc rien, puisqu'on les y trouve là aussi ? De la joie aussi, il fallait se méfier ?

Moi, j'en reste aux jouissances et tremblements de mon grand-père et de ma grand-mère faisant apparaître depuis le bon côté du néant le visage poupin d'un deuxième enfant. Une deuxième fille. Un corps, une voix, une bouche qui crie, qui veut boire, des yeux qui veulent voir, un être qui veut vivre. Après la douleur insupportable et dont il est impossible de se souvenir exactement, un cœur de mère rempli d'un amour inexplicable (ma femme m'a dit) ; et une poitrine de père (ça, je sais) gonflée de fierté naïve et néanmoins noble, promenant son éclat de vie et recueillant sans fausse pudeur les félicitations de toutes parts.

Toulou toulalou toulalou (mélodie wallonne qu'il susurrait à l'oreille de ses enfants, comme mon père me la susurra, et que j'ai susurrée à l'oreille des miens, en particulier quand il s'agissait de bercer ou de consoler) *toulalou toulalou toulalou-ou.*

Musique, sourires, vous étiez là aussi. Pour cette fois, vous ne vous trompiez pas.

Est-il au courant, Freud, qu'on a cramé ses œuvres en Allemagne ?

6

Au courant, oui, plus que probablement. Le but de l'opération autodafé était tout de même de passer le moins inaperçu possible. Propagande. On a même gardé la phrase incantatoire du grotesque autodafeur : « Contre la valorisation excessive de la vie pulsionnelle qui dégrade l'âme, pour la noblesse de l'âme humaine, je jette au feu les écrits de Sigmund Freud ! »

Depuis Vienne, je suppose qu'il regarde ça sinon de très loin, du moins de haut. Quelqu'un me dit qu'il aurait réagi ainsi : « Il y a du progrès ! Cinq cents ans plus tôt, on m'aurait brûlé moi. »

Mais est-il encore à Vienne en 1933 ? Nous, après coup, ça nous est facile de savoir que ça sent le roussi. Qu'il vaut mieux filer loin à l'Ouest. Mais quel âge a-t-il ? Soixante-dix-sept, soixante-dix-huit ans ? Déménage-t-on, s'expatrie-t-on, s'exile-t-on à soixante-dix-huit ans ? Oui. Peut-être. Je connais bien cet âge. C'est celui de mon père à l'heure où j'écris, pleine forme intellectuelle et forme physique *ok*. Un peu raide du dos, à peine, c'est tout.

Il travaille encore, beaucoup. Freud. Toujours à la même adresse, 19 Berggasse. Pas bougé. Très belle clientèle, d'ailleurs, pour ne pas changer. Dans le même immeuble, même bureau, pour nc pas changer non plus. Et la jolie dame, là, allongée sur le divan recouvert d'un tapis oriental, et qui parle (sans doute de son enfance ou de ses rêves, mais par pudeur il n'y a pas le son, donc on ignore, poliment), est la maîtresse ou compagne de l'ambassadeur américain. Madame Louise Bryant, maîtresse de son excellence William Bullitt.

C'est sans doute par elle que Freud a connu son ami Bullitt.

Élégance. Toujours ces chapeaux (chapeau cloche, peut-être, très Art déco), mode que la Deuxième Guerre fera sauter, tiens. Les parfums, à beaucoup plus forte dose que l'usage actuel. Les longs gants, encore.

Mr William Bullitt, amer de son Amérique et accablé – en chaude colère encore, une décennie après – des échecs de Wilson en 1919, de cette paix ratée, cette Société des Nations mort-née, propose à Freud d'écrire un livre sur le sujet. Étrange projet, que Freud a mis du temps à accepter. Ça se fera lentement, d'ailleurs. Par césarienne, pourrait-on dire, et à quatre mains. Psychanalyser Wilson à distance, ou même, en absence, puisqu'il est mort. À partir de tout ce qu'on pourra lire sur lui et de lui et surtout à partir de la somme de souvenirs et de témoignages directs dudit Bullitt, qui y était, avec Wilson, à Paris, en 1919.

À l'hôtel de Crillon, fatalement, place de la Concorde. Étage ? Numéro de chambre ? Vue sur la place et sur Juliette Drouet, Strasbourg, madame Drapeaux ?

Ce sera un des derniers livres de Freud. Et non publié

de son vivant. Il faudra pour cela attendre 1967. L'ouvrage ne fait pas vraiment partie du corpus des grands écrits. Tentative un peu bâtarde. Mais puisque de toute façon on vit tout à fait dans le noir, l'expérience ne valait-elle pas évidemment le coup ?

J'ai fait un grand voyage pour vous retrouver, docteur Freud. Pas le premier, pas le dernier. Et je me réjouis un peu, enfin, cela me soulage, de voir que vous vous décidez à quitter Vienne. Les autodafés (printemps 1933), c'était une chose, l'annexion de l'Autriche (printemps 1938) en est une autre et malgré les inconforts de votre âge (quatre-vingt-trois ans passés), je vous pousse à faire vos valises, à dire adieu à Vienne. Je ne vous murmure pas à l'oreille que ceux des vôtres qui ne pourront pas s'en aller (vos quatre sœurs, par exemple) finiront très mal, massacrés, en dépit de leur grand âge, par ce qui vient. Je ne vous le dis pas, mais je vous pousse tout de même dans le dos. Allez, partez. Refaites cette route que j'ai parcourue il y a peu en suivant Da Ponte. Il quittait Vienne. Il allait à Londres. Faites comme lui. Je ne vous demande pas de rédiger des livrets d'opéra, mais installez-vous à Londres quand même.

— Dieu merci, j'ai quelque notoriété et des amis. Ça devrait aider.

Merveilleux. Il parle. Contact établi.

Ce bouge-tout-le-temps de Bullitt fait beaucoup pour votre transfert et votre installation dans la capitale britannique. Qu'il en soit remercié.

Voilà. Vous franchissez la mer aux eaux noires, comme ce bon Da Ponte. On vous accueille magnifiquement et vous croulez bientôt sous les fleurs. On vous ouvre la porte d'une villa de Hampstead, dans le grand Londres chic. Devinez-vous, en y entrant, qu'elle sera un jour un musée très visité ? Sans doute. Fenêtres à guillotine et croisillons blancs. Je vous imagine, avant d'en franchir le seuil pour la première fois, vous penchant en arrière (vieil homme valide, mais vieil homme tout de même), inspectant la façade, l'appareil de briques rouges, le lierre grimpant, les châssis blancs couverts de cette épaisse peinture vernie typique de l'Angleterre. Vous êtes debout dans la brève allée. Vous regardez les cheminées, le ciel. Peut-être des présages. Déjà la pensée supplante le réel et son vain spectacle. L'auvent en demi-lune sur ses grosses consoles blanches, au-dessus de la porte, est l'élément lourd de la façade. Bah. Et je vous vois aussi à l'intérieur, là, votre visage conservé dans le vitrage de la fenêtre, vague et laiteux.

Je vous rejoins.

J'imagine la quantité de journaux qu'on doit lire dans cette maison chaque jour. Les journaux anglais, forcément. Au moins un. Puis la presse autrichienne. Peut-être avec quelques jours de retard ? La presse française également, peut-être. J'espère. Parce que j'y cherche quelque chose. Là, voilà.

— Montrez ? Quel journal ? *Le Libertaire* ? Mais je ne suis pas abonné à ça, voyons !

Je sais bien mais pour les besoins du roman j'ai souscrit un abonnement pour vous. Je voulais lire cette page-ci, regardez.

7

Belle grande page avec photographie. Ça date de peu avant votre arrivée à Londres. Octobre 1936, mort d'Émile Cottin. Ça ne vous dit rien, mais moi un peu. Naguère surnommé Milou. Un bonhomme qui avait un déséquilibre certain entre le rêve et le pistolet, l'idéal et la violence. Oh, je ne vous demande pas une psychanalyse post-mortem pour lui, ne vous en faites pas. Juste, ça me fait plaisir de lire, d'avoir des nouvelles. Un peu tristes. Mort en Espagne. Un autre anar que je connais avait, après sa peine de prison, filé en Espagne. Victor Serge. Celui-là vit encore. Où ? En 1936 ? À Bruxelles. Il vient de quitter l'URSS. On prendra de ses nouvelles plus tard. Revenons à l'article sur Milou. Pleine page, tout de même.

Pour le journal, Milou est un idéaliste. Son coup de feu sur Clemenceau en 1919 avait réveillé les consciences. Il avait tiré sur « le dictateur ». Sur « l'idole sadique », sur « l'impérialisme français, rempart du capitalisme international ». Cottin avait sacrifié sa vie à l'Idéal, avec majuscule. À « l'idée anarchiste ». Et puis là, sa peine de prison purgée, il était allé se faire tuer en Espagne, octobre 1936, engagé volontaire de la fameuse colonne Durruti, tué dans l'Aragon aux arides paysages lors de son premier combat, pour cette révolution espagnole « qui matérialise toute notre espérance d'un monde enfin juste et libre ». Brigades internationales. « Pour le triomphe final du grand et généreux Idéal de rédemption humaine. » Milou, attiré à Barcelone comme par une « flamme fascinatrice, annonciatrice de batailles fécondes ». Tenez, ils le citent, à l'époque de son procès en 1919 : « Je suis anarchiste, c'est-à-dire, antiautoritaire, anticléricaliste, antimilitariste et antiparlementaire. Je n'ai qu'une patrie, la terre. Je ne comprends pas la société actuelle, parce qu'elle est autoritaire et qu'elle n'engendre qu'une foule de malheurs. J'enraye son action par tous les moyens. Je tiens tous les gouvernements autoritaires, tant en France qu'à l'étranger, responsables de toutes les guerres ; n'ayant eu pour résultat que le meurtre de millions d'individus, de semer des épidémies, ces guerres ne changent rien au sort des travailleurs.

» Je suis d'accord avec les bolchevistes et les spartakistes, estimant que les peuples ont le droit de disposer d'eux-mêmes.

» J'accuse tous les gouvernements autocrates qui ont participé directement à cette guerre et qui sont responsables de la perte de douze millions d'hommes et de plusieurs milliards.

» Les anarchistes sabreront le pouvoir autoritaire parce qu'il est le seul coupable de la douleur universelle. Ils uniront leurs efforts pour instaurer un devoir social. »

Que pensez-vous de l'anarchie et du pacifisme, docteur ? Le pacifisme pistolet au poing, me direz-vous, est discutable… Mais les nationalités et les regroupements en général sont-ils vraiment nécessaires à l'humanité ? L'individualisme anarchiste ne lui convient-il pas mieux, à un stade plus évolué peut-être ? Je suis moi et je suis un monde, tu es toi et tu es un monde, nul ne peut nous déterminer, nous offrir ou nous imposer une identité limitante, nationale ou quelconque, d'ailleurs. Rien. Liberté. L'aurore d'un nouvel état de civilisation ?

Docteur ?

Londres a beaucoup changé depuis Da Ponte. Franchement. Rien que ce bus à double étage qui vient de passer sous vos fenêtres…

L'Angleterre, dans ce livre, n'a pas eu beaucoup de protagonisme, il faut dire. Par exemple, j'aurais pu ou dû dire que la Malibran…

— La Malibran ?

La Malibran, oui, Maria García, mariée au violoniste Charles de Bériot, la diva qui donnait sens au monde et fit pleurer Musset. Elle y est morte, en Angleterre. Triste affaire. J'ai montré son veuf, de Bériot, fauchant du pied les pissenlits dans le palais inutile qu'il lui avait édifié. Mais elle, je n'ai pas osé. Ça vous dit quelque chose, docteur Freud ? La mort de la Malibran ? Maria, vingt-huit ans, victime de l'enthousiasme et de la fatigue, accompagne un lord dans une chasse à courre. Désarçonnée, elle tombe de cheval en plein galop. Le pied (pardon, c'est horrible, tournez la page !) pris dans l'étrier, elle est traînée par l'animal (pour une fois mal nommé « la plus noble conquête de l'homme »). La tête de Maria laboure la terre anglaise, les pierres tuméfient impitoyablement son visage et lacèrent ses joues. On la récupère, on la sauve. Plus ou moins. Cette héroïne commotionnée, sous le voile d'un maquillage énorme, monte encore trois fois sur les planches, puis s'effondre et meurt. Sacha Guitry (un copain à de Croisset, d'ailleurs) en fera pour le cinéma un mélodrame qui sonne un peu faux. De Bériot, en revanche, vit une vraie tragédie. La campagne anglaise, les pur-sang et autres lieux communs de la douceur de vivre britannique en prennent un coup. (Et si l'on se demande pourquoi de Bériot devint aveugle, le dernier visage de son amoureuse nous donne une piste.)

8

Voyez-vous, docteur, c'est une impression forte que j'ai eue. C'était en revenant de New York vers l'Europe avec la Malibran, justement. Le bateau (un siècle avant le *George Washington*, on allait moins vite, pas encore même à la vapeur, à la voile seulement, et les choses pouvaient être parfois très immobiles), le bateau s'est arrêté. L'océan s'était tu, calme plat, comme on dit. Sans aucun repère, le soleil au zénith. Et j'ai pensé ou non, plutôt, ressenti, que, voyez-vous, ce n'est pas le temps qui avance, ou qui file, ou qui passe. Mais que le temps est là, présent dans son entier, et que c'est nous qui passons. N'est-ce pas ? Le temps est là, comme l'océan, avec tout ; et nous, le présent, on est le navire, on le traverse, on passe. Cette certitude que nous avons que le temps passe, qu'il y a donc du passé et, je suppose, du futur, de l'avenir, n'est qu'une illusion semblable à celle qui nous fait dire que le soleil se lève ou qu'il se couche, alors que c'est nous, la Terre, bien sûr, qui tournons. C'est nous qui passons, pas le temps. Mais ce qui compte, là-dedans, c'est moins la pensée, qu'on pourrait réduire à une sorte de fatalisme, que le fait d'en avoir fait l'expérience. C'était un ressenti, dans un clignement, quasiment une vision, voyez-vous. La présence de tous. La présence massive et permanente de tout et de tous.

Voilà. Je voulais vous dire ça.

Une expérience de vérité, en quelque sorte. L'expérience que la vérité, c'est ça. Et le reste, seulement des soleils qui se lèvent et qui se couchent.

Bah.

Je crois que je préférais votre cabinet de Vienne.

Vous aussi ?

Oui, bien sûr, pardon d'avoir remué le fer dans la plaie.

Se pose la question : quoi faire de cette vision, de cette expérience extraordinaire du temps, quand, après, on continue de vivre des lundis, des mardis, des mercredis ?

À quoi sert la vérité, en somme, puisqu'elle n'a pas sa place ?

Alors voilà, on vit avec, comme avec une clé dans la poche, dont la serrure ne se trouve nulle part. La clé la plus précieuse, assez lourde, qui déforme le pantalon, qui blesse même quand on marche. Mais qu'on tire parfois, qui est si belle et si dorée.

La solution serait peut-être de l'avaler.

Que dites-vous, docteur ?

9

Que je vous parle de Vienne, docteur ? C'est ça ? Vous avez le mal du pays ? Cela me fait plaisir que vous me le demandiez, parce que je brûlais justement de vous raconter une anecdote viennoise. Viennoise et bruxelloise en même temps. Et qui vous donnera une idée de ces boucles de temps que j'aime à nouer et que j'évoquais, chez vous, à Vienne.

Quand j'étais chez Proust, j'en ai bouclé une qui passait par Venise et Madrid. Tiepolo. Vous avez aimé beaucoup l'Italie, dites-vous ? Vous aussi ? Je lis quelque part qu'à Rome jamais vous ne vous êtes senti étranger. Et que vous compariez l'enchantement de Venise à un « tourbillon ». Saint-Pierre de Rome vous mettait sur un nuage. Très belle gravure que vous avez là, au mur. C'est le Forum romain ?

— *Jawohl.*

Piranèse ?

— *Nein. Anonym.*

Les ruines du Forum. Les civilisations, même celles qui ont dû paraître indestructibles, passent.

Ou pas !

— Alors, cette anecdote ?

Voilà. Vous vous souvenez de Charles de Bériot ? Le violoniste. On dit qu'il est né en Belgique, à Louvain, et j'ai dit qu'il était belge comme moi. Mais en réalité, il était né français, tant il est vrai qu'à l'époque toute la Belgique était française, annexée purement et simplement à la République et divisée en dix départements. Ce, dès 1795. Incorporation internationalement confirmée par le traité de paix de Campo-Formio signé deux ans plus tard. De Bériot, né en 1802, était donc né avec la nationalité française. Et la révolution qui lui donna la nouvelle nationalité belge est celle qui souleva Bruxelles en 1830.

Or mon histoire viennoise commence à ce moment-là. Un type qui s'appelait Stevens. Un bourgeois de Bruxelles, c'est-à-dire un citoyen du département français de la Dyle. Un bon géant blond, dit-on. Engagé dans la Grande Armée de Napoléon. Campagnes d'Espagne, et cetera, lieutenant sous Murat, Merlin, Hugo. Je vous décris son uniforme ? Jusqu'au dernier bouton de guêtre ? Pas besoin ?

Le gaillard a une passion pour la peinture (un des premiers à acheter un Géricault), qu'il transmet à ses trois enfants. Trois mâles. Qui feront deux peintres et un critique d'art. Un peintre de chiens (Joseph Stevens, ami de Baudelaire) ; un peintre de coquettes et de bouquets (Alfred, défenseur du jeune Manet) ; et un Arthur, critique, esthète, connaisseur, un type que des nouveaux riches engageaient pour leur constituer des collections d'art. Il allait, achetait, composait des ensembles. Formidable. Les Stevens vivent entre Paris et Bruxelles. Depuis la révolution de 1830, la Belgique est indépendante, mais les Stevens sont au-dessus de ça. Comme il se doit. Les frontières sont des lignes fictives qui, par leur seule force, ne couperaient même pas le beurre.

Cet Arthur, dans sa jolie demeure parisienne de la rue Laval (aujourd'hui rue Victor-Massé, et la maison même où s'installa plus tard le fameux cabaret du Chat Noir, le monde est petit), ou dans sa maison d'Uccle, à Bruxelles, ou dans sa villa de Florence, en Italie, car le marché de l'art rapporte, jouit lui aussi d'une progéniture excellente. Une Jeanne, une Juliette et surtout une Suzanne. Jeanne épousera un marchand d'art, un certain monsieur Hébert; Juliette aussi épousera un marchand d'art, monsieur Mallet. Le couple Mallet-Stevens se marie en 1885. Ils auront un fils architecte. Célèbre. Fort influencé par Van de Velde, d'ailleurs. Mais c'est à Suzanne que Vienne s'attache. Suzanne Stevens, qui épouse, elle, le fils d'un riche industriel bruxellois, Adolphe Stoclet. Ça commence à vous dire quelque chose? Non? Vous êtes passé par Bruxelles, un jour, docteur? Non? Dommage, dommage. Il faudra que je vous y fasse venir un de ces jours.

Donc, Suzanne, la fille Stevens, est devenue madame Stoclet. Femme de goût et de culture (c'est de tradition dans la famille).

— Je vois.

Or, monsieur Stoclet père dirige un empire industriel de taille mondiale, comprenant notamment des concessions de construction et d'exploitation de chemins de fer en Autriche-Hongrie. Il envoie son fils et sa bru s'installer sur place pour gérer ce département-là des affaires familiales. Et voilà Vienne.

Vous les avez connus, les Stoclet, docteur? Vous avez soigné Suzanne, peut-être?

— Je ne crois pas.

En tout cas, pas d'entrée à leur nom dans l'*index nominum* de votre biographie.

— Oh, les biographies, vous savez !...

Même pas celle que Zweig vous a consacrée ?

— Le petit ouvrage que Zweig m'a consacré n'est pas même une biographie, une étude tout au plus, et un peu sommaire. Je le préfère dans la fiction. Mais alors, ces Stocket ?

Stoc-*l*-et. Oui. Il paraît qu'il y avait un extraordinaire mécénat féminin, à Vienne. Que les épouses des riches hommes d'affaires rivalisaient de splendeur et de goût.

— Dans les milieux éclairés, alors.

Sans doute. Elles faisaient bâtir leurs maisons par les meilleurs architectes, encourageaient toutes sortes de créations plus ou moins fastueuses dans un grand esprit de liberté...

— Bof, de liberté...

Les Stoclet projettent d'éblouir leur monde. Suzanne Stoclet-Stevens porte son choix sur l'architecte Hoffmann et convainc son mari de le...

— Hoffman, oui, oui, il y avait Loos, aussi.

Elle choisit Hoffman et convainc son mari de faire à l'architecte un chèque en blanc ! C'est ce qui étonne, quand on lit la biographie des Stoclet, c'est que...

— Vous en avez lu, des biographies, mon pauvre !

Eh oui. Mais vous-même, ne lisez-vous pas aussi, beaucoup ?

— Quoi faire d'autre avec ses yeux, hein ?

C'est ce que je dis aussi. Y a-t-il pour les yeux spectacle plus complet et satisfaisant qu'un livre ? Nous avons bien de la chance, nous, lecteurs.

— Et écrivains ? Savez-vous, cher Grégoire, qu'il m'a fallu dix ou quinze livres pour prendre conscience que j'étais un écrivain ? En fait, je n'en suis toujours pas convaincu. Un jour, on m'invite à Francfort pour me décerner un prix. Bon. Je m'attendais à une distinction scientifique, n'est-ce pas, en tant que fondateur d'une nouvelle branche de la psychologie. Eh bien, en fait, il s'agissait d'un prix littéraire ! C'était le prix Goethe ! Ça m'a fait tout drôle.

À vrai dire, docteur, jadis, la littérature enveloppait tout. Toute pensée, imagination ou science s'exprimait en bon langage. C'était le point commun. Un docteur qui écrivait était forcément un écrivain. Mon père – qui a le même âge que vous, enfin, je veux dire… – a publié naguère une vaste anthologie de la littérature européenne. Douze gros volumes, de l'Antiquité grecque jusqu'à la mort de Proust. Eh bien, en fait, c'est autant une histoire de la littérature qu'une histoire des sciences, de la philosophie, de la botanique, etc. Newton, Linné, Hegel, jusqu'à Bergson, ils sont tous dedans, et de plein droit. Même le mathématicien Simon Stevin, l'inventeur du système décimal !

— Stevin, oui. Ça vous ramène à vos Stoclet.

Puisqu'il est d'usage d'interrompre les dialogues pour donner des éléments visuels plantant le décor et l'ambiance, je dirai, d'après les photos du musée Freud à Londres, la présence d'un fauteuil en velours vert à coussin rouge pourpre, d'une rangée de petits bustes en pierre sur une tablette murale, d'une vitrine remplie de statuettes grecques. Et que mon interlocuteur a désormais tout à fait cette face dure et lapidaire, ce regard terrible et fixe, et que la lenteur même de ses gestes, commandée par le grand âge, augmente son apparence statufiée ou en quelque sorte photographique et figée.

Nous pourrions être interrompus par Minna, la belle-sœur, ou par Anna, la fille, ou par Martha, l'épouse au charme inépuisable, qui vivaient là et prendraient place pour converser avec nous ou, au contraire, prendraient poliment congé après s'être excusées de leur irruption.

Bref, les Stoclet. Chèque en blanc à Hoffmann, qui était donc une sorte de Van de Velde, ne jurant que par l'artisanat de première qualité et l'art total. Hoffmann étant un gars généreux, tous ses amis et copains artistes et artisans vivent sur le chèque en blanc de Stoclet pendant un bon morceau de leur vie et, pas ingrats, produisent une série impressionnante de chefs-d'œuvre pour le palais de leur mécène à la bourse grande ouverte. Klimt en conçoit toute la décoration intérieure. Le chantier s'annonce sublime.

— Je ne vois pas trop où il se trouve, d'ailleurs, ce palais, à Vienne. Sur la Hohe Warte, vous disiez ?

Non, car justement : papa Stoclet meurt, le fils hérite, quitte définitivement Vienne et reprend à Bruxelles la gestion centrale de l'empire familial. Les commandes à Hoffmann et Klimt : annulées ? Non ! Pas du tout ! Mais on construira tout à Bruxelles. Un vrai morceau de Vienne, une vraie parcelle d'essence viennoise, en développement extra-utérin, sur l'avenue de Tervueren à Bruxelles !

C'est pas loin de chez moi, j'enfourche mon vélo et hop, Bruxelles, Bruxelles, Bruxelles, Vienne, re-Bruxelles, Bruxelles, Bruxelles. Expérience de la discontinuité de l'espace ; un morceau d'ailleurs dans l'ici, rien ne vous invite davantage à échapper aux apparences du soi-disant *hic* et du soi-disant *nunc*. Vraie Vienne extraterritoriale. Et certainement la plus belle qui soit. Vienne à Bruxelles. Voyage immobile, vertical. En plus, assez comme le fameux monastère chinois dit « sans porte » : toujours fermé, le palais Stoclet. Apparemment, les héritiers n'ont pas tranché entre l'habiter carrément ou en faire un musée. Mais des livres d'art ont publié les intérieurs. On s'y jette en imagination : c'est pour ces murs que Klimt a fait son magnifique *Arbre de vie*, ou son fameux *Baiser*, cette étreinte où la vie échappe à la mort, tout en mosaïque précieuse, et si vraie que les bijoux des personnages sont d'authentiques bagues incrustées parmi les tesselles multicolores, serties de gros saphirs, de topazes et de lapis-lazuli.

Mais comme je vous disais, c'est toujours fermé. On sait que cette étreinte miraculeuse est là, à l'intérieur du palais, à l'intérieur de Vienne, à l'intérieur de Bruxelles, comme si l'on disait dans le cœur du cœur du cœur. On le sait sans le toucher. Bienheureux les amants du mystère, je me dis, quand je passe devant. Et, s'ils sont avec moi, je raconte l'histoire à mes enfants. Il y a souvent le soir une petite fenêtre éclairée sous le toit. Sans doute un gardien. Mais je m'imagine volontiers un faune, une créature mythologique. Un acolyte fantastique veillant sur le secret.

— Vous êtes lyrique !

On sait que le gardénia était la fleur préférée de Freud, aussi puis-je sans doute en placer un bouquet dans la pièce, par exemple sur la cheminée, et l'indiquer du doigt, avec un léger sourire, certainement pas insolent mais sollicitant une connivence : vous aussi vous êtes lyrique, docteur, à votre manière.

— Et votre livre, alors, au total, ça avance ?

C'est à cause de lui, ou plutôt grâce à lui, que je suis là. Vous vous en doutez. Vous avez rencontré Bullitt, n'est-ce pas ?

— Via sa compagne, figurez-vous.

Je sais. Et vous avez terminé votre ouvrage sur Wilson et 1919. Voilà. Vous nous en dites deux mots ?

— Écrit, oui, plus ou moins. Il est là. Ce paquet de feuilles. Mais pas publié et je ne sais si je le publierai jamais.

Célèbre comme vous l'êtes, vous devinez bien que l'avenir s'abattra comme un vol de vautours sur le moindre de vos papiers. Pour les publier ou rien que pour les revendre. Tenez, moi qui vous parle, j'ai réussi par exemple à obtenir de Zweig une carte de visite où il a noté votre adresse, à Vienne. Et je compte beaucoup sur ce simple bristol pour payer mes prochaines vacances.

— Montrez voir ?

Et là, impossible. Dématérialisé, le bristol. Ma main, vide. Freud le constate. Un ange passe. Quelque chose de triste. Comme si on était parvenu jusque-là à oublier qu'on était dans la mort.

Que mon livre est évidemment ça, un voyage de vie dans la mort.

Ma main vide, comme un rappel. Et Freud, quasi paternel, avec un de ses rares sourires :

— Allons, allons. Revenons au prétexte de votre livre. C'est l'important. Wilson. Je vais vous dire. Venez.

On s'est mis à la fenêtre.

Londres. Ville mémoire, ville oubli. Mélancolie. Verdure. Frondaisons, gazons, toits, cheminées, fumées, nuages en couvercle.

On sait que depuis des années Freud combat un cancer de la mâchoire.

Soi-disant, il ne fume plus.

10

Et voilà. Je suis déjà dehors. Fuite des images. Je vois Freud par la fenêtre, de l'extérieur : il est dans l'embrasure, derrière les croisillons, prisonnier de son temps, il fume (!), parallèle à la cheminée qu'il ne voit pas, sur le toit, au-dessus de lui. Les deux fumées se dissipent si vite. Mais sa voix, bizarrement, qui parle, résiste à la disparition et se maintient. Comme traversant sans mal la fenêtre pourtant hermétiquement fermée. Passant et nous parvenant. Vaguement filtrée, comme par un voile, à peine déformée en somme par l'épaisseur des pages de son livre, que je lis, là, assis sur le sable, devant la mer du Nord, à Ostende, avec les enfants quelque part entre l'infini gris-vert des flots et l'infini ocre-argent de la plage. Air. Vent. Douze euros, ce petit livre, Sigmund Freud et William C. Bullitt, *Le Président Thomas Woodrow Wilson. Portrait psychologique,* ticket (voire abonnement) pour un voyage dans le temps. Formidable.

Si je ne garde que ce qui concerne la faute de Wilson, dans l'ouvrage de Bullitt et Freud, j'ai ceci en résumé :

Wilson avait des idées formidables pour la paix, géniales, visionnaires, généreuses. Il avait les moyens de les imposer au Vieux Continent. L'Amérique était le bailleur de fonds d'une Europe exsangue. Quand il s'est aperçu que les Lloyd George et autre Clemenceau n'envisageaient la paix, classiquement, que comme une curée impérialiste destinée à affaiblir le vaincu et à assurer l'accroissement de puissance des vainqueurs, quand il a vu qu'on se moquait de sa Société des Nations et qu'il ne parvenait à imposer aucune des promesses merveilleuses qu'il avait faites au monde et aux peuples, il n'a pas osé utiliser son arme. Il a eu peur de Clemenceau et de Lloyd George. Il n'a pas voulu les affronter. Il avait prévu de leur imposer une véritable vision d'avenir en les menaçant réellement de leur couper brusquement les crédits américains (ce qu'il pouvait vraiment faire) et de signer une paix séparée avec les puissances défaites (ce qu'il a failli faire aussi). Ni la France ni la Grande-Bretagne n'étaient en mesure de s'opposer à lui, il le savait, et il avait l'opinion publique mondiale avec lui. Et toutefois, il a failli. Il s'est trahi lui-même, il a trahi la confiance mise en lui par les peuples, il n'a pas eu le courage de dire non et de menacer vraiment. D'être froid et terrible. Voyez-vous ? Il avait compris que le monde devait, à ce moment de l'histoire, être sauvé d'une catastrophe. Il était l'homme qui pouvait le faire. Il le savait, le souhaitait, il en rêvait. Il en avait tous les moyens humains et matériels. Mais une inexplicable brisure en lui... Il n'osa pas user des armes viriles.

Alors, c'est là qu'on voit le pouvoir d'un mensonge sur un corps. Ayant échoué à changer le monde, ayant finalement signé un traité qui ne comporte aucun de ses souhaits et qui contrevient à tous ses espoirs pour l'avenir proche et lointain, il change sa vision du monde et se persuade intimement qu'il a réussi. Qu'il a totalement réussi. Il se ment et il va en mourir quasiment tout de suite.

Il se dit pleinement heureux du traité, et il tient à peine debout. Son visage, regardez son visage. Là, sur le *George Washington*, retour au pays. Plus il va se mentir, plus il va se tuer. C'est terrifiant. Et rapide ! Je n'irai pas jusqu'à dire que le mensonge et la mort ne sont qu'une chose, ou que la vérité et la vie, symétriquement… Mais enfin, lisez entre les lignes. Le voilà traversant les États-Unis, en train, pour convaincre l'opinion que le traité est comme promis, mieux même, et que les États-Unis doivent le ratifier. Son médecin la lui a déconseillée, cette tournée ! Il n'est pas aveugle, lui. Il ne le lâche plus, d'ailleurs. Sur les photos, par son air vigilant, inquiet, et par sa proximité physique constante, on dirait réellement un garde du corps. Il dort dans la pièce d'à côté, voyage sur la même banquette, le scrute. Et peu d'heures après avoir atteint le climax du mensonge (il a affirmé devant la foule réunie à Spokane, Washington, que le traité était une réussite sans égale dans l'histoire et une garantie à quatre-vingt-dix pour cent contre toute guerre future), crac, l'esprit ne veut plus, cassure, thrombose, paralysie d'un demi-corps, brusquement la nuit qu'il appelait par son mensonge s'abat sur lui, c'est fini. Mentir encore, comme seule façon de survivre, ou de finir de mourir. Évidemment, le Congrès américain refuse de ratifier le traité de paix. Le président, désavoué, se retire dans une pièce aux volets tirés, dont sa femme (que Seymour jugeait dotée d'une bouche et d'une denture énorme, souvenez-vous) garde la porte. Apparemment, en attendant l'extinction totale des facultés et de la vie du président, c'est elle qui, avec lui plus ou moins sommeillant dans cette pièce aux volets clos, dirige le pays. Voilà une femme que j'aurais aimé psychanalyser, peut-être plus que son mari. Je vous passe, d'ailleurs, mon opinion sur le rôle du père. Toute la vie psychique de ce pauvre Wilson fut déterminée par un désir inconscient et illimité de plaire à son père, qu'il prenait pour Dieu. Alors, pour être le digne fils de Dieu, il fallait sauver le monde, voyez-vous. La puissance exceptionnelle chez lui de ce complexe l'a mené jusqu'à la présidence des États-Unis, puis l'a abandonné sur la rive, brisé. Car qui peut être le Fils, n'est-ce pas ? Nul ne peut dire ce qui se serait produit si Wilson avait osé brandir son arme devant Clemenceau et Lloyd George, avec l'intention réelle de s'en servir. Mais tout le monde savait ce qui se passerait si l'on signait le traité tel quel. Il fallait changer de paradigme, enrayer la mécanique. Je vous laisse avec cette scène crépusculaire de la pièce sombre dans la Maison-Blanche, d'un homme à demi paralysé, aux souvenirs qui tombent en miettes, à qui sa femme tient la main pour lui faire signer des documents. Attention, Grégoire, la marée monte, vous allez mouiller vos souliers.

11

Je ne souhaite pas ta mort, Freud, mais tout homme est mortel, on le sait bien. On naît, on disparaît. Et de même que je souhaite que mon père, qui a ton âge, ne meure pas avant d'avoir vu certaines belles choses, par exemple la parution de ce livre, et qu'il puisse se réjouir en le voyant bien accueilli, de même et à l'inverse je souhaite pour toi que tu meures avant d'avoir vu certaines choses, horrifiques, qui s'approchent.

Je ne crois pas que tu aurais été aussi heureux que le Kaiser (Ah, enfin, vous voilà ! Très bien, mes gaillards, du beau travail. Mais pas trop tôt ! Je ne vous attendais plus ! Quasi ! J'espérais bien ne pas mourir avant d'avoir vu ça !) de voir débouler à Doorn, devant le château chauve et dégarni où il restait encore des arbres comme des cheveux rares et blancs sur un crâne de vieillard, des automitrailleuses allemandes, une petite houle de casques verts, et de suivre en charentaises sur les parquets le claquement des bottes d'un officier fringant et respectueux qui bientôt déplie sur la table, par-dessus tous les papiers de l'empereur, une carte d'Europe et montre l'avancée irrésistible des armées, l'expansion du monde allemand et de la force nazie de l'Atlantique à l'Oural. *Genau, genau.* « Puisque vous ne pouviez pas rentrer en Allemagne, sire, l'Allemagne s'est étendue jusqu'à vous ! »

Je n'ai pas envie, Freud, que tu saches pourquoi Zweig prend ce bateau pour le Brésil, ni pour quelle raison, alors qu'il a pu résister moralement à la Première Guerre, il ne peut pas résister à celle-ci. Ni que tu saches ce qu'il fait, là, Zweig, un mois avant le printemps 1942, sur ce lit, à Petrópolis, Brésil, allongé à côté d'une jeune femme morte. Empoisonnée. Tandis qu'un petit chien pleure derrière la porte.

Je préfère que tu gardes seulement l'image, puisque pour ça, déjà, c'est trop tard, des autodafés, prophétique, des flammes montant d'un monceau de livres, et nourries de nouveaux livres, voix jetées dans l'enfer. Image qui fait trembler les pages même où je te lis, car le vent du nord ne suffit pas à expliquer ces secousses étonnantes, ce frémissement du papier, là, sous mes doigts.

À la limite, je voudrais bien t'emmener jusqu'en 1944, faire un bond à Bruxelles, au printemps, dans une petite maison de la rue si bien nommée Fontaine-d'Amour, près du parc Josaphat, pour assister à la naissance de mon père. Une naissance, ça réjouit, toujours. Mais tu risques de demander ce que c'est que ces bruits, là, ces bruits sourds, et ces cris dans la rue, et on aura beaucoup de mal à t'empêcher de monter avec mon grand-père à la fenêtre qui est dans le toit et d'où l'on voit l'incendie, les bombes et les avions, et il faudrait tout t'expliquer, t'avouer : la guerre et, pour moi qui vis après, la connaissance du génocide qu'elle cachait et à laquelle elle servait de manteau, comme le conscient est le manteau de l'inconscient.

Il faudrait un autre livre. Un tout autre livre.

Je vois ton regard. Maintenant que tu sais. Que tu as deviné. Je suis glacé.

Il y a ce silence hébété, désormais. Ce lugubre vide dans l'histoire. Ne dis pas que c'est la faute des hommes de 1919. Ça remonte, ça remonte toujours. Un trou lugubre où des esprits sombres aiment aller, depuis, séjourner et s'inspirer.

Et puis, c'est en nous, ce trou-là. C'est trop tard, c'est ainsi. On pourrait descendre la rue Fontaine-d'Amour, aller voir, deux pâtés derrière, les cent trente maisons écrasées et fumantes, faire gaffe aux tuiles qui tombent encore de temps en temps, comme gouttes après la pluie, avec un mortel *chrac* sur le sol. En faisant gaffe à pas trébucher.

Juste décor pour penser à ce trou.

Avec le nourrisson dans les bras. Mon papa.

Non, pour cela et pour tout ce que je ne peux pas dire, je préfère, Freud, que tu sois mort en 1939.

Marée basse, marée haute. La mer, jamais loin.

J'entends un idiot sur la plage qui dit les guerres, c'est pareil, ça va, ça vient, alternance, systole, diastole, guerre, paix. Il est idiot surtout quand il dit que la paix est un temps pour la culture et la guerre un temps pour l'histoire. Associer la guerre et l'histoire est un plaisir que pouvaient se permettre les innocents princes de l'Ancien Régime et les gentils instituteurs imbus de dates. Mais après ce que la guerre hitlérienne a révélé, aucun homme vivant ne peut encore considérer la guerre comme la marche de l'histoire. C'est tout autre chose qui est en jeu. La guerre, au-delà même de toute férocité palpable et imaginable, a un inconscient gros comme ça.

Heureusement, marée haute, marée basse, vent, cet air

naturel à la mer, cette haleine du grand, emporte les paroles et la dame qui se plaint de la malpropreté de sa chambre d'hôtel et l'idiot qui pérore sur la guerre se font faucher les mots au ras des lèvres par le vent bénin et bénévole, pickpocket, notre allié indéfectible.

— Voyez, Vladimir Pou...

Hop, coupé. Les syllabes, envolées.

La mouette sait des choses, qu'elle crie.

La seule chose qui va et revient toujours, c'est le mouvement de la mer vers nous, et de nous vers la mer.

Je me suis acheté un petit fume-cigarette en ambre, pour penser au comte von Brockdorff-Rantzau.

Dans la flamme du briquet, l'autodafé.

Chez les mouettes, un brusque silence, qu'on ne comprend pas mieux que leur cri.

Un chat mort, tapé par un pare-chocs. Deux corneilles. Leur sérénité devant la mort.

Systole, diastole.

Incendiaires, avec moi !

CHANT IX

Où l'on multiplie les révolutions.

Le sentiment que les armées de la Révolution s'acquittaient d'une mission supranationale était alors partagé par tous et favorisait leur marche. Et c'est pourquoi tous les pays ont conservé, dans des chapelles secrètes, le culte de Napoléon.

ERNST JÜNGER,
La Paix

1

Incendiaires ! Avec moi !

Maintenant, nous sommes trois régiments de sans-culottes. C'est l'époque des chevaux, encore. 1793. Notez bien. Nous sommes trois régiments, et nous traînons soixante-dix chariots et dix-sept pièces d'artillerie. Uniformes de feutre bleu, gilet crème, col et rabats garance, guêtres olive. Bicorne, plumet, cocarde. Baïonnette.

Entrons dans la forêt d'Ardenne et trouvons – où diable ? – cette abbaye remplie de trésors et de richesses dont on prive le peuple, remplie de paresseux improductifs, moinillons parasites d'un mensonge si grand qu'ils l'appellent Dieu ! Avec moi ! Là ! Fouillez cette forêt, trouvez le chemin du monastère, prenez-le, c'est votre solde, et que tout flambe !

L'abbaye ardennaise s'appelle l'abbaye d'Orval. C'est nous, révolutionnaires, qui la brûlons. Le général qui mène l'expédition à travers les arbres s'appelle Loiseau. Pardon : Loison. Louis Loison, aux beaux favoris poivre et sel sur les joues, comme un lichen. Je lui prête volontiers ma harangue et je gage qu'il l'aurait signée. On va s'en donner à cœur joie. Changeons le cours du temps, abattons les vieux autels !

Dix jours d'incendie, dit la chronique, dix jours d'éclairage infernal de la forêt, les arbres se découpant en silhouette noire, précise, détaillée jusqu'au feuillage, sur la gloire du brasier.

Ils planquent, les moinillons fuyards, leurs trésors dans des trous, leur or dans des caves, dans des béances désaffectées l'orfèvrerie sertie de rubis énormes, les ostensoirs en vermeil, les émaux bleus et rouges, les cabochons de cristal. Dix jours, comme à Sodome et à Gomorrhe, dure l'incendie, et bien plus longtemps le secret de ces cachettes, que des traîneurs de détecteurs de métaux continuent aujourd'hui, laissant leur auto sur le bord de la route d'Orval, de rechercher activement, les nuits de pleine lune.

La haine a sa joie. En témoignent les reflets orangés de l'incendie clignotant dix nuits d'affilée sur le fond des nuages.

Magda, neuf fois enceinte de son Joseph G.

Ne donneront à leurs bambins que des prénoms en H, comme par hasard : Helga, avec hache, Hilde, avec hache, Helmuth, avec hache, Holde, avec hache, Hedda, avec hache, et enfin Heide, avec hache, qui naît dans la guerre hitlérienne, avec hache, à l'automne 1940.

Plus tes trois fausses couches, que je ne sais pas où intercaler, Magda.

Alors, dans la foulée du général Loison, continuons vers la Belgique avec le lieutenant Barbier, même uniforme bleu, crème, garance, Jean-Luc Barbier, bien en selle, avec ses hommes entrant dans les églises du pays, à cheval si possible, *clipiclipiclop*, et le crissement des sabots ferrés. Le crottin fait toujours plaisir quand il tombe pile sur la pierre tombale d'un évêque, ha ha ! On décroche ou on fait décrocher les tableaux importants figurant sur la liste fournie par quelque supérieur, on emporte les objets mentionnés. On entre, là, au couvent des Cordeliers – Anvers, jolie ville –, et *vlan*, coup de talon dans la petite porte de la sacristie où ces fripouilles de chanoines cachaient l'esquisse du *Portement de croix* de Rubens, ha ha ! Alors, soi-disant, vous ne saviez pas où elle était, hein, canailles ? Elle était perdue, hein, la belle œuvre ? Vous voyez bien que non ! Et regardez comme ils sont noircis par vos cierges répugnants et vos prières crasseuses, ces chefs-d'œuvre. Disons-nous, ou bien dit Barbier, en détachant de quatre coups de sabre fort précis, tant qu'on y est, cette autre toile d'un maître ancien. Que l'on enroule et jette dans le chariot. Un fameux tas. Une pour le musée, une pour moi, une pour toi, une pour le musée, une pour moi, brutale moisson qu'on achemine jusqu'au grand grenier nouveau, Paris, Musée national, futur Louvre, pour la provision esthétique du monde nouveau et libre.

Âmes sensibles, s'abstenir !

Bien, Barbier. Jean-Luc Barbier. Citoyen. Et pour rien au monde nous ne raterions votre discours à l'Assemblée nationale, je veux dire, devant la Convention. Et nous avons bien plaisir à vous suivre, ce 20 septembre 1794, exactement, Barbier, peintre et lieutenant, allongeant la jambe, votre jour de gloire. Vous traversez la place de la Révolution, naguère nommée place Royale et bientôt place de la Concorde. Mais quelle allure ! Le front jeté en arrière, la ligne du nez à l'horizontale, et parallèle, de fait, aux corniches du futur hôtel de Crillon, que vous longez présentement.

Sûr et fier, Barbier progresse vers le château des Tuileries, que le feu n'a pas encore emporté. Il gravit quelques marches (à mon avis, il les compte) et doit peut-être demander son chemin, dans le dédale. Car où siège la Convention, à vrai dire ?

— C'est par là, citoyen ! Elle siège dans le théâtre !

Eh oui, Jean-Luc. La politique n'en est jamais loin.

Alors Barbier parle depuis la tribune. Il est à craindre que l'assemblée ne soit clairsemée, mais nous entendons clairement son verbe s'élever, c'est le jour de sa vie : « Les ouvrages immortels que nous ont laissés les pinceaux de Rubens, de Van Dyck, et cetera, ne sont plus dans une terre étrangère… ils sont aujourd'hui dans la patrie des arts et du génie, dans la patrie de la liberté et de l'égalité sainte, dans la République française. C'est là, c'est au Muséum national que désormais l'étranger viendra s'instruire ; l'homme sensible y viendra verser des larmes devant les productions des siècles passés, et l'artiste dévoré du feu du génie y viendra puiser des modèles que son pinceau, libre des chaînes du despotisme, pourra peut-être surpasser. »

Voilà. Ça, c'est moderne !

2

Et même, faisons un effort, remontons deux ans avant cette moisson d'œuvres d'art, et un an avant l'incendie de l'abbaye d'Orval de 1793 (incendie dont j'ai trouvé le récit dans un ouvrage oublié sur la forêt d'Ardenne, d'un auteur encore plus oublié du dix-neuvième siècle, un certain Victor Joly, que Baudelaire toutefois lisait). Oui, arpentons l'oubli jusqu'avant ça. Remontons en 1792, à Weimar. Je ferme les yeux, pour voir. Le théâtre de Weimar. Théâtre grand-ducal. 1792. Goethe en est le directeur. Là, dans les coulisses du lieu, qui est flambant neuf. Goethe, dans sa petite quarantaine (bigre, comme moi en effet). Son front montueux et clair, ce début de calvitie, son crâne. Encore et toujours au service du grand-duc.

(Comme Van de Velde le sera aussi cent ans plus tard.)

On demande avec Goethe au grand-duc un congé, une sorte d'autorisation, parce qu'on est à son service et donc pas tout à fait libre. Un congé ? Pourquoi ? On voudrait suivre l'armée. Quelle armée ? Et la suivre où ça ? Vous savez bien ! En France ! L'armée des contre-révolutionnaires français et de nos Saxons, Prussiens et Autrichiens qui les accompagnent pour aller mettre un terme à l'invraisemblable révolution, tirer Louis XVI de la prison et le hisser sur son trône à nouveau.

(Oui, cette même armée que Da Ponte a rencontrée, se formant entre Mayence et Trèves, qui le dissuada de faire route vers Paris et le détourna sur Londres. Tout est en place.)

Le grand-duc nous dit, à nous Goethe :

— Encore une de vos lubies ! Regardez-vous, vous n'êtes pas fait pour le combat !

Juste en observateur…

— Eh bien soit, vous pouvez.

Les grands-ducs veulent toujours vous vexer avant de vous accorder quelque chose. C'est le prix à payer. On connaît. On sait d'avance. On accepte. Les grands ignorent à quelle monnaie de singe ils donnent tant de prix.

Voir Goethe, faisant peut-être avant son départ derrière l'armée un dernier petit tour dans son théâtre, coulisses, machines, scène, salle semi-circulaire, les bras croisés dans le dos. Et voir (Goethe n'a pas l'air de les apercevoir, il traverse insouciant leurs spectres) les hommes et les femmes de l'Assemblée constituante qui attendent qu'il soit 1919 pétante pour faire leur entrée et transformer le théâtre en Parlement.

O Freunde ! (Ô Amis !) (Soudain ce cri, cette exclamation, gardons-la en mémoire, elle revient bientôt, elle est salutaire.)

Et suivons maintenant Goethe, qui emporte un menu bagage et rejoint les troupes de l'armée contre-révolutionnaire, qui sont déjà à Trèves, sur la Moselle.

Promenade de santé, d'abord : Longwy prise aisément, Verdun bombardée tranquillement. Puis Sainte-Menehould et Valmy, enfin, où l'on rencontre le gros de l'armée révolutionnaire. Laquelle s'est fort bien positionnée, ma foi. Eux, en haut et larges, nous en bas et serrés.

En face, les généraux s'appellent Kellermann et Dumouriez. C'est l'armée du Nord. Après une bataille ennuyeuse et étonnamment molle, mais meurtrière tout de même, lointaine, distante, dominée par une interminable canonnade, les alliés, dirigés par le duc de Brunswick, s'inclinent devant Kellermann et Dumouriez et s'avouent vaincus, dans une petite zone de terrain dominée par un moulin.

Grande croix de ses ailes, tournant symbole.

Certains ont trouvé cette victoire si rapide que je lis quelque part qu'on soupçonne le duc de Brunswick, commandant en chef des alliés, de s'être laissé aller à un marchandage secret : quelques millions qui lui auraient été promis et remis sous la forme d'un sac de diamants.

Je suis peu enclin à prêter foi aux théories de ce genre, mais elles, en revanche, sont très enclines à courir les rues. Grand bien leur fasse. Elles rendent justice, du moins, à l'imagination et permettent de mettre en scène un Danton – oui, Danton, à cette époque ministre de la Justice – faisant vider nuitamment un coffre royal, en véritable Arsène Lupin de la Révolution, et assurant la livraison discrète du butin à l'ennemi. Sacré Danton ! Quoi qu'il en soit, Valmy est une victoire des révolutionnaires. Louis XVI jamais ne sera remis sur son trône. Goethe n'ira pas à Paris. Il observe le retrait des alliés dans la boue et l'ennui du mois de septembre. Il déclare : J'ai vu pivoter le destin de l'Europe. Il pivote à son tour, et file.

Nous, on s'est attachés à Dumouriez, le général vainqueur, dont un portrait (que j'ai vu à Versailles lors d'une visite touristique) montre une certaine ressemblance avec le Belmondo de la grande époque (forte mâchoire, bouche sensuelle, œil rond). Nous arrivons à Paris avec lui. Triomphe, évidemment. La République est proclamée dans la foulée. Ce qui sera bientôt l'an I, nouvelle ère. Le temps peut une fois encore recommencer.

O Freunde! (Ô Amis!) De nouveau ce cri.

C'est l'automne à peine commencé. Fin septembre 1792. Pardon : de l'an I. Quelques promenades dans Paris révolutionnant.

Un chouïa de patience encore et nous pourrons faire une visite à la prison de la Conciergerie, où Marie-Antoinette, princesse autrichienne et dernière reine de France, a pris la place de Raymond la Science, et attend le même sort exactement. Jusque dans la manière.

Parlait-elle avec un délicieux petit accent allemand, la Viennoise ? Collons notre oreille près de la lucarne. Essayons d'entendre.

Mais ce n'est pas vous qu'on entend, Altesse. Ce sont les touristes, déjà, et le guide, qui montre à travers les siècles le cachot où vous fûtes enfermée. Les gens prennent des photos. Moi-même, j'ai fait partie de ces groupes de touristes.

Le guide passe sous silence le supplice de Raymond la Science, trop petit dans la grande histoire pour qu'on se souvienne de lui.

Bah.

Mais il parle de votre courage, qui surprenait. De votre digne stoïcisme, de votre sang-froid (et bleu), de votre calme auguste, qui faisaient dire finalement: Vraiment, celle-là était reine de France.

3

Début de l'invasion allemande en 1940, du côté de Liège en Belgique. Un qui a grandi, pris quelques rides, dans ce coin-là, et de la bouteille, c'est Marcel. Marcel Thiry, le jeune gars des autocanons, pendant la Première Guerre. Oh, il est loin ce temps-là. Marcel Thiry est devenu écrivain et les cauchemars ont été domptés.

À quarante-trois ans toutefois, et même avec sept livres derrière soi et un boulot pépère de marchand de bois et de charbon, ça le rend amer de voir que ça n'a pas suffi, la Première Guerre. Oh, il s'en doutait, comme tout le monde. Entrée des Allemands, guerre éclair, presque au même point de pénétration qu'en 14, près de Liège. Tout est si prévisible dans la haine.

À la différence que, cette fois, les grenadiers cyclistes qui attendent, pour les signaler, les premières incursions aux lisières de la forêt, dis-tu, Marcel, doivent lever les yeux au ciel pour les trouver, les envahisseurs. Brusquement, un 10 mai, ils survolent les cerisiers en fleur et les vergers du pays. Vu du ciel, ça fait des taches roses et blanches dans le grand gazon ; vu du sol, c'est le spectacle des anges d'acier dansant dans l'azur pur, et bombardant Liège et, allons-y, tant qu'à faire, à tire-d'aile c'est à quelques minutes, jusqu'à Bruxelles. Transformant, par un éclatant coup de baguette magique, les immeubles d'habitation en maisons de poupées : ouvertes en deux, chaque pièce de chaque étage bien visible du dehors, à demi meublées encore, et la pendulette en équilibre sur le manteau de la cheminée. Le tapis qui tire la langue. Car c'est un jeu, n'est-ce pas ?

O Freunde ! Nicht diese Töne ! (Ô Amis ! Pas sur ce ton !) (Le poème arrive doucement.)

Où vous prend-elle, vous, la guerre de 40, Victor Serge ? Vous quittez Bruxelles ; vous êtes sur un bateau pour le Nouveau Monde. Je vous vois. Bastingage. Flots noirs.

J'ai cru comprendre que vos activités au gouvernement révolutionnaire soviétique avaient tourné franchement au vinaigre. Vous souhaitiez une révolution morale, brave homme, et pour vous l'apprendre, le camarade Staline vous a envoyé dans l'Oural méditer sur les vertus de l'isolement, du froid et de la faim. Mais votre réputation d'écrivain vous a servi : des pétitions circulent en Europe. Le prestige est utile et Staline vous libère. Retour à Bruxelles. Enfin avoir la paix ? Ben non, justement la guerre éclate.

Flots, encore, flots, mouettes, calme plat, courants, tempêtes et terre en vue.

Sondern laßt uns angenehmere anstimmen ! (Entonnons un chant plus agréable !)

Goethe, lui, est de retour à Weimar dans son théâtre. Avec un morceau de nous. On l'y laisse. Un autre bout de nous accompagne Dumouriez-Belmondo, à la tête d'une armée. Il va nous rapprocher de Bruxelles.

Und freudenvollere ! (Et plus joyeux !)

Il fait d'abord, à Jemappes, une petite démonstration de force en défaisant les Autrichiens qui gouvernent la Belgique. Il clame au peuple belge : c'est le tyran autrichien que je vise, notre but est de vous libérer de lui. Accueillez-nous, soutenez-nous, à bas le tyran étranger, vive la Belgique libre et indépendante !

Alors, de Jemappes, Belmondo le sympathique nous fait monter à Bruxelles, pour y entrer plutôt triomphalement. Et voilà. Me voilà chez moi. J'entends, je vois.

C'est là que prend place l'épisode de Barbier à Anvers, dans la cathédrale, la saisie des grands Rubens, et chez les Cordeliers. C'est là aussi que prend place l'incendie de l'abbaye d'Orval par les troupes du général Loison. Bon. Ça y était.

Belges, vous êtes libres ! Vienne est à nouveau dans Vienne, et n'empiète plus chez vous !

Plus ou moins, parce que finalement, Dumouriez se fait prendre de vitesse et, dans le théâtre des Tuileries, salle dite *des machines*, où la Convention nationale s'est installée, les députés votent brusquement l'annexion pure et simple des provinces belges. Dumouriez-Belmondo fâché. Vexé. Change de camp et passe aux Autrichiens. Les Belges sont devenus français. Et c'est dans cette Belgique française que de Bériot naîtra, voilà.

Freude, schöner Götterfunken… (Joie, belle étincelle divine…)

En 1941, c'est dans la cathédrale Saint-Bavon qu'entrent les soldats. Gand. Beaucoup moins polis que Berthe dans la visite que nous avons imaginée, ils se rendent dans la chapelle latérale, dite chapelle Veydt, et encadrent les opérations techniques de démontage de *L'Agneau mystique* de

Van Eyck, polyptyque de douze panneaux bientôt réduit à l'état de puzzle, rangé dans des boîtes, sorti des lieux sous bonne garde, tel un prisonnier de bois et de couleur, et emporté à Linz sur le Danube, Linz *an der Donau,* en Haute-Autriche, pour le futur musée Hitler. Avec hache.

Freunde ! Nicht diese Töne ! (Amis ! Pas sur ce ton !)

Ah, Europe, perpétuel champ de bataille. Et pourquoi pas, finalement ? Nous descendons, nous fondons sur l'Italie avec le général Bonaparte, 1796 (an IV, guerres révolutionnaires), bicorne bordé d'or, manteau rouge et cheval blanc, trente mille hommes derrière nous, et, oh, encore une connaissance, juste à côté, Joachim Murat, mais oui, comme aide de camp !

Prenons surtout Venise.

Et tandis que les soldats démontent les chevaux de bronze de Saint-Marc au porche de la basilique pour les mener à Paris, capitale des arts libres, allons rendre une dernière visite à Tiepolo.

Sa maison ? Où est sa maison ?

Ah, ruelles, ponts, canaux, Venise, avec ton plan chiffonné, tu as brouillé l'espace-temps comme un œuf et mis plusieurs mondes dans un mouchoir. Labyrinthe ! Plusieurs mondes imbriqués ! Tiepolo ! Votre maison ? Tiepolo ! Votre adresse !

4

Alors là, c'est marrant, parce que je demande aux passants, *il signore Tiepolo, per favore*, supposant son nom bien connu à Venise, pour sûr, et le premier qui me répond (à savoir, Da Ponte, dans un appendice à ses *Mémoires*) m'indique un triste bonhomme assis sur un banc public, désolé, défait, quasiment en oripeaux. Mon sang ne fait qu'un tour. Quel spectacle de misère ! Tristesse ! Lui ? Ce clochard, le Tiepolo que nous avons connu à Madrid ?

Avec les *Mémoires* de Da Ponte dans les mains, le doigt gardant la page, je m'assieds à ses côtés, sur le banc, je l'interroge. Il s'agit d'un certain Tiepolo, oui, mais d'un autre ! Pur homonyme ! Quiproquo. Celui-ci est un banquier, un ex-banquier ruiné par la chute de sa République de Venise et qui se lamente de l'entrée des soldats de Bonaparte. Je comprends mal le dialecte vénitien mais ses gestes, ses rides même sont assez éloquents. Encore heureux qu'il ne voie pas, là, le convoi transportant les chevaux de Saint-Marc déboulonnés, ou, levant les yeux au ciel, le lion de Venise là-haut sur sa colonne affublé d'une devise nouvelle : « Égalité et droits de l'homme ».

Tout fout le camp, mon pauvre vieux. J'ai pitié, oui.

Et je le laisse à son banc, rêveur mélancolique, son regard suivant deux pigeons, qui se suivent également.

J'hésite à lui laisser, discrète aumône, sur le bord du banc, les *Mémoires* de Da Ponte, consolation peut-être de ses heures d'ennui à venir, mais la bibliothécaire, qui m'a demandé de manipuler cet antique volume avec un soin extrême et qui a disposé sur la table de lecture le double coussin grisâtre obligatoire à la consultation des livres de la réserve précieuse, ne serait pas contente. D'autant qu'elle me regarde en coin, souvent, par à côté de l'écran de son ordinateur, comme si elle se méfiait de moi ou soupçonnait de ma part un habile larcin. À moins qu'elle ne soit en train tout bonnement, sous ses airs secs et sombres, de tomber amoureuse ?

Il est gênant, cela dit, ce regard soupçonneux. Et m'empêche de me concentrer sur Venise. Alors je pivote un peu sur ma chaise, j'oublie les néons du plafond et je saute dans une gondole.

— Chez le Tiepolo, s'il vous plaît. Le peintre, hein, pas le banquier !

Freude ! Freude ! Froh, wie seine Sonnen fliegen ! (Joyeux comme des soleils volants !)

On est naïfs, nous les touristes. On s'imagine toujours que les Vénitiens vivaient sur la Venise de la lagune, alors que souvent ils ont leurs belles maisons sur la terre ferme, laquelle est tout autant Venise que la Venise des pilotis. Et c'est là que le gondolier me dépose, peu avant que la bibliothèque ne ferme (la Bibliothèque royale de Belgique à Bruxelles a des horaires mesquins : je préfère la nationale, à Madrid, qui ne ferme pas avant vingt heures, ou celle de Paris, qui fait aussi bien), avec un gros quart d'heure à peine pour retrouver Tiepolo chez lui.

Giandomenico, bien sûr. Le papa Giambattista est mort et enterré à Madrid, depuis belle lurette, on l'a vu.

Et c'est émouvant de voir, là, le fils, à l'âge qu'avait son père quand il est mort. À peu de chose près. Un peu plus vieux, même. Tout ridé, avec un drôle de regard : gai dans l'œil gauche, triste dans l'œil droit. On le voit bien, son regard. Qui est partout sur les murs de sa maison, qu'il a couverte de fresques. Et c'est son œil gauche qui a peint dans cette pièce-ci des polichinelles acrobates absurdes et délirants, et celui-ci se balançant, vertigineux, à califourchon sur un câble comme sur une escarpolette, au plafond de la salle. Et c'est son œil droit qui a peint ici sur ce grand mur cette scène que j'aime tant : une vingtaine de personnages, de dos ! Ah, quel symbole, conscient ou inconscient, volontaire ou involontaire, de l'époque révolue : celle de ta jeunesse, Giandomenico, celle de la République de Venise, désormais, pour la première fois et pour toujours vaincue et assujettie. Que regardent-ils, tous ces personnages de dos ? Un spectacle, qu'ils cachent à nos yeux ! Comble de l'art, Giandomenico. Ils regardent *le passé*. Bravo. Votre père eût été fier de vous. Il aurait dit : c'est aussi malin qu'un Vélasquez. Vous rougissez ? Vous êtes encore capable de rougir à soixante-quinze ans, quand on vous parle de votre père qui serait fier de vous ? Vous êtes un brave homme, Giandomenico. Et même si le guide touristique prétend qu'il n'est pas certain, mais seulement probable, que les deux belles figures de profil, sur cette grande fresque dont tous les personnages ont le dos tourné, soient un autoportrait de vous et un portrait de votre père, sorte d'ultime hommage filial, j'en suis pour ma part – vous ayant vu rougir – convaincu.

Laissez-moi vous regarder, vous, là, ce beau visage, doux défi, sous le tricorne de peinture, et derrière vous en même temps qu'à côté de vous, votre père, que vous représentez vivant, tout vivant, ressuscité tel Lazare par vos pinceaux et bien tranquille, souriant à demi, sachant que c'est toujours pour des siècles qu'on est invité à vivre, et ayant avec vous accepté cette invitation.

— Un café ?

Comment dire non !

(Déception de touriste du vingt et unième siècle : on nous l'apporte dans une grande cafetière, alors qu'en Italie je l'espère toujours *espresso*, tiré d'une de ces machines à huit ou dix bars de pression. Du moins, cette lavasse qu'un valet me sucre façon overdose coule-t-elle d'un pichet de porcelaine digne d'une nature morte de Chardin ou d'un pastel de Liotard.)

J'ai eu l'impression qu'en finissant sa première tasse Giandomenico s'est déjeté un peu intentionnellement en arrière et a levé haut le coude, comme s'il voulait que je remarque, semblant de rien, sous la tasse l'estampille à trois barres des luxueuses manufactures de Venise. Délicieuse et naïve vanité. Un peu comme si moi, fier de la Porsche que je vais m'acheter avec les ventes de ce livre, j'avais posé négligemment mes clés de voiture à côté de la tasse de café, sur le guéridon. Cher Giandomenico…

Alors, sans transition, je lui dis qu'à Madrid au Prado j'ai vu (oui, Giando, le Prado est devenu un musée, un des plus beaux), que j'ai vu, donc, la série de tableaux qu'il a peinte juste après la mort de son père et avant de revenir à Venise. Douze scènes de la Passion du Christ. Et qu'il m'a semblé que c'était la seule occurrence dans son œuvre d'une telle expression intense, dans le visage du Christ surtout, de la douleur. Douleur du fils. Douze tableaux, douze variations sur la même inexprimable douleur.

Il me regarde avec le sourire que les artistes concèdent généralement aux critiques et commentateurs, l'air de dire : si c'est vous qui le dites…

En même temps que reconnaissant, tout de même, pour l'attention prêtée à son travail.

Freuden ! Freude trinken alle Wesen an den Brüsten der Natur ! (Tous les êtres boivent la joie aux seins de la Nature !)

Et tandis que, tenté comme chaque fois de ne pas réintégrer mon corps à la bibliothèque et de rester dans le temps mort à Venise, là, je contemple, la tête inclinée, ces chevaux peints qui nous regardent depuis la fresque, et Giando me dit :

— Oui, vous devinez juste, ils sont inspirés, clin d'œil, des chevaux de Saint-Marc. Ceux-là mêmes que les Français ont déboulonnés et ont emportés chez eux. Mais voyez-vous, au fond, je ne suis pas amer.

Il fait doucement s'écouler une nouvelle et profonde cuillerée de sucre ambré dans sa tasse de café.

— Ces chevaux, vous savez d'où ils viennent ?

Moi, envie de googler vite fait la question : « Chevaux de Saint-Marc de Venise, origine ». Mais lui, plus rapide que la technologie :

— On les avait pillés, nous aussi. Ils étaient la fierté de Constantinople. Et quand nous avons écrasé Constantinople, en 1204, nous les avons déboulonnés et emportés chez nous. Voilà. Les choses vont, viennent, c'est la vie. Je suis trop vieux pour aller les voir à Paris, les chevaux de

Saint-Marc ; mais vous êtes probablement assez jeune pour les voir revenir à Venise. *Sic transit gloria mundi*, mon petit ami.

Google me dit encore qu'en 1204, après le sac de Constantinople, les Vénitiens, rapportant entre mille trésors ces chevaux merveilleux, leur avaient fait couper la tête, parce qu'ils ne rentraient pas dans la cale du bateau. Barbares. Mais assez habiles, tout de même, et encore heureux, pour les recoller après coup, les têtes de bronze.

Mais quelle manie de couper les têtes ! J'aime l'ancien mot de *décollation*. Mieux que *décapitation*. On parle du col, du cou. Et puis il y a cet espoir, *coll*, de recoller les morceaux.

CHANT X

Où l'on pleure.

1

En attendant, me voilà sorti de chez Tiepolo. Et de la Bibliothèque royale, par la même occasion.

Couperet latéral automatique des portes vitrées.

Je zippe mon anorak. Il ne fait pas chaud.

Esplanade dite du Mont-des-Arts, un des jolis toponymes de Bruxelles. Bassins ronds, jets, arbres, dessins de buis plus ou moins labyrinthiques, vue dégagée sur le vieux centre et sa tour gothique, en contrebas. Encore en bouche la saveur du café trop sucré. Et envie de vous montrer sur l'écran de mon téléphone, là, venez, asseyons-nous une minute sur ce banc et regardez ici, sur mon téléphone, cette image, vous voyez ? Cette grande fresque si colorée ? Vous avez reconnu le style un peu maya ? Eh bien bravo. C'est en effet au Mexique. Peinte dans les années 1980. Artiste : Vlady. Grand artiste mexicain.

Attendez.

« Dis Siri : cherche sur Internet des images de Vlady Kibaltchitch. » Et hop. (Notez en passant ce mastodonte de Bibliothèque royale, derrière nous, aux horaires capricieux ; et comparez-le à mon téléphone. Y a pas photo : ceci remplacera cela, n'est-ce pas ?)

Voilà, cette autre fresque.

À Mexico aussi, oui. Sur le mur d'un ministère, je crois. Du même artiste. L'art en dehors des musées. L'art public. Bon. À demain ? Non ? Vous n'étiez que de passage ? Moi, j'y serai.

Vous savez, Vlady, c'est le fils de Victor Serge. Oui ! Ah, vous reviendrez alors ?

Froh, wie seine Sonnen fliegen, joyeux comme des soleils volants, Durch des Himmels prächt'gen Plan, au travers du somptueux plan du ciel !

2

Ce qui est terrible quand on quitte la Bibliothèque royale et qu'on descend le Mont-des-Arts, comme je l'ai fait, vers la ville basse, le vieux centre où des fantômes historiques pétrifiés partout vous font leurs invisibles signes, désespérés, tristes, mendiant de la mémoire, ce qui est terrible, c'est simplement parce qu'il fait beau de pousser la balade un peu plus loin, d'arriver, au gré des coins de rues et des carrefours, des appels d'une tache de soleil, là, d'un feuillage agréable, ici, en se promenant donc avec le naturel sûr de l'eau qui fraie son chemin et ruisselle vers les évidences de la mer, d'arriver soudain rue des Tanneurs (celle-là ou une autre, car il y en a d'autres), où on connaît une copine, où on connaît un chouette théâtre, où l'on connaît un maraîcher fameux, et de tomber, étant dans des dispositions rêveuses et sensibles, sur cet homme dont on ne voit que le vaste dos, accroupi ou agenouillé, s'affairant à quelque chose au ras du sol, sur le trottoir, que son corps à la fois nous cache et nous rend mystérieux.

Il y a une bouteille à côté de lui, par terre, dont il s'empare puis qu'il remet à sa place. Bouteille en plastique. On s'approche, et ce qui est terrible, c'est la clarté, l'évidence soudaine. Ce grand manteau gris, cet homme de dos, agenouillé, un chiffon à la main, qui l'imbibe de son produit puis repose la bouteille, est en train d'astiquer doucement, de polir tranquillement, paisiblement, un pavé doré comme un gros clou dans le trottoir.

Je passe, je vais, je continue. Mais c'est comme au ralenti, désormais. Le choc a eu lieu. Je connais pourtant ces pavés dorés, dits pavés de mémoire, que l'on scelle petit à petit, année après année, devant le dernier domicile connu des déportés des camps et des héros civils. *Ici habitait Chaïm B. Auschwitz. Assassiné. Ici habitait Clara-Rosa T., née 1935, déportée 1942, Auschwitz, assassinée. Ici habitait Louis E. / né 1930 / détenu Malines / Déporté 19.4.1943 / Auschwitz / Assassiné.* Texte carré, compact, biographie éclair. Né, déporté, assassiné.

Je les connais bien, ces petits pavés tristes. Ils sont un peu partout à Bruxelles comme dans beaucoup de villes européennes, généralement un peu ternis et patinés, sauf quand on vient de les poser. Mais là, *bam*, l'homme au grand imper gris les a, à genoux, polis et astiqués.

Cet homme, là, comme une grande prière anonyme.

Et par un impitoyable coup de soleil sur la rue des Tanneurs, c'est tout un chapelet de larmes rutilantes, rue constellée d'étoiles devenue feu constellant le temps, le trottoir, là, où je marche. L'homme au grand manteau gris prenant en moi des proportions gigantesques. Chaque pavé, un astre, son feu, sa distance, sa tendance quotidienne à être éclipsé par la lumière du jour, son témoignage silencieux, son amitié secrète, son alliance avec tous les chercheurs, sa présence dans la nuit, sa lumière d'autant plus grande que la nuit est plus noire.

Happé, je ne me suis pas retourné, et je n'ai pas vu le

visage de l'astiqueur de mémoire. De l'humble et juste jardinier des étoiles. Devant moi, l'enfilade éclatante et discontinue des pavés d'or. Chaussée d'amour et de vérité. Gué pour traverser le temps à pieds secs et les joues mouillées. Trop rêveur, trop sensible, je pleure et, dans la déformation des larmes, le chemin de lumière projette des rayons dans toutes les directions.

Depuis, souvent, j'y retourne. Là, ou dans d'autres rues, et je m'arrête pour lire. Or, pour lire ces mots si compacts, il faut s'accroupir, se faire petit. Et à chacun de ces abaissements, l'on perd une illusion et l'on gagne un ami. Et je suis parfois vingt, cinquante, à me promener, dans les moments de grâce.

Freude !

Ô l'inconnu qui les polissait !

Freude, Alle Guten, alle Bösen, joie, tous les bons, tous les méchants…

3

Et c'est avec eux, étoiles, amis, âmes, communion flottante invisible et aimante comme des dizaines d'anges m'environnant et me composant de grandes et imperceptibles ailes couvertes d'yeux, que parfois je suis à la bibliothèque (la bibliothécaire, trop sèche, ne remarquant rien, ou bien déjà amoureuse et alors gardant le secret dans son cœur), ouvrant la forêt des livres, feuilletant leurs automnes avec cette énergie ressuscitante, ou survolant et planant sur le temps, sensible comme

Wie seine Sonnen fliegen, comme des soleils volants...

sensible comme une baguette de sourcier aux présences invisibles de la joie, rejoignant les parages de telles pages où un chant s'élève, rumeur autour d'une colline, dos nervuré, tranche, nom d'auteur, ouverture du territoire de papier, fondant sur telle colline, démêlant dans ses caractères les confuses paroles d'un poème éternel que rien n'altère, que rien n'empêche de sourdre, partout présent sous la surface, qui devient jaillissement et air et nous fait, en plus d'anges, oiseaux, tournant comme vautours nobles ou criant comme faucons, ou bondissant comme passereaux ou marchant comme ramiers, et découvrant toujours dans le paysage-page

Seid umschlungen, Millionen! (Embrassez-vous, millions!)

les anfractuosités où passe tel filet de voix, à peine ruisseau, ou tel mot plus grand et spacieux que deux siècles et tout ce qu'ils contiennent.

Pour cette fois, c'est sur les bois de Weimar et les collines que nous planons, où deux amis se promènent : Wolfgang l'un et Friedrich l'autre, c'est-à-dire Wolfgang von Goethe et Friedrich Schiller, poètes, bien sûr, *O Freunde!* Ô amis ! Deux individus au pas de promenade, deux mondes plus grands que le monde où ils sont – inversion des valeurs, renversement des proportions : ce qui contemple contient le contemplé comme le contenant le contenu, et est plus grand que lui –, immense Schiller marchant dans une forêt qu'il contient mille fois à l'intérieur de lui, mystère, et contemplant des vastitudes qui au fond tiendraient dans un tout petit compartiment de son âme, l'extérieur se révélant être une parcelle de l'intérieur, sublime nature. Et nous, anges et oiseaux, atterrissant soudain dans la tignasse du poète comme un nuage d'étourneaux disparaissant dans le feuillage d'un grand tilleul. Schiller et Goethe, amitié proverbiale, douceur de la main dans la main sous le couvert des bois saxons. Nous, allant dans la tignasse, c'est-à-dire dans la forêt sur la tête de Schiller, cherchant et débusquant à l'instinct l'origine de ce chant qui monte en nous et sourd irrésistiblement dans nos paragraphes depuis deux ou trois chapitres, qui nous revient, nous transporte. Tignasse, forêt, reliefs. Nous trouvons un orifice – sans doute, c'est son oreille – pour nous introduire et nous approcher, spéléologues du lyrisme immortel, de ces rochers d'où filtre une eau claire, *Diesen Kuß der ganzen Welt!, ce baiser de toute la Terre,* voilà, c'est par ici. Nous sommes dans les lobes cérébraux de Schiller! Palais nacré mystérieux non fait de main d'homme, où ce chœur mélodieux et invisible murmure, obsédant en même temps que vital, le mantra, l'hymne, l'ode à la joie composée un jour pour toujours, *wie seine Sonnen fliegen, voler comme ses soleils,* ce poème entêtant qui rend courage et espoir, si déchirant d'idéal qu'il nous fait brusquement jaillir hors du palais par la fenêtre sous la forme d'une larme coulant des yeux de Schiller. Son ami, voyant cette larme pendant leur paisible promenade dans les bois :

— Tout va bien, Friedrich ? demande Goethe.

Le silence est sa meilleure et plus douce réponse.

Un oiseau a chanté.

Disons que Goethe s'est contenté de serrer un peu plus fort la main de son ami et que le moment de grande paix a continué, sous la protection des feuilles et sous leur bruissement pareil d'âge en âge, moment sans événement ni record historique.

ICI HABITAIT
WOLFGANG N.,
NÉ LE 7 NOVEMBRE 1933,
DÉPORTÉ LE 17 MAI 1943 À AUSCHWITZ
ET ASSASSINÉ.
LE PAVÉ FUT POSÉ
LE 10 JUILLET 2020.
IL AVAIT 9 ANS.

ICI HABITAIT
FRIEDRICH F.,
NÉ LE 23 DÉCEMBRE 1889,
DÉPORTÉ À WARSCHAU EN 1942
ET ASSASSINÉ.
IL ÉTAIT LIBRAIRE.

Alle Guten, alle Bösen folgen ihrer Rosenspur. (Tous les bons, tous les méchants, sur ton chemin de roses.)

4

— Papa, le monsieur de gauche a l'air plus gentil que celui de droite.

À gauche, c'est Goethe ; à droite, Schiller. Goethe était plus vieux.

— Ça se voit.

— Goethe c'est le plus vieux à gauche ?

— Moi je trouve que c'est celui de droite qui a l'air plus gentil.

On représente souvent Schiller plus impétueux, et Goethe plus mûr, plus réfléchi.

— Il a des poches sous les yeux.

Et là-derrière, c'est leur théâtre. Non, ne vous en faites pas, on n'ira pas le visiter. De toute façon, c'est fermé et on n'a pas vraiment le temps. Attends, tiens, S., prends mon téléphone, fais une photo du monument.

— Avec toi aussi ?

Oui, pourquoi pas au fond. À côté de Schiller et de Goethe, c'est pas mal.

— Et tu l'enverras à ton éditeur.

Bonne idée. Ça l'amusera. Et une photo de vous aussi, pour qu'il voie comme vous avez grandi depuis la dernière fois.

— Non !

Si. Ou alors je vous emmène visiter la maison de Goethe, la maison de Schiller et le cimetière avec leur tombe…

— Bon.

Range cette tablette immédiatement. Tu l'éteins. Et si vous vous ennuyez, vous regardez par la fenêtre. Il y a des rêveries très importantes qui peuvent naître comme ça. Non, je ne peux pas vous lire, puisque je conduis. D'accord, je vais essayer de vous raconter un truc.

Votre tante. Euh non. Ma tante, donc votre grand-tante.

— La sœur de grand-père ?

Exact. Sa grande sœur. Je vous avais dit, quand en 1940 les Allemands envahissent la Belgique. Bon. Ils fuient. Ou ils tentent de fuir.

— La famille de grand-père ?

Oui.

— Il était déjà né ?

Non. Grand-Père naît en 44. Là, on est en 40. Le papa de Grand-Père décide de mettre sa famille à l'abri. Ils ont trois enfants déjà. Trois petites filles. Ça se comprend. Ils n'avaient pas de voiture. Ils vont en train jusqu'à la mer.

— Pourquoi à la mer ?

Eh bien, parce que c'est du côté de la frontière française, quoi. Pour aller se réfugier, en France. Quand il y a une guerre, les populations se réfugient dans les pays voisins. Comme aujourd'hui les Ukrainiens. Et les Allemands n'avaient pas encore envahi la France. C'était imminent, mais bon, la France est très grande, il voulait mettre sa famille à l'abri le plus loin possible dans le Sud, puis revenir à Bruxelles. Bref. C'est pas ça que je veux raconter. Simplement, donc, ils sont à la mer. Vous m'écoutez ?

— Oui, oui.

Bon. Et il y a plein de gens. Qui veulent tous passer la frontière. Les hôtels sont pleins. C'est là qu'ils passaient leurs vacances d'habitude. Ils connaissent des gens. L'hôtelière, notamment. On les fait loger sur les banquettes de la salle de billard, avec d'autres familles. Le matin, ils se renseignent sur les départs, les places dans d'éventuelles voitures. Il y en a qui font payer, d'autres qui donnent de fausses informations pour garder leur place.

— Et eux ?

Finalement, je ne sais plus comment ils font, mais les voilà sur les routes de France. Le soir, ils font étape au petit bonheur la chance, ils trouvent toujours des gens pour les accueillir, les nourrir, leur donner des provisions pour continuer leur chemin. C'est une belle histoire de partage. Vive la France ! Mais de nouveau, c'est pas là que je veux en venir. Un jour, ils sont dans une colonne de réfugiés qui descend vers le Sud et, *vrrrrr*, ils entendent des avions allemands. De peur de se faire mitrailler, la colonne se disperse, on se cache comme on peut. Eux, ils ont plongé dans un fossé, cachés sous leurs manteaux. *VRRRRR*, les avions passent, on entend des tirs, le père et la mère de grand-père (on les appelait Bon-Papa et Mamy) tiennent leurs filles sous leurs bras pour les empêcher de bouger, pas se faire repérer, et alors là, sous les manteaux, la petite Annie, donc, la grande sœur de grand-père, qui devait avoir dans les huit ans, se met à gémir : Papa, papaaa, papaaa.

— Chuuut, dit son père, chuuut, après, ne bouge pas, quoi qu'est-ce qu'il y a ?

— Papaaa, papaaa, papaaaaaaa…

La supplication si vous voulez devient si angoissante, sa mère lui demande : Mais quoi, Annie, quoi !

Et la petite Annie, parce qu'à ses yeux c'était le danger le plus imminent, paniquée mais obligée de murmurer :

— Papaaaaa, y a, y a, y a une araignée qui monte sur ta manche…

C'est mignon, non ?

— Oui. On peut rallumer la tablette, maintenant ?

ICI HABITAIT

RYFKA H.,

NÉE EN 1892,

DÉPORTÉE EN 1942,

AUSCHWITZ, ASSASSINÉE.

5

ICI HABITAIT

PAUL H.,

NÉ EN 1920,

RÉSISTANT ARMÉ,

ARRÊTÉ EN 1943,

DÉPORTÉ À AUSCHWITZ,

ASSASSINÉ.

Et puis ce bateau – oh, on a bien besoin de ce refuge lyrique dans le crâne de Schiller –, ce dernier départ vers le Brésil, flots, étrave, écume, sillage, et sur le pont, au bastingage, un peu, pas longtemps, pour ne pas prendre froid, Stefan Zweig.

Pourquoi le Brésil ? Pour essayer d'oublier la guerre, peut-être ? Écrire un livre sur la splendeur revivifiante de la nature tropicale, tout en couleurs, sève et puissance, écrire *Le Joueur d'échecs*, essayer une dernière fois de rire en allant au carnaval de Rio, puis, au milieu de la fête, partir, rentrer avec sa femme Lotte à la maison de Petrópolis, où attend le chien Plucky. Plucky, Plucky, *waf, waf.* Une dernière visite amicale, une dernière partie d'échecs avec un dernier ami, un au revoir, puis, dans la solitude de la nuit, dimanche soir, une dernière lettre à écrire : que l'on se sent plus léger depuis qu'on a décidé de partir, de mourir. Oh, ma chère Lotte, tu as bien souffert avec moi. Nous partons ensemble. Véronal à forte dose, tiens, voilà, à mon tour à présent. Nous nous aimons, n'est-ce pas ? L'endormissement de Lotte, l'endormissement de Zweig, allongés côte à côte sur le lit, la mort silencieuse. Plucky fut peut-être le seul à l'avoir vue passer, elle, la mort, son manteau lent. Quelques jappements. Et le matin qui ne se lève plus que pour les autres.

Quelques gouttes de véronal aussi pour H, H, H, H, H et H. Dans le bunker aux cinquante pièces d'Hitler, sous Berlin. Habillés de blanc, les six enfants s'endorment, avec une dose de cyanure en plus, à la cuiller. Maman nourrit. Mais oui, bien sûr qu'on dirait qu'ils dorment, Magda. Tiens, dit Joseph. Voilà ta dose à toi.

On dit, Magda, que tu avales la capsule de cyanure, que tu demandes à Joseph de te tirer dessus, qu'il le fait dans la tête, puis qu'il se tire dans la bouche, baiser de mort, et que des soldats patients et obéissants, qui attendaient à côté, aussitôt jettent, selon les instructions de Herr Goebbels, sur les deux corps de l'essence et une allumette. Au feu, Magda.

Et puis, bon, les ambigus. Dans leur Suisse alpine, à l'ubac de l'histoire, les Van de Velde, tout occupés à rédiger leur autobiographie, taillant en pointe un crayon noir.

Hier wohnte ICI HABITAIT
STEFAN ZWEIG
JG. 1881
Flucht 1934 England,
USA, Brasilien
Flucht in den Tod
ENFUI DANS LA MORT
23.2.1942
Petropolis

Petit pavé d'or, à Vienne. Mais oui, regardez, là, près de votre pied.

CHANT XI

Où, sortis du crâne de Schiller,
nous entrons dans la tête de mort de Goya
pour une visite guidée qui se termine
à la bataille de Waterloo.

1

Schiller compose son ode ou poème *An die Freude, À la joie,* à vingt-six ans, en 1785. *Deine Zauber binden wieder, Joie, tu remembres ce qui était radicalement éclaté, épars, was die Mode streng geteilt.* Depuis trois ans il est un écrivain célèbre, à cause de sa tragédie révolutionnaire *Les Brigands.* En 1788, à Weimar, se noue son amitié profonde avec Goethe. Il a presque trente ans, Goethe bientôt quarante. En 1799, Goethe le fait venir à Weimar, pour y diriger avec lui le théâtre du grand-duc. Au printemps 1805, mourant des suites probablement d'une tuberculose, et trop peu fortuné pour s'offrir une place dans un tombeau individuel, Schiller, quarante-cinq ans, est inhumé dans une fosse assez peuplée, au cimetière de Weimar. Vingt ans plus tard, en 1824, c'est-à-dire à l'époque où l'on a croisé Goya vieux à Paris au début de ce livre, on décide d'exhumer, reliques du génie, les ossements de Schiller et de leur dédier un monument particulier. (Hommage tardif, salaire ironique, dont les écrivains sont coutumiers.) On descend dans le tombeau et l'on choisit plus ou moins au hasard, parmi les ossements emmêlés (surprise : les corps morts non seulement se décomposent mais en se disloquant se déplacent, et rien n'est aussi mal rangé qu'un sépulcre). Pour sortir de l'embarras, le maire de la ville décrète que le crâne du génie est certainement le plus gros du lot. Schiller est retrouvé.

On expose le crâne dans la bibliothèque grand-ducale de Weimar. On prévoit de l'enfermer à l'intérieur d'un buste de l'auteur. Avant quoi Goethe obtient de le garder chez lui pendant une année entière et pose sur sa table de travail la tête de son ami. Face-à-face avec la mort (Goethe a désormais soixante-quinze ans) ou retrouvailles avec un camarade, c'est selon. Un peu des deux. En tout cas c'est inspirant et il lui écrit des poèmes, parle d'un enchantement, l'appelle « vase mystérieux », le prend dans ses mains, veut le dérober, dit-il, à la destruction, et souhaite l'emmener en promenade (ou du moins à l'air libre) pour se tourner ensemble vers le soleil.

2

Ce qui jette un jour plus clair sur la décollation de Goya. Puisque manifestement c'était à la mode. Les crânes de génie, il y avait une demande pour ça.

On connaît d'ailleurs à l'époque d'importants collectionneurs privés. Et une visite rapide peut valoir la peine, pour s'édifier, chez, par exemple, monsieur Gall, à Paris, phrénologue, suiveur oublié du grand et mystique Lavater. Goethe pouvait discuter en tête à tête avec son ami, mais Gall, mieux que ça, pouvait se recueillir dans son appartement devant un authentique ossuaire de mille cinq cents boîtes crâniennes, toutes plus intéressantes, curieuses et rares les unes que les autres. Heureusement qu'elles prenaient moins de place que des vivants et que Gall ne devait pas payer de loyer pour elles. On devine que chez des collectionneurs fanatiques de ce genre, de sombres pilleurs de tombes devaient avoir porte ouverte, trouver un accueil favorable et obtenir des récompenses substantielles.

Imaginons, c'est facile :

— J'ai ici le crâne de Francisco de Goya y Lucientes. Ça vous intéresse ? Où je l'ai pris ? Au cimetière de Bordeaux. Vous pouvez me faire confiance, la belle-sœur de son ancien domestique est ma cousine. Elle m'a conduit elle-même sur les lieux.

— Ho ho! Quelle masse crânienne! Et observez cette irrégularité bombée, là!

— La bosse des maths?

— Taisez-vous, ignorant! Là? La bosse des maths? Ha ha! Non. Je vais le comparer à d'autres crânes de peintres. Voyez-vous, c'est le cerveau qui imprime au crâne sa forme particulière. En étudiant ce dernier, on ausculte la trace même du génie. En creux. On avance dans la connaissance de ce qui donne la connaissance.

— Trêve de bla-bla. Mon argent.

— Voici. Filez. Et motus!

— Comme d'habitude, monsieur.

— Vous en trouverez d'autres?

— Qui sait.

— Surtout, rien d'illégal, hein! Et toujours dans le plus grand respect de…

— Ben voyons.

— Adieu, Thénardier, adieu. Allez.

Le peintre Álvarez, qui eut clandestinement accès au crâne de Goya (soit qu'il ait possédé le crâne, soit qu'il ait travaillé sur commande pour un collectionneur), nous l'a rendu, en pâte de peinture sur un fond vert. Orifices oculaires béants et crevés: une invitation à y entrer.

Qu'entendra-t-on à l'intérieur? Le cerveau vivant de Schiller nous paraissait un temple de nacre. Là, dans le crâne de l'Espagnol, vidé par les vers de toute matière humide et cérébrale, ça fait moins palais. Plutôt caverne. Allumons la torche de l'amour et avançons dans sa nuit obscure. Fatalement, on tombera sur quelque chose. Là!

Au fond du lobe pariétal, des peintures rupestres ! (En visitant Lascaux, n'avez-vous pas eu l'impression d'entrer dans les conduits d'un crâne énorme et pétrifié ?) Ho, quelle trouvaille ! Ho, le tourisme juteux qu'on pourrait organiser ici ! Toute son œuvre est là ! Forcément ! Oh quel musée ! Dans un désordre effroyable, mais tout Goya y est. Ah tiens, là, on les reconnaît, ce sont les fresques de sa villa. Ça change de chez Tiepolo, évidemment. Celle-ci est très connue : un géant décharné déchirant à belles dents un corps d'homme atrocement décapité et sanglant, ou *Chronos dévorant ses enfants.* J'avais voulu la mettre en illustration de couverture de mon *Petit éloge de la gourmandise*, mais le graphiste chez Gallimard n'avait pas trouvé ça une bonne idée et on a choisi finalement un beignet. Ça a pourtant de la gueule, ce géant hâve, halluciné, tout de guingois, le trou de bouche dégoulinant de rouge et un demi-corps humain restant à enfourner. Goya, gourmand, l'avait peint sans ironie aucune sur le mur de sa salle à manger. Mais oui. De même que, là, cette *Décollation d'Holopherne par Judith* et son grand coutelas. Et voici là, voyez, les soudures pariétales de la boîte crânienne. Par ici, je vous prie, attention la tête, suivez le guide, et bien sûr on ne touche à rien. Cela se décomposerait sous vos doigts comme poudre et poussière. On n'imagine pas la fragilité des choses passées. Pour les photos, vous les prendrez au musée du Prado à Madrid, où tout ceci, soigneusement décollé des murs de la villa, a été transporté il y a belle lurette et se trouve très bellement exposé.

N'oubliez pas de jeter un coup d'œil au célèbre *Chien à demi enseveli,* une adorable petite bête à moitié engloutie dans le jaune crayeux d'un sable mouvant. Vous vouliez du cauchemar ? En voilà. Par ici, je vous prie.

3

Dans ce petit compartiment, nous avons une série de gravures que Goya n'a jamais osé publier. De son vivant. Vous pensez bien que l'avenir s'en est chargé pour lui. Je vous invite à les regarder. Cela s'appelle : *Les Désastres de la guerre* et ce sont quatre-vingt-deux vignettes de ce que l'homme aime faire à l'homme.

Voyez celle-ci : deux promeneurs dans la campagne, un mouchoir sur le nez, découvrent un charnier. Cadavres nus, en pagaille. Légende : *Enterrer, et se taire.* Celle-là, intéressante également (oui, passez-les-vous, faites tourner, délicatement, pas de traces de doigts, s'il vous plaît, ce sont des originaux !) : sur fond de nuit et d'aquatinte, vieille femme poignardant un soldat qui viole une femme jeune. Légende : *Elles ne veulent pas.* Celle-ci, ne la montrez pas aux enfants : grand corps nu, bras coupés, empalé de l'anus jusqu'à la nuque sur un arbre en croix. Légende : *Encore pire.* Ici, des corps découpés en morceaux comme pièces de boucherie et piqués sur un arbre mort. Bonne idée, Goya, cela dit, d'avoir dénudé les corps et gommé l'appartenance des soldats. Pas d'uniformes, ici. Tous, d'un camp comme de l'autre, sont également coupables. Ou également victimes, de la folie qui s'empare du monde et le possède tout à fait, et qui, dans la violence légitimée par la guerre, se montre elle-même, dégagée de la dissimulation des jours normaux et de la société polie.

Quand ? Mais de tout temps ! Quoi ? Ah, pardon, j'avais mal compris. De quand date la guerre que Goya évoque ici. Eh bien, 1808 et les années suivantes. Si l'on est bien d'accord qu'en 1808 les forces impériales françaises tiennent l'Espagne et qu'à Madrid, au printemps – printemps, oh, savez-vous comme le printemps va bien à cette ville, douceur d'avril et joie des yeux que les neiges sur les hauteurs du Guadarrama régalent encore d'un horizon de fraîcheur et d'éclat –, notre ami le maréchal Murat, et ses belles boucles noires et son regard d'onyx, est le général en chef des armées. Ses favoris de jais jusqu'à l'os maxillaire.

Or, tout ne se passe pas bien. L'occupation française, bien vue par certains parce qu'elle apporte la modernité à un pays fatigué par des gouvernements rétrogrades, tourne au vinaigre et le peuple se soulève, le fameux 2 mai. (Pas une bourgade en Espagne qui n'ait sa place, sa rue, son avenue ou sa venelle du *Dos de Mayo*.) Le lendemain, le *tres*, Murat fait écraser l'émeute. (Plus loin, par là-bas, vous trouverez les célèbres tableaux que Goya en a fait, plus tard. Bref. Ne perdons pas la perspective.) Répression et fusillade à tout-va, le *tres de mayo*. Mais c'est trop tard pour reprendre le contrôle et c'est parti pour six années d'un conflit bizarre (la dernière guerre européenne à laquelle l'Espagne ait participé, d'ailleurs) et confus où l'on se massacre gaiement sans règle ni ordre, où la guerre n'est plus le fait seulement des armées mais de tous les citoyens, *guerrilla*, ça s'appellera, où l'occupant est en même temps le roi, Joseph Bonaparte, frère de Napoléon et roi d'Espagne, guerre civile donc autant que guerre d'indépendance, et avec une armée étrangère – les Anglais de Wellington – envahissant le territoire pour le libérer. Vous vous y perdez ? Vous n'y comprenez rien ? Regardez ce petit plissement dans l'os crânien de Goya et vous verrez que lui non plus. Justement. Complètement perdu.

Ajoutons, pour ne plus rien y voir, que Wellington recevait pour battre les armées françaises du roi d'Espagne des conseils stratégiques de Dumouriez, le général qui ressemblait à Belmondo et qui était passé à l'ennemi depuis l'annexion de la Belgique par la France révolutionnaire. Doux délire auquel on se retiendra d'ajouter que Wellington devait régulièrement faire pendre par groupe des soldats espagnols venus se mettre à son service dans le but de se livrer au pillage de leurs compatriotes. Quelque chose d'aussi ordonné et lisible que le *Guernica* de Picasso, si vous voulez. Du reste, il y aurait beaucoup à dire sur la parenté du tableau de Picasso et du *Dos de Mayo* de Goya. Surtout les deux chevaux. Mais passons !

Goya n'était pas du genre résistant. Dire qu'il était plutôt collabo serait un anachronisme idiot. Mais il voyait passer les pouvoirs, veillait à ne pas perdre sa place de peintre de la Cour et ne voyait pas de problème majeur à peindre, effacer, repeindre, réeffacer et re-repeindre sur un tableau à la gloire de l'Espagne trois têtes de souverains différents en cinq ans de temps (Carlos, Joseph, Ferdinand). Oui, il est là-bas, le tableau. Et au Prado aussi. Mais ils le gardent dans les réserves. Œuvre sans grand intérêt visuel. Goya, il voit, il ne comprend pas, il ne juge pas, il peint.

Parce qu'il n'y a rien à comprendre. Mais tout est à peindre.

C'est à Madrid, en mai, qu'il voit sans doute ses premières horreurs, scènes de sauvagerie débridée. Puis, l'année suivante, appelé à Saragosse pour enregistrer en peinture les hauts faits d'une ville héroïque et résistante (tâche qu'il n'accomplira pas), il a dû voir des choses aussi. Pour le reste, il est chez lui. Il n'a plus besoin de voir. Ce n'est pas un reporter. Il imagine. On voit mieux les yeux fermés. Ou du moins, on voit plus loin et c'est pour cette raison que ça nous parle aujourd'hui.

— Mais pourquoi n'a-t-il pas osé les publier ?

Bonne question. On ne le saura jamais. Probablement pour ne pas être récupéré par la propagande d'une partie ou d'une autre. Dirais-je, moi.

4

Bon, par ici la sortie, mesdames et messieurs. N'oubliez pas en passant par le balcon des cavités orbitales de jeter un coup d'œil, c'est le cas de le dire. À droite, vers le sud-est, vous verrez, il y a Naples, au bout, et ça peut vous intéresser parce que Murat y est devenu roi. Oui, vous savez, Napoléon distribuait les couronnes comme on lance des frisbees. Murat voulait celle d'Espagne, il eut celle de Naples. Une longue-vue vous permettra, moyennant l'insertion d'une pièce de deux euros, de voir jusque dans le détail la ville au pied du Vésuve, notamment l'opéra San Carlo où, dès 1811, se produit un célèbre ténor que le roi Murat adore et s'est attaché, don Manuel García, installé à Naples avec sa petite famille, où vous reconnaîtrez Maria, quatre, cinq ans, toute petiote, déjà drillée par son père et future Malibran. Cela fait toujours plaisir de rencontrer enfant des gens qu'on a connus adultes et qu'on a même vus mourir.

Est-elle mignonne, avec ses boucles ! Voyez-la rire. Voyez-la sautiller et taquiner la crinière de ce cheval, sous le grand bleu du ciel napolitain.

Un peu plus au nord, vous verrez Vienne. Et si vous réglez, moyennant une autre pièce de deux euros, la lunette sur trois ans après, c'est-à-dire 1814, vous y distinguerez une sorte d'énorme amoncellement de couronnes d'or. Non, ce n'est pas le bûcher des vanités, c'est le congrès de Vienne, le fameux, où toutes les têtes couronnées se sont donné rendez-vous pour réorganiser l'Europe après la défaite de Napoléon à la glorieuse et – croient-ils – définitive bataille de Leipzig, dite superlativement « bataille des Nations ». Napoléon, abdicataire, joue aux boules sur l'île d'Elbe, au large de l'Italie, ses plages, ses eaux transparentes, sa faune marine paradisiaque.

Puis comptez jusqu'à cent et braquez la lunette plein nord : vous verrez pourquoi le congrès de Vienne s'est réjoui trop tôt. Bam ! Napoléon est revenu ! Difficile à apercevoir à cause de la couche nuageuse, mais bien certaine : la plaine de Waterloo. Je ne vous parle pas de la bourgade actuelle, de ses mémoriaux divers, de ses villas coûteuses et de ses boutiques de luxe, faites abstraction du rond-point, du concessionnaire Jaguar et de l'hypermarché Carrefour, gommez le bâti, replantez huit cents hectares de forêt et là, à la lisière de ces bois, voyez l'armée de Wellington, goûtez au plaisir des uniformes avant qu'ils ne soient troués comme cribles. Entendez les préparations de la musique militaire : les cornemuses des Écossais, les flûtes anglaises, les timbaliers prussiens et les fifres français. Ne cherchez pas Murat, il n'y était pas. Si vous êtes curieux (et on vous sent curieux) et tenez absolument à voir l'empereur Napoléon, voyez-le grâce au témoignage des historiens se promener de long en large dans une petite pièce carrée meublée d'un lit et d'une table, les mains derrière le dos, jouant nerveusement avec – esprit d'à-propos de l'inconscient – une paire de ciseaux. Prêt à en découdre.

Au bout d'un moment vous verrez aussi Wellington poser son chapeau au bout de son sabre et le lever trois fois vers le ciel : c'est le signal de l'attaque.

Et si vous en avez encore le temps, je vous recommanderais, une fois la bataille terminée, de suivre Wellington, ce vrai gendarme de l'Europe, afin de vivre cet instant tout de même assez mémorable de la récupération des otages artistiques : à cheval dans la cour du Louvre, avec un bataillon, supervisant la libération de Rubens (*Portement de croix*), les ouvrages immortels que nous ont laissés les pinceaux de Van Dyck, et cetera. Allez hop ! *Back home !*

Oooh, du calme, Copenhague ! (C'était le nom de son cheval.)

CHANT XII

D'où sortira le chêne des États-Unis d'Europe.

1

Le récit de la bataille de Waterloo, désolé, ce ne sera pas ici. Je renvoie à Stendhal et à Hugo pour l'épopée, et aux historiens pour les faits. Mais on ne peut s'empêcher de hanter les lieux, un peu. Le champ défoncé par les boulets. Les derniers morts qu'on drague et traîne : chevaux tractant des câbles et des crochets. Ce qui reste ou tombe est recouvert de chaux vive. Notamment les animaux. Chevaux, chevaux ! Que vous avons-nous fait ! Qu'avez-vous vu de nous ! Chevaux, votre œil effaré est le miroir convexe de la folie humaine. Chevaux martyrs !

Et vous, arbres, nature !

L'arbre – un orme – sous lequel Wellington tenait son QG a-t-il interrompu sa végétation pendant le carnage ? Arrêté, d'effroi, la circulation de sa sève ? Que firent les oiseaux, où allèrent-ils pendant les combats ?

L'arbre, l'orme de Wellington, en tout cas, a survécu. C'est documenté. Pas très longtemps, mais tout de même, il a survécu.

Pas longtemps ? Non. Car voilà la hache.

Tchac, tchac. Voyez. Tandis qu'on nivelle le terrain après la bataille, tandis qu'on élève une énorme butte aujourd'hui célèbre et qu'on y prépare la place d'un lion dominateur en fonte de fer, tandis qu'on vend aux touristes nombreux déjà quantité de morceaux du mur de Berlin, pardon, je veux dire quantité de souvenirs authentiques de la grande bataille, l'arbre de Wellington est acheté par un patriote britannique, soigneusement abattu, transformé en planches (le tronc) et (les branches) en cannes de marche ou d'apparat, en manches de couteaux, dés à jouer, coupe-papiers et autres colifichets rentables partis comme un tir de dispersion orner des étagères et des vitrines à des endroits épars de l'Europe et des États-Unis (trois cents villages, bourgs et lieux-dits ont reçu le nom de Waterloo aux USA) et finir dans des greniers, pour perdre leur identité et reparaître à vil prix dans des marchés aux puces.

Avec les planches, l'ingénieux Anglais fit fabriquer par un bon ébéniste plusieurs meubles, afin que ne soit pas perdu ce que l'orme avait vu. On dit qu'un des sièges faits de ces planches se trouve dans la bibliothèque du duc de Wellington, à Apsley House, Piccadilly, Londres, et pour pas un balle je vous invite à en tâter, en imagination, le confort. À quoi pense-t-on, assis dans ce siège singulier ?

Un petit meuble étagère compact et ingénieux fait du même bois a reparu dans une vente aux enchères, en Écosse, après un séjour obscur et non documenté dans des greniers divers. Si on s'y était cachés, à l'époque, dans le double fond ou dans un tiroir secret, on en serait sortis en 2006 au son d'un coup de maillet du commissaire-priseur adjugeant notre logis pour vingt-quatre mille livres sterling. Plus les frais. Alors, tout effrayés sans doute de découvrir le monde en 2006, nous serions retournés vite fait dans le double fond du meuble ingénieux et aurions, par les veines du bois, retrouvé comme par magie, *hocus pocus, abracadabra* et *asa nisi masa*, le champ de Waterloo après la bataille. 1815. Ouf. En nous disant qu'on essaierait bien un autre chemin moins brusque, une autre voie que celle-là.

Par exemple, pour quitter Waterloo et nous transporter dans le temps petit à petit vers aujourd'hui, on pourrait s'attacher aux pas de ce type, là, louche, sur le champ de bataille encore fumant, dans la demi-obscurité, entre chien et loup, qui va, courbé, pillant les morts, volant les montres à chaînettes d'or des cadavres, ce sinistre personnage plus ou moins belge ou flamand vu en imagination par Victor Hugo et dénommé Thénardier. On pourrait avec lui aller jusqu'en banlieue parisienne (à Montfermeil, précisément), ouvrir une auberge, héberger Cosette, voler l'argent de Fantine et rencontrer un beau jour ce Jean Valjean merveilleux qui nous ferait pisser dans notre froc.

Oui. Ce chemin-là, on pourrait. Mais ce serait se condamner à l'impasse de la fiction.

Dans le même genre, on aurait pu repérer Fabrice del Dongo, le héros de Stendhal, sortir comme lui indemne de la bataille et descendre beaucoup plus au sud que Thénardier, jusqu'à Parme en Italie et sa fameuse chartreuse, qui n'existe pas. Bien que plus glamour et ensoleillé, l'itinéraire pose le même problème et l'on finirait coincé, piégé dans la fiction.

2

Mais en s'en tenant au réel, à l'historique, en fouillant des yeux le brouillard sur le champ de bataille de Waterloo, au petit matin, on voit, piaffant, deux chevaux, deux cavaliers survivants émerger des brumes. L'un, dans la force de l'âge, on lui donne vingt-cinq ans, uniforme de dragon… mais il tourne bride et part, vif, inquiet, piquant des deux. On n'a pas eu le temps de sauter en croupe.

L'autre, plus vieux, sinon plus lent du moins plus solennel, semble nous attendre. C'est un général, on dirait. Pas mal. Visage tout anguleux, bien digne du ciseau d'un statuaire. On ne le distingue pas nettement. À cause de la brume. Du brouillard. Le brouillard, c'est l'oubli.

Sa voix aussi est voilée. Il nous emmène. Parce qu'on a dit qu'on habitait Bruxelles et qu'il a répondu : C'est là aussi que je vais.

Alors que je m'étonne, car j'ai bien reconnu son uniforme de la Grande Armée, d'officier (général ou colonel) soldat de l'Empereur :

— Oui, à Bruxelles, bien sûr. Je prends la route des proscrits.

C'est triste d'être proscrit de son pays, mais nous, en même temps, on ne s'en plaint pas. Ça nous arrange bien, ce lift vers chez nous.

Et ça nous excite un peu d'aller voir avec lui la Bruxelles des émigrés et des proscrits, toute la faune des ex-révolutionnaires français épouvantés ou dégoûtés par le retour de la monarchie en France. Ce n'est pas tous les jours qu'on a l'occasion de rencontrer, par exemple, l'illustre Jacques-Louis David, le grand peintre, celui qui a fait *Le Sacre de Napoléon*.

Paris, la France, il ne pouvait plus. Napoléon est à Sainte-Hélène, dans l'Atlantique Sud ; David se contente de Bruxelles, dans la Belgique Nord. Et très précisément au premier étage d'un immeuble blanc derrière le théâtre de la Monnaie, en plein centre-ville.

Depuis que je suis petit, depuis que mes parents m'ont emmené au musée de Bruxelles et que j'y ai vu la fameuse *Mort de Marat*, dans son bain, ou quand ils m'ont emmené plus tard au Louvre et que j'y ai vu *Le Sacre*, cette immense bande dessinée que mon père nous racontait si bien, depuis tout petit, dis-je, j'ai pour le peintre David une sorte de vénération. Comme s'il avait vu tellement plus, tellement mieux que d'autres. Alors merci, mon général proscrit qui m'avez conduit ici (et pardon de vous laisser continuer seul votre chemin et de ne pas vous assister dans votre recherche de logement).

Quelle émotion. On pousse la porte de David.

Hélas, le nombre d'admirateurs que je trouve là autour de lui me refroidit un peu. Je n'aime pas hurler avec les loups et quand un homme est par trop adulé, réflexe, je fais un pas en arrière. En l'occurrence, comme on était au troisième étage, ce brusque pas en retrait a bien failli me faire dégringoler l'escalier.

Je suis sorti. Une occasion manquée. Désolé.

3

Je n'oublie pas que je dois remonter jusqu'en 1919 et puis même, après, rentrer chez moi, dans la Bruxelles actuelle où mes enfants m'attendent. Mais il y a tant à faire en chemin. Festin d'oubli. Ô gueuleton de choses disparues ! Qui peut m'interdire cette joie ? Alors je me promène dans cette Bruxelles qui, depuis une année ou deux, n'est plus française mais hollandaise, par la décision des découpeurs de cartes et traceurs de frontières du congrès de Vienne, dont les semblables m'attendent dans un petit siècle, donc. Je prends un verre de l'autre côté du théâtre de la Monnaie, au Grand Café des Mille Colonnes, vaste établissement qui, franchement, sauf quelques détails, donne l'impression d'être au vingt et unième siècle : mêmes grands tabliers blancs du personnel, mêmes guéridons ronds, grands miroirs, bière, vins, café et chocolat à la tasse. Étonnant. J'y entends des buveurs plus ou moins polis pérorer politique. Mais alors ! Pire qu'aujourd'hui ! Et, détail curieux : la plupart des Belges francophones prononcent encore le *oi* « wè », alors que les révolutionnaires et ex-impériaux français émigrés, en grand nombre à cette terrasse, prononcent déjà « wa ». C'est frappant. Leur conversation roule tantôt sur le *rwè* de France et tantôt sur le roi (*rwa*). La prononciation « wè », plus ancienne, conservatrice et au fond symbole linguistique de l'Ancien Régime, s'apprête à disparaître au tournant de 1815 au profit de la prononciation moderne et je l'entends là, au Grand Café des Mille Colonnes, peut-être pour la dernière fouè.

À un gavroche, c'est-à-dire à un *ket*, qui passe en criant, j'achète un journal pour une piécette (qu'heureusement le *ket* met en poche sans vérifier). Je l'ouvre. Les voisins de terrasse en reçoivent le titre et la une quasi dans le nez. Je m'excuse, et eux, bonhommes, avec leur accent de l'ancien temps et roulant les *r*:

— Ne croyez pas ce qui est écrit là-dedans, c'est un tissu de canards…

De canards ? Vérification faite, un « canard » signifie à l'époque une *fake news*. Je ne leur dirai pas que le mot en est venu au vingtième siècle à signifier carrément tout journal d'information imprimé. On m'apporte un faro (bière acide, sucrée au candi et couleur ambre), que je bois, qui a le même goût ou presque que ceux d'aujourd'hui. La bière aussi traverse les âges.

Bon. Il ne m'en faut pas plus. Je quitte la terrasse du Grand Café et je m'offre, dans le pétillement de l'après-bière, une balade jusqu'au quartier du Sablon.

Je suis bruxellois. La ville a pas mal changé depuis, mais je m'oriente tout de même. Et pas si mal.

La rue de la Régence n'est pas encore percée et on accède au Sablon par un dédale de ruelles qui seraient tout à fait romantiques si elles n'étaient insalubres et ne puaient pas à ce point.

Un guide touristique anglais publié en 1820 me dit que Bruxelles n'est pas équipée de trottoirs pavés, que l'habitude y prévaut, même dans les beaux quartiers, de jeter les eaux par la fenêtre sans crier gare, donc je prends garde, et que les horloges publiques sonnent l'heure trente minutes à l'avance, une fois, et deux fois à l'heure même. De sorte que tous les étrangers s'y perdent.

Mais pas moi. Très fier, j'arrive sans encombre au Sablon. Église Notre-Dame des Victoires, jet de pinacles gothiques. Petite esplanade en pente. Superbe. Je m'attendais à y voir le vieux marché aux chevaux. J'interroge un passant qui m'apprend, dédaigneux, qu'il y a longtemps que :

— Le marché aux chevaux n'est plus au Sablon, Monsieur, vous avez vécu plusieurs vies, peut-être ? Depuis au moins trois générations, c'est fini, ça. On est au dix-neuvième siècle, je vous ferai dire !

Ben voyons.

En quelle année, d'ailleurs ? Si l'on en croit les bannières tricolores noir jaune rouge, on doit avoir passé maintenant la révolution de 1830 et l'indépendance de la Belgique. Sur l'avis affiché à la devanture de cette boulangerie, et dûment timbré, je crois reconnaître en effet l'effigie de Léopold, premier roi des Belges. Et sur cette pièce de monnaie, qui tombe, tinte et tourne comme une toupie sur le comptoir en pierre du même boulanger, je vois un profil d'empereur romain couronné de laurier (ouh, le vaniteux), l'inscription circulaire en toutes lettres « LÉOPOLD PREMIER/ ROI DES BELGES » et, côté pile, dans un rond de feuilles de chêne « ¼ FRANC 1844 ». Fort bien. On avance. Quelques pas encore et, sur la place de la Justice, je vois sortir d'un débit de boissons à l'enseigne de L'Estaminet liégeois (enseigne qui aujourd'hui vaudrait son pesant d'or dans une brocante) Karl Marx. Oui, oui, Karl Marx lui-même.

La trentaine, jeune homme barbu, on doit donc être entre 1845 et 1848. Marx bruxellois. On le suit. Il prend un fiacre ? Non. L'omnibus. Tiré par deux gros chevaux. Il descend à Ixelles. Je connais. Pas loin de chez de Bériot-Malibran. Il marche sur la même chaussée où un jour Victor Serge enfant croisera Raymond la Science enfant. Ses futurs lecteurs, quoi.

J'imagine que ça sent le tabac sur les vêtements de Karl Marx. Il prend à droite, rue Souveraine, puis rue d'Orléans, devenue à présent rue Jean-d'Ardenne, et il pousse la porte du numéro 42, démoli, devenu le numéro 50 et abritant un centre d'initiation au yoga, et j'imagine que ça sent le tabac et la fumée à l'intérieur aussi.

Très modestement meublée, la maison.

Bonjour Jenny, la femme de Karl Marx. Un peu plus âgée que lui. Si belle, toujours, sur les photos. Vous allez bien ?

4

J'ai parlé avec Proust, j'ai parlé avec Freud. Parlerai-je avec Marx ?

Ça ne se présente pas très bien. Il est fort soucieux. Il vient de perdre son papa. Oh, il n'a pas l'air de le pleurer beaucoup. Mais plutôt de se demander ce qu'il fera des six mille francs dont il hérite et qu'on va lui faire parvenir bientôt par voie bancaire. Je n'avais jamais vu Karl Marx dans le rôle ou la position de *fils*. À défaut de lui parler, cette vision me défraie.

J'ignore tout à fait si Karl a porté le deuil de son père. S'il porte, là, un brassard noir sur le biceps, par exemple. Impossible de percevoir ce détail.

En revanche, on voit très bien ce qu'il va faire des six mille balles. Acheter des fusils. Oui, madame. Oui, Jenny. Acheter des fusils. Il n'était pas du genre à vous payer des robes, quand même. Des fusils pour armer les ouvriers de Bruxelles, les types qui veulent renverser Léopold et créer la République. Enfin, c'est l'idée.

Il faut dire qu'on est en 1848. Paris, là-bas, sens dessus dessous, est en train de balayer le roi des Français

Louis-Philippe et de proclamer la République. L'ébullition gagne tous les esprits. Griserie du grand possible. Même Victor Hugo, soit dit en passant, qui, pris par la fièvre politique, abandonne son œuvre littéraire, le roman qu'il était en train d'écrire, le monument de sa vie, les futurs *Misérables*, pour s'adonner à temps plein à la révolution politique. On a envie de lui crier que ce n'est pas du tout une bonne idée, mais il le fait quand même. Et c'est comme toujours le miroir aux alouettes. Si je vois bien : police, contrainte, fuite, disgrâce… Et sur ce même bateau d'exil que prenait Da Ponte pour l'Angleterre, cinquante ans plus tôt, et que prendra Freud dans cent ans, on reconnaît, traversant les flots acier froid de la Manche sous l'outrage du vent qui emporte les chapeaux, le crachat de l'embrun et, appuyé au bastingage, beau visage grave et glabre, cinquante ans, Victor Hugo, bien sûr, amer et en colère (le manuscrit interrompu dans le fond de sa malle). Et non moins amers et en colère, quelques mois plus tard, même bastingage encrotté de guano, même vent mouillé, Karl et Jenny Marx, *personae non gratae*, prolongeant leur errance, déjà plus bruxellois et bientôt tristes Londoniens. Eh oui. Immense nappe de la mer, tout autour. Frange des continents.

Parce qu'il n'a pas du tout bien marché, évidemment, le complot de Marx. Ça aurait dû se passer comme ceci : une colonne d'ouvriers armés et de mercenaires français arrive de Paris, franchit la frontière belge à hauteur de Mouscron, au lieu-dit Risquons-tout (n'était-ce pas un avertissement suffisant, ce toponyme ?). Forte de l'effet de surprise, la colonne fonce sur la capitale sans rencontrer d'obstacles ou les culbutant dans son élan. À Bruxelles, Anvers et ailleurs, le signal étant donné, les ouvriers armés de fusils se soulèvent. Des sympathisants républicains tombent le masque un peu partout et jusque dans les plus hautes sphères (les contacts sont établis). Léopold, effaré, perdu, abandonne la partie. Et en avant ! Le pouvoir au peuple !

Mais la police de Léopold Ier le suivait depuis longtemps, évidemment, le bon Karl. Lisait son courrier, avait tout compris ! Le voyait venir ! Le gouvernement laissait faire et comptait bien profiter de l'occasion pour prendre au filet d'un coup d'un seul toute la racaille républicaine ! Et ça se passe finalement comme ça : un régiment fond sur la colonne ouvrière à Risquons-Tout, la décime à l'artillerie, l'égaille à la baïonnette ; les cachettes à fusils à Bruxelles et ailleurs sont saisies. Tous ceux qui s'étaient compromis, par courrier ou fréquentations, et qu'on estimait liés au complot, qu'on surveillait sans les inquiéter, sont arrêtés le soir même à leur domicile. Jenny aussi est interpellée, dans la rue. Elle passe la nuit au poste avec les catins. Karl la retrouve le lendemain matin, et ne s'en tire finalement pas si mal en n'étant qu'expulsé du pays de Léopold, sans délai.

Moi, je vois mon voisin Marx et sa femme Jenny quitter ce pays qui est le mien aussi.

Je leur aurais bien proposé la pièce chez moi derrière le bureau, où ils auraient été très bien. Mais toute une série d'incompatibilités temporelles rendent la chose impossible et vaine ma générosité.

Et il n'y a plus qu'à aller boire du faro à la terrasse du Grand Café des Mille Colonnes, avec ceux qui restent.

5

Alors, à petits coups de faro, je pars en pensée du côté de Waterloo. Parce que je sais où, dans dix ans, retrouver Victor Hugo. Oui. Venant donc de la terrasse du Grand Café des Mille Colonnes, les paupières baissées, je les relève en bordure de ce qui fut et reste le champ de bataille le plus célèbre de l'Europe, et je pousse la porte d'un petit hôtel, en L, deux étages, à l'enseigne des Trois Colonnes. Forcément, la coïncidence est frappante. J'entre. Je force la tenancière à me dévoiler l'identité de l'écrivain qui se trouve dans sa meilleure chambre, incognito.

— Il veut avoir la paix, monsieur. Il termine un roman. Il dit qu'après il pourra mourir.

Je sais ! J'ai beau savoir, je m'émeus. Le cœur battant, je monte l'escalier quatre à quatre, je passe à travers la porte (facile) et je vois Victor Hugo, le manuscrit des *Misérables* enfin repris et sur le point d'être achevé. Par sa fenêtre, on voit le Lion de Waterloo au sommet de la butte. Rien à dire : il sait choisir ses lieux. (Comme les Grecs anciens choisissaient avec une intuition sûre l'emplacement de leurs temples.) Il écrit. Ça y est, il la porte, à présent, la barbe.

Blanche, légèrement bicolore encore, bien taillée. Son visage pour la postérité.

Son regard et le mien errent sur les champs de Waterloo et Mont-Saint-Jean, revenus partiellement à la culture des céréales. Hugo a réécrit la bataille pour son roman. On est en juin 1861.

On vous laisse terminer, Victor.

On se réjouit pour vous du succès qui s'annonce. Que nous avons la chance de connaître ; que vous avez le mérite de provoquer.

Nous avons envie de rester un peu avec vous. Auprès de vous, dans la chambrette de l'hôtel des Trois Colonnes, à écouter votre respiration, à entendre la course de la plume sur le papier (papier très fin dont vous n'utilisez que la moitié droite, laissant à gauche une colonne pour les corrections).

On vous traite bien, à l'hôtel ? Vous êtes content ? La tenancière, madame De Haze, m'a dit que votre menu du midi était ordinairement composé de trois œufs au plat vinaigrés, pain beurré, une assiette de pommes frites, un bout de gruyère sur un verre de pommard et un grand café. Je trouve cela plutôt roboratif.

Ce que je n'ai pas pu savoir, c'est si vous faisiez une sieste ensuite.

J'ai l'impression que vous écrivez plus vite que je ne parle.

Y a-t-il rien de plus merveilleux qu'un créateur comme ça. Un simple corps, la tête dans les nuages, et des pages qui s'accumulent, pour des milliers, que dis-je, des millions de gens. Oserais-je vous dire que madame De Haze, dès qu'elle aura vu le succès recueilli par votre livre, fera inscrire en grandes lettres sur la façade de son hôtel : « Ici, Victor Hugo a écrit *Les Misérables* », à titre de gloire et de publicité ?

6

Vous nous gardez dans votre poche, merci maître, quand vous signez votre contrat avec l'éditeur Lacroix, de Bruxelles. Faramineux contrat ! Trois cent mille francs ! Sans précédent, ai-je lu ! Le contrat du siècle. Bravo ! L'équivalent de cent vingt ans de salaire d'un employé de mairie… (Drôle de comparaison, qu'a faite un spécialiste anglais que j'interviewais récemment pour un documentaire que je réalisais sur votre œuvre.)

Vous rentrez à Guernesey, vous y corrigerez les épreuves du roman. (Je pourrais vous parler du censeur Berger, qui fait un peu la même chose, réviser des épreuves, sauf que c'est pour censurer ce que d'autres ont écrit. Mais rien ne sert de vous attrister en vous parlant des guerres futures, vous l'amoureux et le promoteur de la paix des peuples.) Je vous laisse aller. Bon voyage sur les flots noirs. Et je reste en Belgique, un peu. Vous savez, l'année prochaine, 1863, c'est la naissance de Van de Velde, à Anvers. Un bambin appelé à devenir un personnage de ce livre. Alors bon. Je me sens obligé, ne fût-ce que par politesse, en une phrase ou deux, de caresser ce front tout frais, de le bénir, d'admirer mentalement l'unicité qui apparaît dans chaque visage de nouveau-né, de saluer l'admirable fécondité de la vie, le miracle devant lequel toute personne bien née s'incline respectueusement. Et de prendre exemple sur ce modèle de vie pure qui doit peser trois kilos et demi : désir qui le saisit tout entier (comme il crie !), confiance sans réserve dans les bras qui le tiennent. Abandon, désir : puisse-t-il, chère et heureuse maman Van de Velde, cher et heureux papa Van de Velde, ne pas perdre ces deux forces pendant les années de croissance où il acquerra la troisième : la liberté !

Désir, confiance, liberté. Compliment tourné, signé, enveloppé, timbré, envoyé. Victor Hugo, je suis déjà à vous, je vous rejoins sur votre île. Je n'ai guère tardé !

Et j'entends déjà remonter du silence l'ode tant aimée de Schiller (désormais mise en musique par Beethoven). *Alle Menschen werden Brüder, la la la la la la la…* Elle bruisse, l'hymne, comme à travers le feuillage. Musicale. Elle semble accompagner les nuages dans leur dérive paisible à mi-hauteur dans les cieux. Sans doute parce que vous êtes en train de planter un arbre dans votre jardin, à Guernesey.

Quoi ? Victor Hugo, jardinier ? Comme Clemenceau ?

Pas trop jardinier, non. Et je ne suis même pas sûr que vous ayez vous-même donné ce coup de bêche dans le sol, ouvrant le trou au-dessus duquel vous tenez à présent entre pouce et index un gland, un très beau gland. En tout bien tout honneur, un gland de chêne, couleur noisette, pointu en haut et trônant encore, peut-être, dans sa cupule verruqueuse. Vos petits-enfants sont près de vous, les pieds dans l'herbe. Peut-être que quelqu'un les appelle. Peut-être qu'ils répondent :

— Attends ! On plante un arbre avec Grand-Père ! C'est marrant.

Cris, joie, trot, galop d'enfants, moi ! moi ! moi !

Juillet 1870. Vous avez soixante-huit ans. Vos petits-enfants sont hauts comme trois pommes. Quasi l'âge du gamin Van de Velde, qui grandit à Anvers. L'imposante façade arrière de votre maison se dresse sur le ciel, le gazon est en pente descendante et il n'est pas impossible que vos petits-enfants, comme mes enfants chez mes parents, aient joué au roulé-boulé dans l'herbe, en criant d'une voix gaie que les heurts du dévalement font bégayer.

Pour cette fois, près de leur grand-père, les petits-enfants Hugo, autour du trou, voient comme on y enterre un gland, d'un geste à la fois simple et solennel. Et ils écoutent, ou pas, le laïus de leur papy barbu, qui leur refait, version jeunesse, un de ses discours politiques préférés : vous savez, au Moyen Âge, Angers pouvait faire la guerre à Bourges, la Normandie à la Bretagne, la Bourgogne à la Picardie… Aujourd'hui, cela nous paraîtrait absurde, c'est devenu tout à fait impossible. Songez, mes chers petits, qu'un jour en Europe ce sera pareil. Quand ce gland sera devenu un beau grand chêne, dans cent ans, l'Europe sera unie comme l'est aujourd'hui la France. Et il sera aussi absurde d'imaginer une guerre entre France et Allemagne, entre Espagne et Italie, qu'entre Bourges et Angers.

Et les gamins, s'ils ont écouté, de calculer mentalement la date dans cent ans : 1870 + 100 = 1970. Chiffre incroyable. Science-fiction.

Comme les États américains se sont unis, nous aurons également, et ce chêne les verra, les États-Unis d'Europe. (Oh, votre voix, Victor Hugo !)

Ce qui me rappelle, Victor Hugo, que la citation de vous que je répète le plus volontiers est la suivante : « L'homme vit d'affirmation plus encore que de pain ».

Quand j'ai tourné ce documentaire, où le spécialiste anglais comparait l'à-valoir des *Misérables* à une accumulation de salaires de fonctionnaires, je me suis baladé dans le jardin de Hauteville House, votre propriété d'exil à Guernesey. Avec l'équipe de tournage, nous avions la maison pour nous, l'espace d'une journée. Discrètement, j'ai même joué sur votre billard, avec les queues que vous utilisiez. (Si tant est que les conservateurs de votre maison, devenue musée, ne les aient pas remplacées par d'autres, identiques.) J'ai pris plusieurs photos du chêne, désormais plus que centenaire. J'avais un aimable comédien avec moi, pour vous incarner, je lui faisais monter et descendre l'escalier de la maison jusqu'à votre bureau d'écriture tout en haut, où la vue est la plus lointaine, et je fermais les yeux, et je m'efforçais – rêverie féconde – d'entendre vos pas dans la rumeur, presque le grondement, de l'escalier de chêne, et dans la grosse voix du plancher sous l'épais tapis. Je me disais : si vous avez pu voir l'Union européenne, en avant dans le temps, rien ne m'empêche de vous voir ici, là, en arrière. Et j'ai senti, parce que j'en avais envie, cette douce collision de votre fantôme. (Du reste, rien d'étonnant : vous avez affirmé vous-même que Hauteville House était hantée : vous entendiez des voix, la nuit, dans l'épaisseur des murs.)

CHANT XIII

Où la mort est vaincue.

> Moi, c'est tous ; tous, c'est moi. Tourbillon.
>
> BAUDELAIRE,
> *Fusées*

1

Le chêne des États-Unis d'Europe fut planté le 14 juillet 1870 (à la veille de la guerre franco-prussienne). Il est sorti de terre, c'est-à-dire que le gland a germé et a poussé sa tige hors du sous-sol sombre vers la lumière du jour, encore protégé par ces géants, les brins d'herbe, le 5 septembre. Ce que Hugo consigne dans son carnet intitulé *Choses vues*.

L'année suivante, sans rapport direct, n'est-ce pas, naît chez les Proust un enfant qu'on baptise Marcel.

Véritable maternité, cela dit, pour nous, ces années 1870 et 1880. Ça va nous coûter cher en fleurs et en compliments. Après le petit Marcel Proust, faut se taper la Chine pour féliciter les parents de Lou Tseng-Tsiang, né trois semaines auparavant. En plus, on ignore tout à fait les usages et les codes couleur du pays pour les cadeaux de naissance. Je tape « bébé 1871 Chine » sur Google Images. On trouve des choses allant du trop mignon au rigolo en passant par le rien à voir, et qui ne nous aident pas beaucoup.

Qu'est-ce qu'on offre, aux parents de Lou Tseng-Tsiang ?

Allez. Des fleurs. Ça fait toujours plaisir. Si j'en crois les dessins d'offrandes antiques égyptiennes, babyloniennes, grecques, étrusques et romaines, les fleurs, c'est depuis la nuit des temps qu'on les aime. Je pourrais voyager dix mille ans dans le temps et, avec mon petit bouquet, je ferais plaisir, je ne ferais jamais d'erreur. Donc, pas à hésiter. Pour monsieur et madame Lou, un bouquet. Disons de violettes. Ou d'immortelles ? La suite.

Ma mère dit toujours que, quand des anniversaires tombent le même mois ou, éventuellement, la même quinzaine, on les fête ensemble. Appliquons au sens large cette règle d'efficacité domestique, pour n'avoir pas à répéter les frais de gâteau et d'invitation pour fêter, en cette année 1871, donc, les quinze ans de Thomas Woodrow Wilson et de Sigismund Schlomo Freud, nés la même année. Venez, jeunes adolescents. Vous, Thomas Woodrow, depuis votre Virginie américaine ; et vous, Sigmund Schlomo, depuis votre Moravie natale.

— Nous avons déménagé à Vienne ! C'est fini, la Moravie.

Au temps pour moi ! Venez de Vienne ! Avec vos familles, vos amis, que personne ne manque pour souffler vos quinze bougies ! Thomas Woodrow, peut-on vous appeler Tommy, ou préférez-vous Woody ?

— Comme il vous plaira, monsieur.

(Éducation américaine.)

Et vous, Sigmund ?

— Pas de surnom !

(Sans blague, quel caractère !)

Un Américain protestant de la côte Est en 1871, ça doit ressembler, si je me fie à la documentation qui me vient, exactement à un jeune gars d'aujourd'hui. Celui-ci a la raie sur le côté, les cheveux plaqués, les oreilles dégagées, quelque chose d'enfantin encore dans les yeux et d'adulte déjà dans la mâchoire. Cravate large et plate, veston scolaire, gilet. Pareil pour l'adolescent de Vienne, même raie sur le côté, veston, gilet, sauf la cravate, qui est nouée façon papillon. Et les oreilles moins dégagées. Et surtout ce duvet de moustache et ces sourcils froncés donnant de l'âge à sa physionomie d'enfant. Donc voilà Tommy et Sigmund, sous nos yeux.

J'ai toujours interprété comme un signe inconscient de supériorité la raideur un peu maladroite des adolescents en présence des adultes. Aussi, ces deux gamins m'impressionnent-ils. Debout, sérieux, graves, polis, sous la tonnelle de papier que j'ai dressée et tendue devant les deux tables réunies par une grande nappe claire.

Prendre une photo ? Un appareil ? En 1871 ? Certainement, pourquoi pas. Pas encore de modèle de poche, mais le cyclope à trois pattes, une chambre cubique à gros œil de cuivre, perchée sur un tripode, avec un opérateur, je veux dire un photographe, qu'il faudra trouver et payer. Soit. Nous ne regardons pas à la dépense.

Sur le grand gazon vert tout autour, qui nous rappelle forcément celui, inoubliable, vu avec Berthe à Gand, de *L'Agneau mystique* de Van Eyck, gazon ni plus ni moins idéal et sans besoin d'être tondu ni démoussé ni arrosé, s'avancent, pour féliciter les deux adolescents qu'on fête, des invités inattendus : du côté où Van Eyck a peint les martyrs, voici Clemenceau, trente ans donc en 1871, accompagné de son épouse, l'Américaine Mary Plummer, tenant dans les bras leur petite Madeleine, un an à peine. Oui, oui, c'est bien lui. Moustache de forme et de volume identiques à celle de 1919, mais de couleur différente, et l'air affable, genre médecin de famille qui aime les jeunes et leur donne une tape dans le dos. Venant par l'autre côté, où Van Eyck a peint les souverains et les juges, voilà le Kaiser. Mais pas encore vraiment Kaiser : douze ans à peine, imberbe, droit, distant, fier et arrogant comme un petit cheval de grande race.

Et tandis qu'on se salue, qu'on s'applaudit, je propose à l'assemblée une procession, songeant qu'il serait plus plaisant d'aller en cortège célébrer les naissances qui restent encore à l'agenda. Accueil enthousiaste de la proposition. Le futur Kaiser a claqué des talons, salut prussien ; Clemenceau a l'air soulagé par cette distraction, qui lui donne une raison de quitter Paris, je veux dire 1871, et les problèmes de conscience sans fin que lui pose la Commune. (Le pauvre est maire de Montmartre...)

On a trouvé un photographe qui naît précisément en 1871, et qui a de l'avenir. Il s'appelle Carl Wilhelm Kahlo et sera célèbre parce que plus tard il aura une fille qui s'appellera Frida, mais il ne peut pas encore le savoir. Il est un peu cher, mais le Kaiser, soucieux de ses sujets, me fait de grands yeux pour que je ne mégote pas sur le contrat et me fait comprendre qu'il supportera lui-même tous les frais du reportage.

Aussi ce Carl Wilhelm se joint-il au cortège, qui progresse comme une noce.

2

Marchant tout devant, c'est Van de Velde, qui a huit ans, et qui gambade gaiement, ayant échoué à convaincre les deux ados de quinze ans de jouer avec lui. Quant au Kaiser, qui n'en a que douze, il dédaigne les camarades roturiers. La noblesse est un grand âge qui commence tôt. Si pressé de grandir, le petit Van de Velde saute les années. Un peu comme mes gamins s'apprêtent à le faire : on ferme les yeux, on les rouvre, ça y est, ils sont majeurs, ils ont du poil au menton.

Et tandis que je montre, là, à gauche, 1877 et la naissance de Francis de Croisset, Van de Velde a déjà franchement une tête d'ado mal dans sa peau, le regard tantôt fuyant, tantôt défait, les mains dans les poches, un air de Rimbaud sur les bords. Ayant reçu le petit Francis dans les bras – ah oui, son nom, c'est encore Wiener à l'époque –, je le tends à Tommy ou Woody Wilson, en lui disant : Prenez-en soin, car c'est lui plus tard qui vous accueillera.

Et je ne peux m'empêcher d'être surpris par cet air extraordinaire de sérieux chez Tommy Woody Wilson et surtout parce qu'il avait quinze ans tout à l'heure et qu'il en a maintenant vingt et un. Tout va si vite.

Et n'est pas près de ralentir. 1880, là, près de Francfort, naissance de Kirchner et à Munich de Franz Marc, futurs peintres, futures victimes de la guerre, futurs personnages des cauchemars du Kaiser. On vous aime. Et là, maintenant, 1881, plus bas, à Vienne, voyez : naissance de Stefan Zweig. Allons, oui, venez tous, joignez-vous !

Tommy, euh, Mr Wilson, je vous les confie aussi, ceux-ci ? Gardez juste un œil sur eux, c'est tout, merci. Voilà. Vous n'avez pas songé vous-même à avoir des enfants, Mr Wilson ?

Aussitôt, regard en biais de Sigmund, désormais docteur Freud, vingt-cinq ans, frais émoulu, des idées plein la tête et à l'affût des détails révélateurs et de ces questions sexuelles. Wilson, beau sourire, qui dit oui.

Photos de tout ça ?

Photos.

De Freud, diplôme à la main.

Nous prenons cette photo, qui n'existe pas. Avouez que vous la voyez.

Wilson, finissant ses études de droit et jeune marié, 1885 : photo ! Je voulais dire : *Flash !*, mais les premiers flashs, ces explosions plus ou moins contrôlées de magnésium, datent de 1887. Donc, désolé Carl Wilhelm Kahlo, il faudra faire avec la lumière qu'on a.

— *Kein Problem*, monsieur.

Et tant qu'on y est, tirons le portrait de Georges Clemenceau, élu député du Var, cette même année.

Du Var ? Mais n'êtes-vous pas originaire de Vendée ?

— Oui, euh, mais, vous savez, la politique…

Et Mary Plummer ? Et les enfants ?

Oups. On l'a embarrassé. Ils sont séparés. Et cela ne nous regarde pas.

À bien les chercher, on les trouverait forcément quelque part, Mary Plummer et les enfants, sur ce mystique gazon vert où nous allons et qui est à tous, mais respectons les vies privées et ramassons plutôt, sur ce même gazon qui n'en est pas avare, une nouvelle brassée de fleurs, 1886 pour madame Fournier cette fois, à l'occasion de la naissance de son fils Henri-Alban, futur Alain-Fournier, auteur du *Grand Meaulnes* et future victime de la guerre. Avant de pousser un peu plus à l'ouest, pour la naissance, deux ans après, novembre 1888, naissance par moi personnellement fort attendue, du petit deuxième de la famille Monnet, Jean, en Charente, dans une bourgade dont les maisons roulent littéralement sur les tonneaux d'eau-de-vie, c'est-à-dire à Cognac.

Pour l'occasion, Mr Wilson – que nous n'osons plus appeler Woody ou Tommy, même si sur ce tapis vert nous sommes tous égaux – passera-t-il outre sa réserve coutumière vis-à-vis des spiritueux et boira-t-il comme les autres de cet excellent cognac de la maison Monnet ? Pourquoi pas, franchement ! Allez !

On voulait profiter de l'ébriété générale pour passer discrètement un coup de fil à Victor Hugo et lui dire que, Jean Monnet tout bébé parmi nous sur cette bonne vieille terre, c'est à peu près la promesse tenue par le gland planté dans son jardin, son chêne des États-Unis d'Europe. Mais Victor Hugo, mort depuis trois ans, n'a pas décroché.

Du reste, nous aurions pu, avec notre cortège et ses jolis bambins, nous rendre à ses funérailles, à Victor Hugo. C'était à Paris, il y avait un monde fou, c'était remarquable.

Mais ça ne nous a pas paru nécessaire ; et puis Clemenceau nous avait raconté cette anecdote magnifique : un jour qu'il était à table avec le grand poète et quelques autres…

ZWEIG *intervient* : — Vous l'avez connu ?

CLEMENCEAU : — Eh oui, mon petit. Eh oui. Un peu.

LE KAISER : — Quoi ? De qui parle-t-on ?

CLEMENCEAU : — De Victor Hugo, Votre Altesse. Si vous étiez un petit peu plus attentif ! Je disais donc qu'un jour où nous dînions, le sujet de la vie après la mort ayant surgi dans la conversation, monsieur Hugo nous expliqua sa conception avec son aplomb habituel. Il savait très bien quant à lui où il irait, après la séparation du corps et de la vie.

TOUS : — Où ? Où a-t-il dit qu'il irait ?

CLEMENCEAU : — Il a dit sans hésiter : dans le soleil.

Nous avons regardé les cieux, qui n'étaient pas couverts, et n'avons pas regretté d'avoir loupé ses obsèques et son entrée au Panthéon, puisque ce n'était pas au Panthéon qu'il allait.

3

On peut, si vous voulez bien, pendant que tout ce petit monde pousse et croît en âge et en sagesse dans la bonne terre et le bon pré de *L'Agneau mystique* de Van Eyck, faire un petit tour à Bruxelles, en 1890, tant qu'on y est, pour aller regarder entre les jambes – pardon, madame – de la maman de Raymond la Science, la petite tête du fils brusquement émerger des grandes lèvres de la mère, comme un mot en suspens, et demeurer quelques instants, avant l'effort des contractions et des poussées suivantes, comme un lapin pointant le nez hors du terrier ou comme un bonhomme à l'envers dans son col roulé. Tête issue du corps maternel également plein de douleur et de courage, couvert de sueur et perdant du sang.

Docteur Freud, je vous vois m'écoutant et analysant peut-être – c'est plus fort que vous – mes descriptions. Eh bien tant pis, faites. Si je peux servir à quelque chose. Et puis, la même année, venez voir naître Victor Serge. On demanderait bien à notre photographe – hé, Carl Wilhelm ! – d'immortaliser ces moments qui, chez les pauvres, n'impriment aucune plaque argentique. Allez, Carl Wilhelm, fais ça pour nous. Pose ton trépied, fais jouer les mécanismes de l'optique et de la chambre obscure, puis va-t'en développer cette image nouvelle du passé, objet de plus à ranger dans les irréfutables tiroirs du livre, et qui – comme la carte de visite de Zweig – s'effacent et se dissipent au premier contact de l'air du dehors, où la mort ne les protège plus.

En échange, Carl, je te donne une information sur ton avenir : l'an prochain (séduit, disent tes biographes, par les récits d'aventures et, affirment d'autres, pour fuir une belle-mère insupportable) tu t'embarqueras pour le Mexique.

— Pour combien de temps ?

Mais pour toute ta vie, Carl Wilhelm.

— Oh ! Merci pour l'info. Et voici la photo. Je la légende : Victor Kibaltchitch, au jour de sa naissance, futur Victor Serge.

Fort bien.

On sent Van de Velde très impatient d'aller se voir lui-même, puisqu'on est en 1890 à Bruxelles et qu'à l'époque il…

— Regardez-moi ! Regardez-moi !

Et en effet, on le voit. Expo Van Gogh, 1890, à Bruxelles, sur fond sonore de vagissements néonataux de Victor Serge et de Raymond la Science. Belle expo ! On ne lui en a pas fait souvent, de son vivant, des honneurs de ce genre, au bon, au doux Vincent. Trente-six ans, presque trente-sept. Et qui mourra à l'été. (Chuut.)

Sa barbe drue et rousse comme ses coups de pinceau. Qui étaient d'ailleurs souvent des coups de couteau.

— Regardez ! C'est moi !

Oui, oui, Henry, on vous a vu. Parmi les organisateurs.

— Et là, c'est Théo !

Théo qui ? Éclairez-nous un peu tout de même, Henry.

— Théo Van Rysselberghe, le peintre ! Pointilliste, divisionniste, enfin, néo-impressionniste, ne me dites pas qu'il est oublié !

Non, non… Mais un peu tout de même. Pas universellement connu non plus, voilà tout. Vous dites Van Gogh, ça passe partout. Mais Théo Van Rysselberghe, c'est plus pointu.

— Mais enfin, il est pourtant formidable ! Vous avez vu le portrait qu'il a fait de ma femme ?

Votre femme Maria, au piano, c'est cela ?

— Oui, Maria Sèthe (c'est son nom de jeune fille) au piano. Par Théo Van Rysselberghe. Elle jouait très bien d'ailleurs, Maria. (Ce n'est pas un piano, mais un harmonium, c'est égal.)

Nous l'avons vu, oui. Très, très joli.

— Plus que joli, enfin, ce violet ! Bon. Bref. Cette expo pour Van Gogh, c'était quelque chose.

On sait Clemenceau très amateur de peinture. Il a soutenu, par exemple, Manet contre ses détracteurs. On dit même, sur la page Wikipédia, sans beaucoup de détails, qu'il s'est battu en duel pour défendre l'art de ce grand peintre mal-aimé. Il fut aussi l'ami de Claude Monet et a pondu sur le tard un joli livre sur *Les Nymphéas* (livre qu'on a essayé de nous refourguer lors de la visite de son appartement rue Franklin). Toutefois, de Van Gogh, je ne sais pas ce qu'il pense, ni même s'il en a entendu parler. Pas un traître mot sur Vincent dans le *Dictionnaire Clemenceau*, pourtant très circonstancié, de Sylvie Brodziak et Samuël Tomei. Aussi le conduisons-nous vers *Les Tournesols* (dominant une ligne d'horizon très basse, une dizaine de fleurs d'héliotrope en fin de vie jaillissent d'un vase comme des soleils joyeux et douloureux tournant et volant à travers le somptueux plan du fond bleu ciel, véritable illustration de l'*Ode à la joie* de Schiller, *Froh, wie seine Sonnen fliegen durch des Himmels prächt'gen Plan…*, *joyeux, comme ses soleils volants sur le magnifique plan céleste*, avec les friselis de triangle et les coups de cymbales que Beethoven a jetés par brassées sur ce passage dans sa *Neuvième, tsang, tsang, tsang…*) puis vers, par exemple, cet autre tableau, *La Vigne rouge* (sous un horizon très haut, des femmes courbées ramassent le raisin des vignes tardives, tandis qu'un petit soleil anormalement blanc et fixe voudrait se coucher).

Admirons le visage de Clemenceau en pleine contemplation. Et son expression peut-être un tantinet circonspecte.

On lui dit : Alors, vous achetez ?

Ça aurait de la gueule de s'appeler Clemenceau et d'être la seule personne à avoir acheté une toile à Vincent de son vivant. Mais Clemenceau a la tête ailleurs, soudain. Et se fait passer devant par une certaine Anna, qui s'écrie : Non ! C'est pour moi !

Mademoiselle Anna Boch.

Et qui achète, en effet, *Les Vignes rouges.* Sans doute parce qu'elle est peintre elle-même et qu'elle a honte – quelle fierté, après coup, cette honte – que la critique bruxelloise soit mauvaise et que des artistes même aient crié au canular en voyant les toiles de Vincent. Bon. Voilà. Ça valait le coup d'être à Bruxelles cette année-là, pour assister à l'unique jour où l'on a fait justice au grand Van Gogh. Qui en avait encore pour quelques mois à peindre et à ne pas vendre jusqu'au coup de feu qu'on sait et qu'on ne comprend toujours pas.

4

Ça devait être chouette, dans cette équipe d'artistes, hein, Henry Van de Velde ? Elle était chouette, l'équipe ?

— Oh oui ! Anna Boch, géniale. Son frère Eugène, génial aussi. Puis Théo, génial. Puis sa femme, Maria, géniale. Vous la connaissez, non ?

Maria, la femme de Théo Van Rysselberghe ?

— Oui ! Ce petit bout de femme, attendez, je vous en parle, un mètre cinquante, elle fumait une forêt par jour. C'était la fille d'un éditeur. Ou plutôt d'une éditrice. Sa mère imprimait Verhaeren ! Son nom de jeune fille était génial : elle s'appelait Monnom. Votre nom ? Monnom. Ha ha ! L'insolence même, dès l'état civil ! Et puisque vous en êtes à apporter des fleurs aux gens qui naissent, dans votre livre, ou qui donnent naissance, offrez-en-lui une brassée, à Maria, parce qu'elle vient de donner le jour à une petite Élisabeth. Oui, oui ! Un petit bébé qui vient de sortir, tout glaireux et magnifique. 1890. Année féconde !

Et hop, fleurs. Fleurs à tour de bras !

Peut-être pour ça (nous donnons le mauvais exemple) que Clemenceau vient d'envoyer la sienne sur les roses. Eh oui, Mary Plummer, dont il vivait séparé, a commis l'imprudence de s'afficher avec son nouvel homme. Ce que Clemenceau faisait de longue date avec ses maîtresses successives, mais apparemment il n'acceptait pas les réciprocités. Et vous, Georges, pardon, mais je ne vous en fais pas compliment, vous usez de vos pouvoirs politiques pour la prendre en flagrant délit d'adultère, lui faire connaître deux semaines humiliantes de prison, obtenir à la fois le divorce et la déchéance de nationalité (non mais, vous vous prenez donc pour la France elle-même pour que, quand on vous quitte, on doive quitter le pays ?), sans oublier la garde des enfants (ce qui a peu de sens, s'agissant de gamins de dix-huit, dix-neuf et vingt et un ans, mais puisque vos biographes le disent...). Enfin, pour consommer votre vengeance aussi cruelle pour elle que honteuse pour vous, je trouve, vous lui prenez un billet de troisième classe sur un paquebot transatlantique. Si on n'était pas en 1891, si on était en 1912, sûr que vous lui auriez imposé le *Titanic.*

Georges, est-ce bien sérieux ? De nos jours, vous auriez un hashtag au cul et votre carrière politique serait condamnée.

— Voulez-vous fermer votre grande g... ! Condamner ma carrière politique ? Et qui viendrait sauver la France en 1917, et qui gagnerait la guerre en 1918 ? Hein ! Qui ? Qui ! Vous, peut-être ? Ou ce Zweig, là, qui ne dit rien mais n'en pense pas moins ? Ou ce petit docteur Freud ? Ou cet avocat américain fils de pasteur aux airs de préparateur en pharmacie ! Hein !

Oui, ce préparateur en pharmacie, comme vous dites, peut-être bien lui, oui. Vous jugez trop vite.

Je devais à l'égalité des sexes cette engueulade avec Clemenceau.

Qui boude et qui s'en va.
On trouvera un moyen de le rejoindre.

Je ne dis pas grand-chose de ces enfants qui nous accompagnent. Le sérieux Alain-Fournier, le chafouin Kirchner, le doux Franz Marc, ou même Francis Wiener, l'espiègle, mais l'enfance, comme le bonheur, est sans histoire. C'est précisément après qu'elle en devient une. Néanmoins, comme des angelots nés sous le pinceau de Van Eyck, ils enrobent l'invisible rendu visible. Leur incarnation historique attendra l'adolescence.

Tout mûrit.

Sous bonne garde.

Le petit Jean Monnet de Cognac aussi attend son rôle d'adulte.

Dans des coulisses ensommeillées, ensoleillées, qui s'appellent un paradis.

Marcel Proust affûte sa plume et taille sa moustache. On ne sait trop si timide ou hautain. Plutôt en retrait, mais les yeux grands ouverts sur la garden-party chez Van Eyck.

5

Le plus disert reste Van de Velde, qui nous montre, comme s'il feuilletait un album de son passé, ce jeune homme de trente-cinq ans qu'il était, abandonnant la peinture pour la broderie.

La broderie ?

— Eh oui, passion totale pour la broderie. Et celui qui posséderait ma grande broderie de l'époque, *La Veillée des anges*, serait un homme riche. Je crois qu'en abandonnant la peinture pour la broderie puis pour les arts décoratifs en général, j'abandonnais la prétention d'être un grand artiste, et c'est comme ça que j'en suis devenu un. Vous voyez ?

Nous voyons.

— Ah, quelle époque c'était ! Ah, l'art, à l'époque, on lui demandait tout ! Faites venir Maria et Théo sur notre tapis vert, là. Et la petite. Élisabeth, leur fille. Vous ne serez pas déçu. Théo est un peintre tellement charmant, dans l'art comme dans la vie. Une crème d'homme. Il a de plus en plus de succès à Paris. Ils s'installent là-bas. Du côté de la Muette et de l'avenue Mozart, par là, dans le seizième arrondissement.

Il y a une rivière dans le terrain de golf de Van Eyck ? Si oui, placez Maria et Théo à côté, avec un filet ou une ligne, parce qu'ils vont vous pêcher un beau poisson pour votre livre. André Gide. *Himself!* Oui.

André Gide ? Pourquoi pas. Ça m'intéresse. Je crois que ça intéressera Proust aussi. Allez-y, Henry, racontez-nous.

— Oh, rien. Simplement, Gide a un léger tropisme belge. Il s'intéresse plus que les autres aux artistes et aux écrivains qui viennent de là. Il rencontre Théo et Maria chez son ami Vielé-Griffin, dans le seizième arrondissement. Un genre de soirée qui n'existe plus guère de vos jours : les auteurs invitaient leurs amis et leur réseau pour leur faire la lecture, à haute voix bien sûr, des œuvres qu'ils s'apprêtaient à publier. Aujourd'hui, vous n'avez plus que le service de presse, et c'est moins bien. Donc, chez le poète Vielé-Griffin, Maria et Théo écoutent deux heures de poésie ou de théâtre. Imaginez l'auteur debout, accoudé au manteau de la cheminée, lisant son papelard interminable et le public ami, dans une tabagie consolatrice, écoutant d'un air pénétré, ou pensant à quelque chose d'autre mais sans le montrer, ou se retenant de rire ou de bâiller. Ou plein d'émotion sincère et de foi dans l'art. Ou un peu tout ça en même temps, avec les intermittences d'usage. (Il existe d'ailleurs un tableau épatant de Théo montrant Gide en train d'écouter, avec d'autres amis, Verhaeren qui récite ses poèmes.) Puis, le supplice ou le cérémonial terminé, les gens se soulageaient dans le vin de Champagne. Et Maria et Théo, parisiens depuis peu, fiers comme Artaban (*bam, bam,* les coups de leur cœur bondissant dans la poitrine à l'idée d'être abordés par cette célébrité des milieux littéraires), balançant des âneries sur ce qu'ils viennent d'entendre, et

Gide pensant que ces âneries n'en sont pas, car au moins elles sont tellement rafraîchissantes, en comparaison des âneries parisiennes qui l'usent depuis des années.

Merci, Van de Velde.

Nous sortons à présent avec les invités de Vielé-Griffin et regagnons par les rues nocturnes l'appartement de Théo et Maria, du côté de l'avenue Mozart. On n'oublie pas que Maria ne dépasse pas le mètre cinquante et que, sous son petit chapeau, elle porte les cheveux courts. Et aussi qu'elle tient (ça, c'est moi qui l'imagine) la carte de visite de Gide dans la main comme un morceau de chance et de bonheur.

Leur petite Élisabeth, sous la surveillance d'une nounou sans doute, dans l'appartement, là (une fenêtre éclairée, répondant aux réverbères dans la nuit parisienne), dort.

6

Plus on est de fous. Le cortège avance comme un fleuve. Reflets par plaques. Poussée du temps. Érosion, destruction, limon fertile. 1896, naissance d'Émile Cottin, futur Milou. Jolies petites joues, les mains du nourrisson s'ouvrant, se refermant, cherchant la préhension (ou s'entraînant à la gâchette ?).

Formons des couples improbables : Lou Tseng-Tsiang et Marcel Proust, puisque vous avez le même âge tout pile, je vous mets Milou dans les bras. Un beau couple avec un bébé dans les bras. Quoi ? Vous connaissez déjà Berthe et vous ne voulez pas de ce mariage littéraire avec Marcel ? Qu'importe. J'ai un autre beau couple du même âge : Freud et Wilson. Voici Milou. Vous n'en voulez pas non plus ? Alors ne vous étonnez pas si cet enfant, qui manque ainsi d'amour et d'affection, tourne mal ou nourrit des plans vengeurs ! Ah ! Il reste Clemenceau ! Ce serait rigolo de lui mettre Milou nouveau-né dans les bras et qu'il lui tire la moustache. Mais Georges Clemenceau, vexé depuis tout à l'heure, demeure introuvable, planqué quelque part. Il faut dire que *L'Agneau mystique* de Van Eyck est un polyptyque très grand et bourré de cachettes potentielles. Un chouette terrain de jeu. Idéal pour les enfants.

D'ailleurs, souhaitons la bienvenue, 1897, à Marcel. Pas Proust. L'autre Marcel, Marcel Thiry, celui qui filera avec son grand frère dans les autocanons du côté du front de l'Est. L'homonymie justifie toutefois que l'on confie à Marcel Proust l'ambassade auprès de madame Thiry mère et l'offrande de nos fleurs littéraires. Tout en notant que ce voyage à Liège n'apparaît nulle part dans les biographies de Proust. Toute-puissance : nous échappons aux radars. En *God mode.*

1901, naissance de Magda, future Magda Goebbels. Mais comme elle n'est pas encore Magda Goebbels, justement, on pose sur le front du nourrisson les mêmes fleurs que sur les autres. On appelle Zweig, qui a maintenant vingt ans, et la générosité propre à cet âge. À lui de faire risette à la vie nouvelle, cette fois. Tandis qu'un peu sombre nous méditons sur l'avenir et ses lugubres correspondances, en voyant comme en deux tableaux parallèles Stefan et son amante suicidés au poison dans une maison de location au Brésil, et Magda et son mari suicidés au poison dans le bunker d'Hitler, trente-six mois plus tard.

Non. Chasser cette image intolérable.

Pan ! Pan ! Deux coups de feu.

Qui frappe ? Faites entrer. Qui est-ce ? Rose. Rose qui ? Rosa comment ? Rose Caron. Une cantatrice. Oh oui, qu'elle nous change les idées. Chantez, Rose !

Spécialiste de Wagner ? Non ! Pas les *Walkyries* ! Pitié ! Vous n'avez pas plutôt quelque chose du *Crépuscule des dieux* ? Merci. Ou non, meilleure idée : chantez, parce que votre visite me rappelle celle de la jeune Malibran à la comtesse Merlin à Paris, jadis, chantez-nous quelque chose de Mozart et Da Ponte.

— *Vedrai carino*?

Oh oui ! *Vedrai carino* !

Sur la mélodie, je vole et j'oublie, comme emporté par des volutes, tel un chat poursuivant une pelote, vers les espaces sans gravité. Madame Rose Caron que nous ne connaissions pas, dans notre polyptyque de *L'Agneau mystique* où vous êtes la bienvenue, vous êtes, là-haut à gauche, les anges musiciens !

— Je ne crois pas que je sois les anges, cher monsieur. Je suis simplement venue chercher Georges, mon amant.

Georges ? Clemenceau ? !

— Oui, bien sûr. Qui d'autre ! Nous sommes amants depuis un bout de temps, mais nous officialisons désormais notre relation. Alors je viens le chercher.

Clemenceau et la cantatrice wagnérienne Rose Caron ! Ho ho ! Mais c'est le capitaine Haddock et la Castafiore. L'histoire, souvent chez les artistes de scène, est une répétition.

Écoutez Rose, Georges était fâché, il est quelque part, je ne sais où, je vous laisse partir à sa recherche.

— Fâché ?

Vous le connaissez.

— Oh oui, quel caractère !

J'y pense un peu tard. Elle s'éloigne déjà. Mais j'aurais dû lui dire que par là-bas elle aurait pu rencontrer la Malibran. Et que de l'autre côté on parle aussi de Vina Bovy.

Mais au nom de la Malibran elle s'est arrêtée et a fait demi-tour.

— Vous avez dit la Malibran ?

Oui. Vous pourrez la trouver dans cette direction-là. Son passage à New York, et puis sa mort aussi. Un peu horrible, traînée par un cheval au galop.

— Taisez-vous !

Encore un mot. Berthe, qui est là, a une nièce qui vient de naître (oh, encore un bébé !) et qui entreprendra dans quelques années sous le nom de Vina Bovy une carrière de cantatrice, comme vous. Alors, si vous aviez la gentillesse d'aller jusque-là et de lui donner peut-être quelques bons conseils. Sait-on jamais : un piston ? Enfin…

— Nous verrons bien.

7

Elle s'en va. On lui souhaite bonne chance avec son Georges. Elle a quarante-six ans et de la vigueur pour deux ; il est sénateur et en a soixante-deux.

Et nous filons, quant à nous, pour une partie de billard à bandes, 1903, avec la petite Maria Monnom, son mari Théo Van Rysselberghe, leur fille Élisabeth et leur désormais inséparable ami André Gide, juste le temps d'une longue phrase qui commence à Paris et va jusqu'à Weimar, encore et toujours, où l'on a invité Gide à prononcer une conférence et où on le voit tout stressé (il a trente-quatre ans, tout de même), affolé à l'idée qu'il n'y ait personne dans la salle pour l'écouter, ou bien trois pelés et deux tondus, dans le château du Belvédère, alors qu'il y aura bien évidemment plein de monde et notamment Van de Velde, chez qui on ira manger à *Hohe Pappeln* pour évoquer mille et un souvenirs du bon vieux temps et de la Belgique, dont peut-être l'expo Van Gogh de 1890, et où Gide, avec sa boule à zéro (d'où l'image du billard à bandes), tourne sans doute souvent la tête vers la petite Élisabeth, qui va sur ses quatorze ans et qu'entourent sans doute aussi les enfants de Van de Velde, vêtus de robes et de costumes dessinés par leur papa et jouant dans le superbe jardin conçu par leur maman (afin que l'art soit partout), caressés par l'air léger qui habite dans le feuillage et dans les longs cheveux d'Élisabeth.

J'ai envie de montrer à notre photographe Carl Wilhelm – qu'il faut appeler Guillermo depuis qu'il a émigré au Mexique – les photographies prises par Élisabeth, à treize ans à peine, de Gide et de sa maman, à Weimar, pendant ce séjour. Et entendre Guillermo féliciter cette petite fille pour son talent de composition. Pas si facile, en 1903 encore moins, de déclencher l'appareil au moment opportun, dans la position idoine. Et de laisser pour la postérité ce regard d'enfant sur les cheveux courts et déjà gris de maman Monnom, sur cet air crâne, ce coude levé, l'aisselle ouverte, à la fois relax, sensuelle et conquérante, ou sur la moustache d'André Gide, son nez droit à bout rond, ce chapeau large bord et cette cape extravagante qui, 1903 ou pas, sont là pour se faire remarquer.

Ont-ils bien respiré l'esprit de Schiller à Weimar ? Pour nous, il est temps de glisser vers le nord, vers Brême, et d'assister tous ensemble au lancer, je veux dire à la mise à l'eau d'un bateau promis à l'avenir que l'on sait : le *George Washington*. Beau spectacle pour les enfants, débordant de joie et de confiance dans le progrès. Communion pour une fois du travail et du capital.

Faire un tour ? À bord ? On va demander au capitaine.

Il a dit pourquoi pas. Fantômes, nous tiendrons peu de place. Les tickets sont gratuits. Notre patience infinie. De sorte que c'est après avoir prudemment laissé le *George Washington* faire ses preuves aller et retour par la mer Atlantique (nous, on sait qu'il faut avoir peur des icebergs) que nous montons, allez, tout le monde, par la passerelle et la coupée, à bord du paquebot mythique, environnés de célébrités qui saluent et d'accord avec le docteur Freud pour loger tous dans sa cabine de première classe.

Inutile de dire qu'on s'est bien amusés. Et que c'est avec regret qu'en 1913 on doit prêter, au mois d'avril en plus, notre camarade Raymond la Science à la réalité, le temps qu'il aille se faire guillotiner devant la prison de la Santé. Et on est bien contents de l'avoir avec nous de nouveau quand la guerre éclate, en 14. Stefan Zweig et Van de Velde quittent la côte belge comme on sait ; petit Marcel Thiry le Liégeois rêve de partir en guerre avec les autocanons comme son grand frère Oscar ; grand Marcel Proust le Parisien écrit de plus belle, avec cette urgence supplémentaire que ce n'est pas seulement lui qui peut mourir bientôt, mais que le monde aussi est, peut-être, sur le point de se détruire.

J'ai oublié de dire que, à la faveur de la traversée de l'Atlantique réalisée en compagnie de Freud (mais aussi de Jung et de Ferenczi : ah, une torpille sur ce bateau-là et c'est priver, ou libérer, le vingtième siècle de toute la psychanalyse d'un seul coup), nous avons poussé au nord, jusqu'au Canada, terre non encore visitée par ce livre, à la recherche de Jean Monnet, le petit Cognaçais qui a bien grandi, qui n'a pas eu son bac et qui s'occupe dans le Grand Nord ainsi qu'à Londres de promouvoir l'exportation de l'eau-de-vie familiale. D'après ses *Mémoires*, il s'aventure avec sa liqueur jusque dans le Yukon d'éternelle blancheur polaire, mais on ne l'y a pas trouvé. Avec son sourire ironique habituel, il nous a regardés traverser en vain les mélancoliques immensités neigeuses, terres ou plutôt glaces des Inuits et comptoirs des trappeurs.

C'est finalement grâce à une photographie d'époque, aux chutes du Niagara, qu'on le retrouve, touriste souriant au Kodak, petit chapeau clair sur la tête et costume gris, prêt à rentrer en France. Où nous le suivons pour découvrir à travers ses yeux la mobilisation générale de 1914.

8

Alors, comment ça se passe, Jean Monnet ? Racontez-nous.
Je m'empare de ses *Mémoires* pour les réponses.

Allez, tout le monde assis dans l'herbe, on écoute, s'il vous plaît. Van Eyck, merci de nous peindre tous assis, s'il vous plaît. Voilà. Autour de Jean Monnet, le petit avec la fine moustache, la tête ronde et le sourire ironique. Merci. Carl Wilhelm-Guillermo, photo aussi, mais oui, tant qu'on y est.

(Si à cette occasion nous avions été plus attentifs, nous aurions peut-être pu élucider un mystère et aider les historiens de l'art, qui ignorent toujours si *L'Agneau mystique* est l'œuvre du seul Jan Van Eyck ou, comme des documents le prétendent, de Jan Van Eyck et de son frère Hubert, duquel, en dehors desdits documents, on ne conserve aucune trace ni surtout aucun tableau et dont l'existence même peut être mise en doute.)

— Or donc, dit Jean Monnet, notre jeune exportateur de cognac, je revenais d'Amérique du Nord par le transatlantique, et j'étais repassé par Londres avant de regagner la France…

Abrégez, mon vieux, abrégez.

— J'éprouvais chaque fois un vif plaisir à retrouver mon pays, ses paysages.

Abrégez, Jean, je vous prie.

— Bref. À la gare de Poitiers, j'assiste à une scène d'ébullition. On affichait l'ordre de mobilisation… À l'été 1914, on ne croyait pas à la guerre. Et même la mobilisation pouvait passer pour une mesure d'intimidation, une foucade de plus dans la rhétorique diplomatique très agressive du moment. Un effet de manche.

Moi, cher Jean, je me suis toujours demandé si vous aviez rédigé vos *Mémoires* vous-même. Si, en général, les gens comme vous, ayant joué des rôles importants dans l'histoire, mais pas nécessairement formés à faire un livre (car ça ne s'improvise pas, n'est-ce pas?), écrivent eux-mêmes les ouvrages qu'ils publient. Ou si c'est écrit par d'autres.

— On se fait aider, c'est certain. Mais on donne le contenu et on vérifie. C'est une collaboration. Un peu comme le réalisateur d'un documentaire: vous connaissez ça, vous. Vous ne faites pas tout dans le film, vous ne tenez pas la caméra, vous supervisez le montage mais vous ne le faites pas, vous ne composez pas la musique, mais au total c'est bien votre œuvre.

Oui, bon, d'accord.

— Or donc, incrédule, je poursuis mon voyage de retour à la maison, où je trouve la famille tout agitée par le départ de mon grand frère Gaston, qui s'enrôle.

Là, Marcel Thiry lève la main:

— C'est comme moi avec mon grand frère Oscar, qui partait, alors que moi, trop jeune, je ne pouvais pas.

— Dans mon cas, continue Jean Monnet, l'âge n'était pas un empêchement, mais il se faisait que quelques années plus tôt j'avais subi la visite médicale de l'armée et avais été réformé. Bref. S'ensuivirent quelques jours assez pénibles, où l'on se tenait à Cognac dans une relative inactivité, que l'urgence et l'explosivité de l'actualité relayée par les journaux rendaient à la fois insupportable et humiliante.

MARCEL THIRY : — Moi, pareil. Je ne supportais pas l'inaction. Je faisais des plans pour échapper à la vigilance de mes parents et rejoindre par la Hollande mon frère Oscar. Envie d'aventure !

— J'avoue sans mal que je ne rêvais pas, pour ma part, de rejoindre Gaston. Et que j'avais l'idée de me rendre utile à la cause autrement que par la force de mon bras ou la mort de mon corps.

Phrase coquette. Je ne m'attendais pas à un Jean Monnet aussi lyrique.

— Ce n'est pas mon naturel, en effet. Probablement le fait d'être dans un roman, le contexte m'influence. Mais cessez donc de me distraire. Après, vous me demanderez d'abréger !

Oui, abrégez.

— C'est à ce moment-là que j'ai eu une idée, je crois, géniale. Ou en tout cas décisive. Je n'ai peut-être eu qu'une seule idée dans toute ma vie. Une seule vraie idée.

Moi, je vous dis, Jean, que c'est déjà beaucoup. La majorité de vos semblables vit sans en avoir jamais une, une vraie, une à soi et qu'on offre au monde. C'est triste, mais c'est ainsi. Dites-nous votre idée.

— Je vois dans les journaux, entre les lignes, que les Alliés, français et anglais en particulier, qui se battent ensemble et partagent l'effort de guerre, se font par ailleurs concurrence dans l'achat de blé pour l'approvisionnement des troupes et dans le fret en général, c'est-à-dire la location de l'espace sur les bateaux cargos.

Tout le monde écoute avec attention. En particulier le Kaiser, qui va bientôt comprendre pourquoi il a perdu la guerre.

— Or donc, ça ne semblait choquer personne, sauf moi, que les Français dussent enchérir sur le prix de leurs alliés anglais, ou l'inverse, pour l'achat des matières premières dans les pays neutres. Le respect de la sacro-sainte économie de marché semblait prévaloir sur la victoire même.

Le Kaiser rit, un peu grossièrement.

— … J'ai demandé à mon père de faire jouer ses relations.

Information que je ne trouve pas dans les *Mémoires* mais dans la volumineuse biographie de Monnet publiée chez Fayard par Éric Roussel : un ami du père Monnet connaissait par les liens de la franc-maçonnerie l'avocat René Viviani, pour lors président du Conseil, c'est-à-dire Premier ministre et prédécesseur de Clemenceau à ce poste.

— Viviani accepte de me recevoir. Je vais le voir, le cœur battant. Le gouvernement n'était plus à Paris, hélas, mais s'était prudemment replié dans le Sud, à Bordeaux.

Moi, je pense à la fuite vers le sud de mon grand-père et de sa famille, qui faisaient en somme comme le gouvernement français. À ma tante Annie et à son araignée… Viviani dans l'auto qui le transportait en Aquitaine sursauta-t-il aussi à cause d'une araignée inattendue sur sa manche ?

— Je descends donc sur Bordeaux, franchis l'estuaire de la Gironde, où les grands bateaux lents qui passaient entre les joncs me confortaient dans mon idée que le sort de la guerre passait par le bon usage du fret et du ravitaillement.

MARCEL THIRY : — L'estuaire de la Gironde… Moi, c'est en 1918, fin de la guerre, c'est par là qu'on revient en Europe avec les autocanons. Dans un grand bateau américain qui s'appelle *La Lorraine* et qui transporte des troupes. Des jeunes soldats des States. Je vous ai raconté l'histoire de Nicodème ?

Plus tard, Marcel. Plus tard. Ou à une autre occasion.

— Le gouvernement français a pris ses quartiers dans l'université de Bordeaux et j'attends devant le tombeau de Montaigne, à l'époque dans le grand hall, que monsieur Viviani puisse me recevoir. Je lui expose mon idée : créer une centrale d'achat commune aux deux pays et louer le fret ensemble. Les renseignements sur le ravitaillement national, jeune homme, me dit-il, sont secret-défense. Cela ne se partage pas. Moi : Même avec l'allié ? Lui, en somme : Essayez toujours de convaincre les Anglais, nous verrons bien.

Bref, il m'envoie à Londres. J'ai vingt-sept ans, pendant la guerre on ne regarde ni à l'âge ni aux diplômes, je convaincs mon petit monde, et le Wheat Executive, la centrale d'achat supranationale si vous me passez l'expression, commence à fonctionner, encore restreinte au blé, mais avec d'excellents résultats déjà. Clin d'œil de l'histoire, par hasard, nos bureaux se trouvent Waterloo Place.

9

Je me souviens comme j'ai lu jadis avec passion et émerveillement les *Mémoires* de ce bonhomme que, comme tout bon Européen, je connaissais à peine. Alors que l'histoire de son idée, là, de mettre en commun les ressources essentielles et d'en attribuer la gestion à des comités échappant au domaine de la souveraineté nationale exclusive, c'est le gland de Victor Hugo, je veux dire c'est le noyau du seul système de gérance internationale qui ait fait ses preuves depuis : tout le problème de la SDN de Wilson tenait dans le fait qu'elle était dépourvue de moyens d'action pour faire exécuter ses avis ; la même faiblesse grève l'ONU ; tandis que l'UE, s'inscrivant dans le processus de paix post-45, commence par cette idée, toujours cette idée, de mettre en commun, entre ex-pays belligérants, les ressources indispensables pour la guerre et l'industrie – à savoir le charbon et l'acier –, et donc à rendre impossible l'usage unilatéral, l'un contre l'autre, desdites ressources, que ce soit pour faire la guerre ou pour se développer de manière trop inégale.

Comprendre ça, j'étais épaté. Le type n'a eu qu'une idée, mais cette idée, c'était le mécanisme économique de la paix entre les nations. Chapeau, monsieur Monnet. J'ai téléphoné à ma productrice, lui ai dit : Il faut faire un biopic sur Jean Monnet, ce sera passionnant, voici le synopsis, ça commence comme Jeremiah Johnson dans le Grand Nord canadien, avec la vente peut-être pas très légale d'alcool français aux trappeurs. Ce sera un film intéressant, ça fera polémique peut-être, parce que tout ce qui touche l'Europe et l'empêchement de faire la guerre fait polémique, c'est fatal, les pays haïssant qu'on leur refuse ce droit, n'est-ce pas. Bon. Enthousiasme de la productrice, qui a bon cœur, puis questions, hésitations et classement du dossier, sans suite. Jean Monnet, vous ne serez pas une star de cinéma. Pas cette fois, du moins, et on ne vous portera pas à l'écran. Mais à tout prendre, vous êtes déjà un personnage de *L'Agneau mystique*, ce qui, dans son genre, n'est pas mal non plus.

MARCEL : — On aimerait écouter l'histoire de Jean, s'il vous plaît.

LE KAISER : — *Ja, ja*, la suite !

Mais certainement.

JEAN : — Or donc, à Londres, je me trouve fort bien. Dans les bureaux de Trafalgar House, sur Waterloo Place, petits mais sérieux. J'ai même une secrétaire et ma ligne téléphonique directe avec Paris.

(On dirait entendre Seymour parlant de son installation au Crillon, en 19.)

— Le Wheat Executive (le bureau du blé) fait des petits. On met de plus en plus en commun. On travaille beaucoup. Cela dit, comme ma fonction, à Londres, échappe à tous les radars constitutionnels, Clemenceau, quand il arrive au poste de Viviani en 17, me convoque. Il fait la chasse aux planqués et aux embusqués. Je viens donc m'expliquer, à Paris.

Chez lui directement ?

— Oui. Pourquoi ?

Je veux dire, à son bureau ?

— Certainement. Au ministère. Rue Saint-Dominique.

Mais c'est merveilleux, vous avez remis la main pour nous sur Clemenceau, qui nous avait échappé, depuis un certain désaccord que nous avons eu.

— Eh bien, suivez le guide. Voilà, nous sommes dans son bureau 1917, décembre, poignée de main puissante, doigts courts.

Comme vous.

— Comme moi, oui. Clemenceau m'interroge, façon tigre, en montrant les dents. Je réponds, j'explique, il comprend, me félicite et me renvoie à Londres, promu au grade de lieutenant ! Et regardez, tandis que je prends congé, il m'aide à enfiler mon manteau en disant : Il n'y a pas de valets chez nous. Délicieuse anecdote. Véritable bonhomie, dans le fond de ce grand homme.

Merci, Jean, de nous avoir ramené Clemenceau.

— Peut-on continuer cette histoire de sous-marins ?

Des sous-marins ?

— Mais oui, Jean racontait une histoire de sous-marins pendant que vous alliez faire on ne sait quoi.

JEAN : — J'expliquais que l'un des tournants de la guerre, c'est cette décision prise par monsieur le Kaiser ici présent d'engager la guerre sous-marine à outrance, ce qui signifie…

Houhouhouuuuu ! Unanimes huées du polyptyque à l'encontre du Kaiser, qui hésite à s'en aller.

— … ce qui signifie qu'ordre est donné aux fameux U-boote d'envoyer par le fond *tout* navire, pas seulement les navires militaires ou battant pavillon ennemi. Tout navire, même neutre, et même civil. Et sans sommation.

Houhouhouhouuuuuu !

— Le but étant de diminuer le tonnage mondial afin que, d'une part, l'approvisionnement allié venant essentiellement d'Amérique ne soit plus suffisant. Et, d'autre part, afin que l'entrée en guerre des États-Unis, ce que le torpillage gratuit de ses bateaux provoquerait certainement, soit sans effet réel, les bateaux étant en nombre insuffisant désormais pour une arrivée massive de forces et de matériel. Ce plan, qui est un crime de guerre caractérisé, est d'ailleurs sur le point de réussir et de vous apporter le triomphe. Vos experts navals, Altesse, estiment avec raison qu'en coulant six cent mille tonneaux par mois pendant six mois, vos sous-marins forceront l'Angleterre à capituler. Vous y êtes presque : six millions de tonneaux coulés pendant cette seule année 1917. Il n'y a plus de bateaux ! Les mers sont dépeuplées ! Mais heureusement, il y a nous. Et, au pire de la crise, quand il n'y a plus en réserve que deux jours de blé pour l'armée, c'est-à-dire à quarante-huit heures de votre victoire, France et Angleterre abandonnent enfin leurs réticences et mettent en commun un dernier bout de souveraineté : on crée un *executive*, enfin, un *pool* commun des transports maritimes, investi du pouvoir de réquisitionner et de réaffréter tout le transport allié, quelle que soit sa nationalité. De justesse, on corrige le tir. Entre avril 1917 et mars 1918, un demi-million seulement de soldats américains avaient pu arriver sur le continent. Dès mars 1918, grâce à nous, en quelques mois : deux millions d'hommes.

Applaudissements.

Sortie du Kaiser, honteux, confus et jurant. Suivie bientôt de *tchac tchac tchac*, car il est parti au fond du tableau abattre pour se désénerver les sublimes arbres filigranés que l'humanité doit au pinceau de Van Eyck.

10

On l'entend crier, même, le Kaiser en colère. Ce qui couvre les propos que Marcel Thiry échange avec Stefan Zweig et nous empêche d'entendre les souvenirs combinés de ces deux personnages historiques se rendant compte, oh mais quelle coïncidence, qu'ils étaient, Marcel Thiry côté belgo-russe et Stefan Zweig côté austro-allemand, dans la guerre de Galicie et d'Ukraine en même temps, de part et d'autre de la ligne de front.

Que crie-t-il, l'énergumène, du fond de la forêt ?

Des ordres, hélas. Des mesures de rétorsion, appliquées contre nous. Sentez, mes amis, comme notre monde vacille ! Je veux dire, l'herbe mystique où assis nous devisons. Regardez, par-delà la fiction, ces soldats qui nous emmènent. Le polyptyque est démonté. Attention ! Nous tombons ! Certains d'entre nous seront cachés par les habitants, d'autres emportés par ces grands gaillards de soldats à casque à pointe, là. Adieu, courage, mes amis ! Oh ces bruits de bottes dans la cathédrale, ces cris ! Ces grands soldats réels qui emportent les panneaux de *L'Agneau mystique*.

— Où nous conduisent-ils ? (Question posée sur un ton angoissé.)

À Berlin. Au musée de Berlin, souvenez-vous.

Ne vous en faites pas. Il y a pire. Mais ils nous chauffent les oreilles, ces militaires de tout poil à inlassablement voler et emporter chez eux *L'Agneau mystique* de Van Eyck à chaque guerre qu'ils font dans la région ! J'en ai jusque-là ! Wilson ! Clemenceau ! Qu'il soit bien clair qu'un des articles du traité de paix que vous signerez à Versailles stipule explicitement et nommément l'obligation pour l'Allemagne de restituer notre tableau à la cathédrale Saint-Bavon de Gand. Bordel ! Moi aussi, je peux crier ! Et plus fort que le Kaiser !

Nous demandons un peu de patience pendant le transport du tableau jusqu'à Berlin. Les cahots de la route et les amortisseurs préhistoriques du camion nous empêchant d'écrire.

Lourd silence angoissé des prisonniers civils dans les convois militaires.

Mille fois très bien représenté au cinéma.

Métaphore de la vie même, de l'existence innocente à la merci des violents. Les bons, par nature, à la merci des méchants.

Sinistre trajet dans ce camion bâché, quand on sait combien beaux et heureux peuvent être les voyages !

On ne voit pas le paysage.

Compagnons de détresse, dans le bâché qui nous mène en captivité, compagnons de détresse dans la vie vallée de larmes, compagnons de détresse… moi qui suis parmi vous et qui suis du futur, je sais que nous serons libérés et que *L'Agneau* sera sauvé et reviendra à Gand. Mais je sais aussi que toute bonne nouvelle est difficile à croire et je ne blâme pas vos visages défaits, vos cœurs endurcis par la tristesse.

CHANT XIV

Présences réelles.

1

J'aimais bien notre cortège, procession, mais puisque nous sommes tous partis captifs (captifs de la fiction ?), ça ne vaut plus la peine et il sera mieux de revenir à la réalité. Qui est pleine de choses touchantes. Comme ce crâne d'œuf d'André Gide, par exemple, pendant 1915, 1916, allant et venant au Foyer franco-belge pour le secours aux réfugiés de Belgique à Paris, avec sa grande amie Maria Monnom, femme de Théo Van Rysselberghe, qu'il commence à appeler sa Petite Dame. André Gide s'occupant des réfugiés ukrainiens, pardon, belges, c'est touchant et j'avoue que cela m'a même un peu étonné de sa part, lui si farouchement esthète, et peu enclin à mettre les mains dans le cambouis.

Laufet, Brüder, eure Bahn, freudig ! (Hâtez-vous, frères, sur votre route, joyeux !)

Et comme on n'a pas besoin de fiction pour rendre le monde et le temps entier présents, une publicité pour la bière Tuborg me saute aux yeux dans le petit café populaire où je me suis arrêté pour écrire : une publicité en anglais, une sorte de slogan, « *Be faithful to that which exists within yourself* », portant en petites lettres capitales la signature d'André Gide. Une citation du grand homme. Est-ce possible ? Est-ce vraiment possible, ce hasard, dans ce café où j'entre pour la première fois de ma vie, par hasard, et où j'écris justement ces pages sur Gide ? Gide, employé dans une publicité pour la bière Tuborg ! Et venant à moi… Me faisant signe…

Un second hasard du même genre m'avait fait tressaillir, un peu plus tôt dans le texte, quand j'écrivais sur Goethe. J'avais prolongé la séance d'écriture, un soir, dans un café faisant le coin de la rue des Pâquerettes (à deux pas de la rue Fontaine-d'Amour), café populaire tenu par des Turcs (c'est en bordure en effet du quartier turc de Bruxelles) où je n'avais jamais mis les pieds non plus et où, levant les yeux entre deux phrases, et les levant haut pour avaler une grande gorgée de bière, je vois tout en haut du mur… le portrait de Goethe ! Difficile à imaginer dans le contexte et pourtant il était là, grand, allongé (c'était celui, célèbre, où Goethe est jeune, en Italie, couché à la romaine dans un paysage latin, enveloppé dans une tunique crème, avec un grand chapeau rond tombant jusque derrière les épaules). Affiche un rien défraîchie et détournée d'ailleurs puisqu'on avait ajouté à Goethe une valise de cash et dessiné aux pieds des baskets Nike. Le réel a de l'esprit. Tout est là.

Mais tout de même. Quelle chaîne infinie de hasards pour que cette affiche, cet improbable poster se trouve là et que je me trouve juste en dessous au moment où j'écris sur Goethe. Quel à-propos ! Le réel a de l'esprit ! Temps multilinéaire, nous glissons comme des notes sur ta portée, nous allons comme le vent dans une lyre. *Deine Zauber binden wieder… Ta magie remembre ce qui était séparé…*

2

J'aurais bien aimé, pourtant, mener notre cortège, façon fin de fleuve, estuaire, jusqu'au temps présent, avoir ouvert une saignée dans les Enfers et voir couler ce flot d'êtres divers et réunis dans l'amitié de l'encre, de Lou Tseng-Tsiang à Milou Cottin en passant par ce truand de Mimara. (Mimara ? On ne l'a pas encore vu ? Non ? Il se montrera. Un bref instant, mais il le fera.) Avoir Goya, Goethe, Hugo et ma tante Annie canotant dans la même eau, sur la même surface du temps, faire entendre jusqu'à Venise la pétarade de la moto de mon grand-père, faire grandir mes enfants dans le pays que Victor Hugo aima, faire jouer Dumouriez par Belmondo, ressusciter la Malibran dont la voix, sans avoir connu le microsillon, doit encore nous parvenir, toujours plus vaste et s'élargissant comme un cône. Me baigner dans ce fleuve jamais pareil, y pêcher à la ligne, au filet, sentir au mot d'amour frétiller tous les êtres, voir l'éclat éclair de leurs dos d'écailles pris dans un rayon de soleil, l'ayant aussitôt fui que trouvé. Carpes koï dans le bassin de la mémoire, agitées par un appât de pain. Freud, Proust, Vienne, Paris, *Vedrai carino,* Da Ponte, billard de Mozart, gland des États-Unis d'Europe, cognac Monnet dans la main d'un trappeur, tête de Raymond la Science sortant du col à l'entrejambe de sa mère et tête de Raymond sortant du col de monsieur Guillotin, Zweig empoisonné au nom du paradis, Magda empoisonnée au nom de la Géhenne. Banc de poissons, vol d'étourneaux, petit troupeau dans les vaux verts. Bateaux croisant les océans dans tous les sens, voiles sous les soleils jaune Tiepolo : même le ciel est un plafond peint et le mérite de l'art.

Giclée de pollen, contenant des milliers de livres.

3

Ça aura été incroyablement facile de passer, comme promis, à travers les murs de chez Gallimard pour y planer, esprit follet, et découvrir avant tout le monde les manuscrits des futurs grands noms de la maison, les Aragon, Cohen, Sartre, Michaux, Simenon... Et je n'aurai pas dû insister beaucoup à l'oreille de Gide pour qu'il s'enthousiasme aussi.

J'évite toutefois le sujet Proust, dont le manuscrit a été par lui écarté, éternelle écharde. Mais c'était avant. Je suis arrivé trop tard.

Pendant qu'il (Gide) lit à son bureau (le front nu dans la main fine, doigts longs, les sourcils froncés en pi, le coude posé dans le seul centimètre carré sans livres), moi, je me mets à la fenêtre. Pour voir jusqu'au Mexique notre ami photographe Wilhelm-Guillermo Kahlo et sa petite gamine Frida, née en 1907. Beaux cheveux noirs. Mais complètement malade, la pauvre petite. Poliomyélite. Ah les enfants, que des soucis.

Puis, sortant du bureau pour faire un tour dans la maison, je descends l'escalier en colimaçon, étroit et abrupt, partiellement couvert de moquette bleue, cinquante marches jusqu'en bas, on a compté, et, oh effroi, je me vois moi-même, quand en 2003 je viens signer le contrat de mon premier roman. Forcément, avec cet entrelacement des temps, ça devait arriver. Je suis là, en train de monter. Avec ma bouille niaise d'adolescent attardé et mon sac à dos bleu, modèle sport. Même gêne qu'on a à entendre sa voix enregistrée ou à retomber sur des photos désavantageuses. Réflexe immédiat : la fuite. Je remonte l'escalier quatre à quatre, avant que le je qui monte puisse reconnaître le je qui descendait. Et alors brusquement en effet je me rappelle que, la première fois que j'ai gravi cet escalier en colimaçon chez Gallimard vers le bureau de mon futur éditeur, mon Gide ou mon Rivière à moi, oui, j'avais été curieusement impressionné par le bruit d'une cavalcade, quelqu'un qui grimpait à toutes jambes et faisait sonner les marches creuses puis le plancher sous le tapis bleu, une précipitation qui contrastait singulièrement avec le calme feutré qui régnait dans la maison.

Voilà l'explication. Et parfois je pense que j'ai peut-être échappé alors à la mort elle-même.

En attendant, je suis vif, et j'en profite pour déposer à l'accueil, en bas, la forte enveloppe contenant le manuscrit de ce livre-ci, à l'attention de mon éditeur. Tant qu'à faire, autant éviter les frais de timbres. Et c'est encore plus léger qu'un e-mail.

La personne à l'accueil est toujours très aimable :

— Oui, oui, certainement, je le lui remettrai en main propre tout à l'heure. Vous voulez que je l'appelle ?

Non, non, laissez, j'ai vu qu'il était occupé avec un jeune auteur. Je lui écris un petit mot, vous le lui remettrez aussi. Vous auriez une feuille ?

— Voici. Stylo ?

J'en ai un, merci.

Cher J.-M.,

Voici la version retravaillée du premier jet que je t'avais envoyé début juillet.

Mais tout d'abord, puisque janvier n'est pas écoulé : meilleurs vœux pour l'an nouveau ! Qu'il soit émaillé de joies et traversé d'espérance ! Du fond du cœur !

Pour ce qui est du texte : tu verras, ça a pas mal changé, sans changer vraiment. J'ai retravaillé dans le sens que tu m'indiquais. J'ai repris le manuscrit ligne par ligne. J'ai structuré l'ensemble en quinze « chants » (ce qui convient je crois au lyrisme du texte, et à son petit côté épique, tout humour gardé). J'y ai ajouté également un prologue ou avertissement numéroté chapitre o, où j'annonce le livre et la manière. La narration à la première personne est clairement assumée désormais. Certes, cela reste un roman assez singulier. Un voyage dans le temps déplié, jamais obéissant aux visions convenues de l'histoire. Pas très linéaire évidemment. Construit plutôt comme une chambre d'écho. Tout s'y répond. En fait, comme un poème. J'espère vraiment que cela te plaira. J'attends ton retour avec impatience. Merci mille fois,

Grégoire

Voilà qui est fait, et je remonte dans le bureau de Gide. Je me laisse apaiser par ce silence qui règne autour de lui, comme il règne aussi bien souvent autour de J. (éditeurs, gens de langage en même temps que de silence, c'est-à-dire gens de lecture). Je me remets à regarder par la fenêtre haute, au-delà de la courbure du monde, jusqu'au Mexique.

Où la petite Frida, Frida Kahlo, devenue grande, a épousé le gros peintre Diego Rivera.

Elle peint aussi, elle dessine, elle crée continûment, parce que c'est la seule manière de vivre avec la vie.

Et, très intéressant, elle reçoit chez elle, chez son balourd de mari qui me fait penser à moi-même, elle reçoit Léon Trotski *himself*, en exil (ça doit être en 1937, ça) avec sa chère femme Natalia et, derrière Trotski et Natalia, dans leur ombre, à leur suite, mais oui, mais oui, l'ami que j'oubliais : Victor Serge ! Un peu vieilli, la cinquantaine approchant, et mexicain ! Oh là là, ça donne envie de faire un livre là-dessus aussi. Surtout que ça se termine sur, *bam*, Trotski retrouvé un piolet enfoncé dans la tête, assassiné à son domicile, et, quelque temps plus tard, Victor Serge, retrouvé sans vie sur la banquette d'un taxi en plein Mexico. Allons. Patience.

Gide, tout juste revenu de son fameux voyage en URSS (1936), se passionnerait assurément pour mon ami Victor Serge. Et qui sait, si j'avais eu le culot d'en faire la proposition à l'époque, Victor Serge serait peut-être publié chez Gallimard et, à l'heure qu'il est, dans la Pléiade, et moins oublié, et mieux lu, et plus étudié.

Excusez, Victor !

Il nous pardonne.

D'ailleurs, j'ai presque l'impression qu'il connaît le bonheur, pour une fois, là, tout doux, un instant pacifié, ayant écarté la pensée politique et trouvant, oh, pas longtemps, en dessous, un autre sol où vivre. Eh bien oui. Voilà déjà Vlady, son fils, le futur peintre. On les voit, on les imagine, père et fils, marcher et deviser sur un chemin de terre bordé de yuccas extravagants dans la banlieue de Mexico. Félicitations ! Dans la lumière du soir, le jour déclinant. Victor, goûtez ces joies, surtout.

Juste au moment où, la lumière faiblissant en effet, je ne vois plus grand-chose par la fenêtre d'André Gide.

4

Pas d'enfants, toi, André ?

— N'est-ce pas moi qui ai écrit cette phrase souvent citée : « Familles, je vous hais ! » ?

C'est vrai.

Et pourtant je vois des choses curieuses.

— Dans quelle boule de cristal ? Celle de mon crâne chauve ?

Non, André. Simplement dans les cahiers de la Petite Dame, Maria, ton amie, ta confidente. Tu sais.

— Et comment, que je sais !

J'adore les photos où l'on vous voit à deux. Surtout plus tard, quand vous serez vieux. Théo étant enterré. Elle vit chez toi, ou toi chez elle, enfin, vous vivez dans des appartements contigus. Rue Vaneau. Septième arrondissement.

— Avec une porte communicante, bien pratique.

Elle prend note de tout ce que tu dis et fais. Comme un journal de ta vie, tenu par une autre. Ça me rappelle quasiment le *Flügeladjutant* Sigurd notant tout du Kaiser. Ou l'interprète Mantoux recopiant la nuit ce qu'il a entendu le jour. Sauf que vous êtes, elle et toi, nettement plus sympathiques que le Kaiser. Tu les as regardés, ses carnets ?

— Ceux de la Petite Dame ? Bien sûr !

Tu as vu que son écriture passe au-dessus de la reliure centrale, comme si elle l'ignorait ? De très longues lignes, faisant de deux feuillets un seul.

— Tout ce qu'elle faisait, elle le faisait avec style et personnalité.

Cette manière de traverser le pli de la reliure comme s'il n'existait pas m'a semblé être l'autoportrait, eh bien oui, d'une femme que les fausses limites n'arrêtent pas. Plus encore que le contenu, c'est la réalité graphique qui dénote la femme de liberté. Bien que le contenu soit parfois assez coton lui aussi. Comme quand elle évoque ce trajet en train.

— Ce trajet en train ?

Ce petit mot que tu écris sur un papier plié et que tu tends à sa fille, Élisabeth, trente-deux ans. Pendant que le paysage défile.

Je garde de Gide cette image. Image floue. À l'intérieur du train. Élisabeth dépliant le papier. Curiosité de sa mère. Rougeur peut-être d'André Gide. Sur le papier, en un mot comme en cent, une proposition : On ferait un enfant ? 1923. Élisabeth vit en couple avec une amie anglaise nommée Ethel, dans une petite propriété agricole du Var, où elles mènent la vie rousseauiste, dans la beauté d'une nature que la culture respecte, maraîchère et littéraire. Spectacle idyllique, féministe et bio, un siècle en avance. Et en avril, Élisabeth arrive avec un bébé adorable. Aux fermiers voisins, elle dit qu'elle l'a adoptée, cette petite ! Hé hé. Bravo, grand-papa Gide. C'est-à-dire papa. Gide a relevé le défi, et fait à cinquante-trois ans un enfant à Élisabeth, trente-trois ans, qu'il aimait voir courir, gamine, et qui à treize ans faisait de lui de si bonnes photos à Weimar. Magie.

J'imagine les rideaux de cretonne aux fenêtres de la ferme bio, des artichauts dressant leur tige et un barrage d'agaves au bout du chemin.

Mon prochain film documentaire : la famille selon André Gide. Oui oui.

CHANT XV

Où Proust marche avec nous.

1

Important. Capital. Repasser par chez Proust, maintenant. Lui dire qu'on vient de parler avec Gide. Lui demander ce qu'il en a pensé, du refus de Gide. Je veux dire, ce refus de Gide, éditeur à la NRF et qui déboute le manuscrit d'*À la recherche du temps perdu*, premier tome : *Du côté de chez Swann.* Comment garde-t-on foi, après ce genre de barrage ? On a tous peur que l'erreur d'un éditeur ne tue une œuvre naissante. Une vraie œuvre a besoin, comme disait Péguy, d'« une lecture bien faite », qui la parachève. Grande responsabilité. Gide, lui, a bien failli tuer la *Recherche.* Comment a-t-il dit non ? Quel argument ? Vous avez survécu, vous, Marcel, résisté, avec la force du rocher.

— Gide a dit : « Trop de duchesses et de comtesses, ce n'est pas pour nous… » Voilà en somme son commentaire.

Mais vous défiez les timidités du temps, Marcel, et vous le publiez, ce début de la *Recherche,* chez Grasset, et à compte d'auteur, sans soutien, disant non au non, car l'homme ne vit pas que de pain mais aussi d'affirmation.

Pour ce courage obstiné, qui vous paraît peut-être peu de

chose et qui m'a toujours semblé, quant à moi, salvateur, je vous apporte des fleurs.

J'ai choisi des violettes. On dirait un bouquet de mariée. Je ne les pose pas sur votre tombe, je vous les apporte à domicile, de vivant à vivant, et, me rappelant bien votre appartement de la rue de Courcelles, je prends le métro parisien, ligne 2, et au rythme discontinu de la jointure des rails et des trépidations de la rame, je rêve à vous dire : Le temps, le temps tel que je l'ai expérimenté sur le bateau avec la Malibran, au milieu de l'océan, le grand temps entièrement déployé, tout y vivant ou s'y déroulant simultanément. Comme je l'ai raconté à Freud. Un monde désormais sans avant et sans après, palpitant entier dans un seul instant qui est tout lui-même, le temps ouvert comme une grenade, comme les Enfers crevés. Mais j'arrive à l'arrêt Courcelles, je descends, je gravis l'escalier roulant, je retrouve le ciel gris de 1919, je manque de me faire écraser par une sorte de camion automobile noir qui disparaît bringuebalant au bout de la rue, tout chahutant et se secouant, comme une grappe de démons qui auraient raté leur coup ou qui riraient de la frayeur qu'ils m'ont faite, pour me rappeler que j'ai comme tout le monde dans ma poche mon ticket pour la mort.

Courage.

Boulevard Haussmann. Zut. Vous n'êtes plus là, vous avez déménagé. Je le savais, en plus. Quelle tête trouée que la mienne. Vous quittez l'appartement du boulevard Haussmann en juin 1919. Et en attendant de trouver le lieu qui vous convient, vous allez habiter quelques semaines, quelques mois, dans un appartement que vous prête (c'est bien cela ?) la comédienne Réjane, une amie à vous, 8 bis rue Laurent-Pichat, quatrième étage, seizième arrondissement, et où vous n'êtes pas du tout commodément installé. Vous souriez néanmoins, assez bonhomme, parce qu'un jeune couple à l'étage du dessus ne laisse personne ignorer le plaisir qu'ils ont à se baiser.

Je vous vois à travers vos livres et votre correspondance. À travers ces phrases-ci, c'est mon bras qui passe, et mon poing serrant le bouquet de violettes. Prenez, tenez. Vous l'avez pris.

Merci.

Votre sourire indulgent. J'ai envie de crier partout comme on vous méconnaît. Que vous êtes un bon géant, fort comme un bœuf et doux comme un agneau, que vous êtes le titan que cent œils ne suffisent pas à voir en entier et d'un seul coup, et que de votre flûte sortent des notes d'une grande clarté limpide et reposante.

Mais cela suffit.

2

Vous quittez déjà la rue Pichat et l'incommode immeuble de Réjane aux gais tressautements de parquet pour vous installer (enfin ! pas trop tôt !) rue Hamelin, pas si loin de là, dans le même seizième arrondissement.

Et je dis pas trop tôt, parce que c'est là que je vous espérais, là que je vous ai connu, naguère, quand, jeune homme, j'ai habité deux ans à Paris. C'était avant la parution de mon premier roman, avant son écriture aussi. J'étudiais et je faisais de la recherche à la Sorbonne-Nouvelle, étudiant boursier venu de Belgique. J'avais trouvé une chambre à louer chez un vieux monsieur généreux qui me faisait un prix d'ami, dans un immeuble bourgeois du seizième arrondissement, rue de Lübeck, entre le Trocadéro et l'Alma. De sorte que j'étais, à deux rues près, votre voisin, car je marchais beaucoup (et marcher dans Paris c'est précisément comme lire un livre, lignes, rues, rues, lignes, places, quartiers, pages, alinéas, bancs, blancs, cours, sens caché, parties, fenêtres, lumière, clarté, obscurité, poésie, action, ennui, accidents, bonnes pages, mauvaises pages, belles rues et recoins moches, souvenirs, itinéraires uniques, prise de possession personnelle, rencontres franches, œillades dérobées, liberté à chaque carrefour et puis signes, signes, signes) et je suis passé très tôt, peut-être dès le lendemain de mon installation, par la rue Hamelin, où une plaque légende votre séjour (« Marcel Proust / vint demeurer ici / en octobre 1919 / il y mourut / le 18 novembre 1922 »), et *bam* je me suis dit forcément c'est un signe. Au moins un signe de la main. À la fenêtre.

Ainsi donc, cette fois, c'est bon : vous emménagez rue Hamelin. Peu de meubles. Quelque chose d'austère, qui m'étonne. Comme si vous saviez, à vos quarante-huit ans, qu'il n'y a plus que trois ans à écrire, à vivre. Et que vous n'avez pas besoin de grand mobilier pour passer le cap de l'éternité. Pour franchir l'écran de la mort. *À l'ombre des jeunes filles en fleurs*, deuxième partie de la *Recherche*, vient de paraître au soleil de 1919, grâce à Rivière, et je présume que Gide a dû ravaler sa fierté. Et je viens vous annoncer avec quelques semaines d'avance, comme un horoscope qui donne la pêche, que ça y est, le Goncourt est pour vous, qu'un pas décisif est franchi, que votre intuition était juste. Qu'une bataille vient d'être remportée dans votre campagne contre l'oubli. Que vous aviez raison de croire en votre destin. Bien sûr, des tas de gens sont contre, des tas de gens ne vous aiment pas, des tas de gens voulaient que ne passe pas un livre qui, en 1919, l'année de la paix, l'année de l'après-Grande Guerre, l'année du grand *après*, faisait si peu de cas de l'actualité et de l'histoire qui s'écrit à coups de canon. Bien sûr, ils ne pouvaient supporter ce grand temps qui est le vôtre. Bien sûr, Albin Michel a mis autour des *Croix de bois* de Dorgelès, livre qui ne l'a pas eu, un bandeau malveillant proclamant en grand « Prix Goncourt » et en petit, en dessous, « quatre voix sur dix ».

Bien sûr aussi, comme tous les auteurs, vous écrirez à monsieur Gallimard pour signaler qu'un ami vous a dit que chez tel libraire de son quartier votre livre est manquant, ou épuisé, et que depuis trois semaines il n'y a pas de réassort, et qu'il y a une forte probabilité pour qu'un acheteur à qui l'on ne peut fournir un livre porte son choix sur un autre, et autant de lecteurs perdus ! Vous vous rendez compte ?

Je vous laisse savourer l'avant-goût de cette bonne nouvelle pour vous (j'ai toujours pensé que les artistes ont la prescience de leurs triomphes et que même un Van Gogh a dû de son vivant souvent sentir le rayonnement réchauffant de sa gloire posthume) ; je réintègre mon corps d'étudiant découvrant Paris, je débouche de la rue Hamelin dans la rue de Lübeck, et de la rue de Lübeck sur la place des États-Unis, avec le monument aux morts de la guerre, le square où jouent les enfants gardés par des nounous et le somptueux palais Baccarat, qui me disent : Un jour tu parleras de nous. Et comme à cet âge rien n'est plus léger que l'avenir, je dis sûrement oui.

Puis, non moins sûrement, je trouve, dans la riche bibliothèque (j'ai écrit, lapsus, « la *ruche* bibliothèque », je corrige, mais je garde) du vieux monsieur généreux chez qui je loue une chambre un gros livre sur l'histoire du seizième arrondissement de Paris, orné d'illustrations nombreuses, où la tête de Marcel Proust sur son lit de mort (rue Hamelin) éclipse toutes les autres, et où l'on explique, au chapitre consacré à la place des États-Unis, que le musée Baccarat actuel a été la résidence de Francis de Croisset, alias Francis Wiener, écrivain originaire de Bruxelles. Et qu'il y a hébergé le président Wilson en 1919, et qu'avec Clemenceau et Lloyd George ce dernier y tenait le fameux conseil des grands, redistribuant les cartes du monde. Et que Francis Wiener ou de Croisset, lui-même ami de Marcel Proust, a plus que probablement inspiré à ce dernier le personnage d'Albert Bloch dans *À la recherche du temps perdu.*

Eh oui. Tout, toujours, en place.

3

On en apprend des choses.

Elles se logent dans les lobes du cerveau, y prospèrent, se ramifient en silence puis un beau jour s'exfiltrent par les oreilles, les yeux, la bouche, mystérieux ectoplasme, et posent leurs réseaux de signes sur le papier et font un livre, qui se multiplie et essaime à tout vent leur vie autonome et leur puissance féconde.

De retour dans ma chambrette d'étudiant, rue de Lübeck. Toujours plus tapissée de livres bons et bon marché, lus avidement. Je croise souvent dans son grand salon au parquet chevron le vieux monsieur généreux, qui collectionne depuis des lustres les tableaux, gravures, dessins anciens et modernes représentant l'enlèvement d'Europe. Qui n'aime rien tant que la jeunesse, en général, et qui s'efforce de se lever à la même heure que moi pour que nous prenions ensemble le café et le petit déjeuner dans la cuisine, avant les cours. Qui passe la moitié de la semaine non à Paris mais à Bruxelles, où il a travaillé presque toute sa vie. Jacques. Oh, Jacques. Qui enfile pour conduire sa BMW des mitaines claires à petites perforations, comme s'il allait jouer au golf. Qui prend le matin *depuis nonante ans* une orange pressée (parce que c'est bon pour le poignet!), un yaourt à la grecque et une poignée de céréales. Et du café, seulement quand je lui en prépare. Qui voit avec plaisir et encourage mes achats de livres, qui m'incite à consulter les siens, qui a toujours trouvé la vie belle et toujours la jeunesse formidable (également la sienne, qui pour cette raison peut-être caracole encore sous sa double touffe de cheveux blancs). Qui a connu Jean Monnet, à l'époque, quand Jean Monnet était commissaire au Plan, sous le général de Gaulle, dans les bureaux de la rue Martignac, derrière Sainte-Clotilde, mais oui, tu vois, Grégoire, l'église avec les deux tours pointues comme des crayons.

Jacques me raconte:

— J'étais jeune fonctionnaire au commissariat au Plan, dans un petit bureau sous les toits, je rédigeais des notes, des synthèses, des analyses, des rapports en trois exemplaires et, un jour, Jean Monnet demande: « Qui a rédigé cette note? » On lui répond que c'est le petit Jacques tout en haut, et il me fait appeler, il me dit vos synthèses sont excellentes mais elles pourraient être encore plus courtes, je n'aime pas lire (*rires*). Une poignée de main, un coup de foudre, et quand Jean Monnet est parti à Luxembourg puis à Bruxelles pour les communautés européennes, eh bien, il m'a emmené avec lui, c'était un personnage! Sais-tu qu'il avait enlevé sa femme? Oui! Il était tombé fichtrement amoureux d'une petite Italienne (lui-même n'était pas bien grand, *rires*). Mais elle était mariée, et puis c'était très compliqué de divorcer, en Italie. Alors c'était ça Jean Monnet, ni une ni deux, ma belle Italienne, si tu veux, sois au balcon cette nuit à telle heure et je t'enlève. Et ils s'enfuient, et filent jusqu'en Russie, à Moscou, c'était l'URSS naturellement, et Jean Monnet avait entendu qu'on n'y reconnaissait pas la validité des mariages à l'italienne, c'est-à-dire seulement religieux. À Moscou, la jeune femme était donc considérée légalement célibataire. Et hop, les tourtereaux, mariage, ou union, soviétique (*rires*) !

C'est comme si c'était hier, Jacques dans la cuisine me racontant les frasques de Jean Monnet. Et je ne peux m'empêcher de penser au mariage en Russie de Lou et BB. Et tout résonne. Et se dispose.

Je cours rue Hamelin, chez Proust, lui dire, quasi lui crier : Marcel, sur le temps, j'ai eu une autre idée, finalement, une autre impression, en plus du temps déployé, il y a le temps entièrement chiffonné, recomposé dans d'autres ordres, comme des caractères découpés dans un journal et collés sur un nouveau papier pour composer le message d'une lettre anonyme.

Mais vous me regardez tristement, Marcel. Vous toussez. Neuf cents fois. Étant présent, j'ai pu les compter. Vous écrivez une lettre. Dans votre visage amaigri, qu'un peu de barbe bistre vêt, vos yeux anormalement globuleux et las roulent, suppliants.

Vous distraire ?

4

Je vous raconte quoi ? 1919, début juin, la préparation du palais de Versailles et de la galerie des Glaces pour la signature du traité ? Les petites mains au travail, les ouvrières agenouillées et même allongées sur le sol, cousant ensemble les grands tapis qui couvriront les parquets de la galerie des Glaces ? Les œils blancs dans les marbres rouges des parois, et leurs regards froids de plusieurs millions d'années ? Les veines, comme des larmes ? Les deux rangées de cavaliers intimidants sur la place d'Armes, devant le château, alignés dès midi ? Le directeur du protocole apportant l'exemplaire du traité à signer, dans un grand étui de maroquin ?

Ou bien je vous raconte plutôt Jacques, encore, mon propriétaire, pendant mes deux années d'études à Paris ? Ou bien le jeune Jean Monnet, dont l'œuvre de mise en commun des ressources à Londres a si bien marché et est si prometteuse pour la paix qu'on l'a propulsé secrétaire général adjoint de la toute nouvelle Société des Nations, vous savez, bientôt, à Genève ?

— Et cela, ce poste à la SDN, c'est avant ou après l'enlèvement de son amoureuse italienne et leur mariage, je veux dire, leur union soviétique à Moscou ?

Ah, vous écoutiez, Marcel ! Depuis le début ! Merveilleux ! Eh bien, leur mariage, c'est avant, oui, naturellement. Avant. Monnet à la SDN à Genève, c'est entre 1920 et 1923. 1923, c'est la naissance de l'enfant d'Élisabeth Van Rysselberghe et d'André Gide. Qui grandit à Brignoles, dans la jolie ferme provençale, petit paradis. Cette Provence où jadis aussi s'était marié Bloch, euh, je veux dire, Francis de Croisset, avec la descendante du marquis de Sade. Dans le chant des cigales. Voudriez-vous venir avec moi en Provence ? Un peu ?

— Vous savez que je ne quitte plus Paris, et bientôt plus le quartier et puis bientôt plus la chambre et puis bientôt plus le lit. Mais en rêve, oui, quand vous voudrez, je vous suivrai.

Alors voilà, hop, sous vos paupières baissées, cher et doux Marcel, dans ce laps de vos brefs coups de sommeil, ce songe intense (ils ne durent qu'une seconde et contiennent, comme les gouttes de parfum, des durées parfois très longues) du côté de Grasse, la villa de Croisset, son jardin d'abord, puis comme on change de diapositive, un peu plus à l'ouest, Brignoles, la bastide Franco, le rang de platanes candélabres, le canal d'irrigation, la terrasse de gravier, où grandit la petite Catherine Van Rysselberghe, ses deux mamans Élisabeth et Ethel, et Piska la bonne chienne au poil noir, Piska, et les dindons glougloutant, et les cris de l'enfant, et son genou rouge après être tombée, et les exquis effluves du printemps méditerranéen, et ces bocaux où Catherine élève des vers à soie, qu'une main nourrit de feuilles de mûrier, on croirait entendre le grignotement minuscule, oui…

J'évite d'introduire dans ce rêve le visage d'André Gide,

car j'ignore s'il vous est encore un peu désagréable. Mais dans les rêves, tout est si bien interchangeable, présent et absent, qu'aussi bien je vous propose un André Gide avec la tête de Jacques Rivière. Et aussitôt changeante. Peut-être, qui sait, la mienne ? Ma tête ? Qui vous rappelle cet autre rêve que vous fîtes, il y a peu, et où quelqu'un vous tendait un bouquet de violettes. Vous vous souvenez ?

Rêve où, qui sait, s'entend aussi au loin le *tchac, tchac* du Kaiser abattant des arbres à Doorn, Hollande. Et c'est sûrement ça (quel emmerdeur !) qui vous a réveillé, Marcel. Une fois de plus, votre visage, douloureux. Votre tête, si pleine de correspondances, comme l'intérieur d'une ruche, posant, reposant sur l'épais oreiller, coussin blanc. Vos yeux las.

Bien sûr, c'est à partir de la déchirante photographie vous montrant mort, chez vous, là, ici, dans le lit, rue Hamelin, que je recompose les souvenirs et que je vous imagine, non pas mort mais souffrant, et déjà sur le même lit, le même coussin blanc sous la tête. Laquelle s'enfonce sans doute de plus en plus. On ne voit pas votre main sur la photo, si ma mémoire est bonne. Un portrait d'écrivain ne devrait jamais omettre la main, les mains.

5

Laissez-moi vous la prendre, votre main, en vous racontant quelques ultimes péripéties. Les enfants rentrent de l'école dans cinq minutes et je devrai vous laisser, leur ouvrir la porte, bavarder (j'y attache beaucoup d'importance), rire, plaisanter, manger le reste d'un riz au lait à la vanille préparé hier. Allons-y sans tarder. Respirez court, pour ne pas tousser. Parce que quand la quinte commence, on ne sait pas quand elle finit, et on a peur chaque fois que vous y restiez. Je raconte quoi ? Qu'est-ce que je voulais raconter ? Ah oui, c'est juste. Mimara. C'est un des sujets de mon prochain livre, je crois. Mimara, un type spécial. Il s'était arrangé, dit-on, pour récupérer à son profit les tableaux et œuvres d'art volés pendant la guerre. Ces pillages d'art me passionnent. Les sabots du cavalier Barbier dans la cathédrale d'Anvers ; les sabots de Copenhague, le cheval de Wellington, dans la cour du Louvre ; les Allemands chipant *L'Agneau mystique* (et toute sa population) pendant la Première Guerre mondiale, l'exposant à Berlin, puis sommés par l'article 247 du traité de Versailles de le rendre à Gand ; puis, pendant la Deuxième Guerre mondiale, les nazis le rechipant, le planquant dans des mines de sel en Autriche avec tous leurs larcins artistiques…

— Mines de sel ?

— Oui, en Autriche, les mines d'Altaussee, ils avaient tout fourré là et projetaient même de tout faire sauter s'ils perdaient la guerre.

La *deuxième guerre*, avez-vous dit ?

Oui, la deuxième guerre. Dans un futur que vous ne connaîtrez pas, Marcel. Et un passé que je n'ai pas connu. Ces entre-espaces néanmoins pleins de gens. On dit que Mimara s'était fait l'ami de Josip Broz, alias Tito, pendant la première guerre. Sur ce front de Galicie où combattaient aussi, côté russe, les autocanons de Marcel Thiry.

Oh, et qu'importe ! Entre les enfants qui vont arriver et vous qui déclinez à vue d'œil, qui hésitez entre mourir de tousser ou de ne pas respirer… À quoi bon…

— N'exagérez pas, Grégoire.

Pardon. Peut-être, moi-même, un peu de fatigue.

— Sûrement. *Sursum corda !* Haut les cœurs !

En 1915 ou 1916, donc, un certain Mimara, dont on ignore le nom de naissance, aurait pris le passeport et l'identité d'un soldat mort à côté de lui dans un hôpital de campagne. Boue, pluie, brancards. À la fin de la guerre, déplacé sur le front italien, il aurait subtilement changé de camp en traversant les lignes tout nu et se faisant passer pour amnésique. Il aurait vécu l'entre-deux-guerres comme gigolo auprès d'une vieille comtesse italienne, y aurait pris des goûts de luxe et les prétentions d'un amateur d'art.

— Pourquoi tout au conditionnel ?

Parce que je tire cela d'un livre publié jadis par un type a priori digne de foi (ex-directeur du Metropolitan Museum of Art de New York, tout de même), mais qui était devenu l'ennemi juré de Mimara à la suite d'une histoire de faux qu'il se serait fait refourguer. Et les deux hommes se traitent de menteurs éhontés et de mythomanes.

— C'est drôle.

Je continuerai ça dans un prochain livre. Il me semble entendre arriver les enfants.

Ah non, c'est pas eux. D'autres gamins dans la rue.

— Alors, continuez !

Toujours est-il, donc, qu'à la fin de la Deuxième Guerre mondiale, sous le nom de comte Ante Topić Mimara, l'individu reparaît dans le Berlin occupé par les Américains, sous l'uniforme bleu ciel d'un général de l'armée yougoslave, la poitrine couverte de barrettes et de décorations. Pas à Berlin, pardon, je me trompe. À Munich. Parce que c'est à Munich que les Alliés établissent alors ce qu'ils appellent le Collecting Point, c'est-à-dire le comptoir où les pays et les collectionneurs peuvent venir réclamer les œuvres d'art volées chez eux par les nazis. Très astucieux, notre Mimara s'acoquine avec une employée du Collecting Point qui, depuis l'intérieur, lui fournit des descriptions précises de toute une série d'œuvres non réclamées, que Mimara revendique alors, très ponctuellement, avec des fiches signalétiques d'une précision inattaquable, au nom du gouvernement yougoslave. Œuvres d'art libérées, dont il garde une importante partie pour lui. Avec le stock considérable qu'il se crée de la sorte, une véritable collection – pardon, cette fois, pas de doute, je les entends, ce sont mes enfants –, il se fait bientôt connaître comme marchand d'art, vous imaginez un peu – oui, oui, j'arrive, j'arrive, les enfants, tout va bien ? ça s'est bien passé à l'école, et dans le bus ? encore quelques lignes, j'arrive ! commencez déjà le riz au lait –, marchand d'art, donc, à Tanger, qui est à ce moment-là, immédiate après-guerre, une ville internationale avec un statut très bizarre, et en réalité un nid de trafiquants de tout poil, d'espions, et un repaire pour les profiteurs de guerre. Vous voyez, c'est alléchant ! Et ce n'est pas fini !

6

Proust n'ayant pas voulu que je l'enferme avec mon carnet dans mon bureau à cylindre – une tombe cela suffit, a-t-il dit, et elle se referme toujours assez tôt –, je l'emmène avec moi, discrètement. Il voit mes enfants. Il voit aussi sur la commode dans le hall d'entrée la petite photo de Jacques, mon ex-propriétaire à Paris, rue de Lübeck, photo souvenir envoyée par sa famille à l'occasion de ses funérailles, il y a quelques semaines. Mort centenaire, le bon Jacques ! Et souriant !

On va tous ensemble, avec les enfants et Marcel, dans le salon, du côté de l'étagère aux BD, et je sors Tintin, *Le Lotus bleu*. Les enfants tournent le dos parce qu'ils le connaissent par cœur, et aussi parce qu'ils ont pas mal grandi. Je montre à Proust les quelques planches où Hergé reprend l'histoire que Lou Tseng-Tsiang lui a racontée dans la bibliothèque de l'abbaye flamande, et qu'il avait racontée plus tôt à Wilson, à Clemenceau et aux autres, place des États-Unis, Paris, dans la maison de Croisset : les Japonais, ayant pris possession d'un morceau de Chine et commençant l'invasion du reste ; et les vaines tentatives de la Chine pour se défendre, et puis les représentants japonais quittant la

SDN (Hergé n'a pas dessiné Jean Monnet, à moins que ce petit personnage, là ? non), indignés, une serviette sous le bras, chapeau huit-reflets sur la tête. Et caricaturés comme il fallait pour faire sourire dom Lou bénédictin.

Proust apprécie. Il rit, même. Ce n'est pas une maigre satisfaction d'apporter cette joie à Marcel Proust. Pourvu seulement que ça ne déclenche pas une quinte. Une quinte mortelle… Vous voyez ça d'ici : Marcel Proust mort à Bruxelles. Toutes les biographies parues depuis des lustres brusquement caduques et à refaire.

Et tandis qu'à Paris, en 1919, ou plutôt à Versailles, par la douceur du mois de juin, le monde prend place dans la galerie des Glaces, avec, au rang d'honneur, quelques mutilés de guerre soigneusement sélectionnés par Clemenceau pour l'horreur édifiante de leurs dégradations faciales, nous, à Bruxelles, avec Proust et les enfants, nous partons en promenade. Parce qu'il fait beau ; parce que Proust en avait envie (jamais vu Bruxelles) ; et parce que les enfants commençaient à disparaître chacun derrière un écran. Allez hop. Berger continue sa maudite censure, Mantoux s'affaire à la table des interprètes, Charles et Pamela Seymour regrettent beaucoup de n'être pas mieux placés. Les fauteuils et les banquettes de velours rouge dans la galerie des Glaces ne sont pas en nombre infini.

Sur Bruxelles, par une heureuse coïncidence, le ciel est typique, pommelé, métallique dans ses nuages et crayeux dans son bleu, comme dans la *Vue de Delft* de Vermeer, ce tableau que Proust trouvait beau à en mourir. Peut-être pour ça, ce sourire sur son visage. Je vérifie si les lumières du vestibule sont éteintes et, tandis que je ferme la porte derrière nous: «Jolie rue», dit Proust, par pure politesse car elle est très quelconque. Il déchiffre la plaque, avec d'assez bons yeux:

— Rue Alexandre-Markelbach. C'était qui?

Un peintre. Oublié.

— Personnage d'un prochain livre?

Ma foi, si tous les oubliés viennent frapper à la porte, on n'en a pas fini. Attention! (Proust, pas habitué à l'allure des autos modernes.)

Le comte de Brockdorff-Rantzau brille par son absence. Démissionnaire. Un certain Müller et un certain Bell vont entrer et le silence s'est fait. Sur une table, le traité de paix, sorti de l'étui en maroquin rouge, est ouvert et attend, dans sa reliure de cuir blanc. Le porte-plume en argent est une pièce d'orfèvrerie spécialement commandée pour l'occasion. Clemenceau, glacial, invite les Allemands à apposer leur signature. Monsieur Müller commence. Sans daigner s'asseoir, dit-on. Debout, se penchant, finissant, passant le précieux porte-plume à monsieur Bell qui attendait derrière lui. Avant la signature de Wilson et de tous les autres pays jusqu'à l'Uruguay dernier de la liste, les délégués allemands, la serviette sous le bras et le huit-reflets sur la tête, sont invités par le protocole à sortir discrètement, par une porte latérale, pour éviter le contact avec la foule, dehors. Et des incidents possibles.

Est-ce bête, maintenant, ces coups de canon assourdissants dans le parc de Versailles, près des beaux bassins? Est-ce bête, dis-je, d'avoir choisi des canons pour proclamer la paix?

Quatre cents coups, tout pile. Les historiens ont compté.

Ô Marcel, si vous saviez les hasards et les rencontres… La fin de mon livre, là, une trentaine de pages en amont, conduit la foule de mes personnages morts sur le gazon vert de *L'Agneau mystique* de Van Eyck, où ils vivent, se promènent et se parlent, et puis je lis à l'extrême fin de votre œuvre, deux cent quarante-cinquième page du septième tome, que votre vision mystique de l'œuvre d'art est une étendue verte et drue où les générations goûtent à la vie éternelle sous la forme d'un déjeuner *sur l'herbe.* Et vous en étiez, faut-il le dire, cher Marcel, de la garden-party dans *L'Agneau mystique,* vous en souvenez-vous ? Mort vivant. La vie éternelle, un déjeuner sur l'herbe dont les pelouses sont la littérature, ô Marcel, c'est si simple, si proche, à portée de main.

Comme s'il ne m'écoutait pas du tout, Marcel Proust a le nez en l'air, les yeux au ciel. Je l'entraîne un peu plus loin, venez, venez.

Marrant de pousser avec Proust, maintenant, par la rue de Pavie, le square Ambiorix et la rue Archimède, jusqu'au rond-point Schuman. Ça ne le passionne malheureusement pas du tout, cette histoire d'Union européenne. Ni le gros morceau de mur de Berlin qui se trouve exposé dans une vitrine près de l'entrée du siège de la Commission européenne. Le plus beau et le plus cher morceau du Mur, celui, fameux, avec la fresque du visage de J. F. Kennedy.

— Qui ?

Un président américain.

Proust trouve jolie l'enfilade des drapeaux bleus étoilés de jaune, claquant au vent.

J'ai failli oublier d'évoquer, songeant que ça lui parlerait davantage, le poème de Schiller repris comme hymne de l'Union, sur la mélodie de Beethoven. *Freude!* Qui n'était pas, de son temps, la rengaine qu'elle est devenue. Et qu'il aime beaucoup. Oui. *Seid umschlungen, Millionen!* Enlacez-vous, millions! *Diesen Kuß der ganzen Welt!* Quel baiser du monde entier! *Brüder! Pa-pa-la-pa-pa-pa-pa-pam pa-pa-pa-pa-paa-ba-baaaa, pa-pa-la-pa-pa-pa-pa-pam pa-pa-pa-pa-paaaa-ba-bam.*

ÉPILOGUE

Je regarde les photos de presse de la signature du traité à Versailles : les grands sortant du château. Les Allemands et leur douleur. Wilson rayonnant, une canne à la main, le chapeau huit-reflets dans l'autre, devant la poitrine, comme s'il saluait. Marchant vite, puisque sa jambe est lancée devant lui, mais immobilisé par la photo, et devant lui, Clemenceau, prisonnier du même instantané, la jambe gauche en avant aussi, le pied décollé du sol, le haut-de-forme à la main, plus bas, ouvert, montrant un intérieur blanc, la doublure sans doute. La canne en arrière.

L'instant présent est comme une lame de rasoir qui les détache de leur avenir. Ce grand ciel, sur lequel leurs silhouettes se découpent, fin juin, début d'été, n'est que le grand reflet du temps sur ce couperet. Ah, comme il sait nous raser de près, celui-là ! Et nous guillotiner ! Instant couperet qui tombe. Il y en a, des réserves de lames dans les nuages ! Pas de risque de pénurie ! Toutes sont neuves, jamais émoussées, ne servant qu'une fois. *Tchac ! Tchac !* Combien en tombent, entre Wilson sortant du château de Versailles et Wilson remontant dans le train (petite gare des Invalides) vers Brest ?

Et dans le train, Monsieur le Président, cette question : serez-vous assis dans le sens de la marche ou bien, comme moi-même et d'autres, surtout les enfants, aiment le faire : dans le sens inverse, voyant le paysage filer en arrière, comme un film qu'on rembobine ?

Départ du bateau, *George Washington*, gris, noir, fumant de ses deux cheminées. Quelle année ça a été, dites, hein, franchement, Monsieur le Président, quelle année !

Vos yeux posés sur les flots noirs de l'Atlantique. Départ ? Retour ? Une chose est sûre : les poissons s'en soucient peu.

Absolument tout est prêt pour édifier une paix définitive entre les peuples. Vous affirmez. Y a plus qu'à.

Le rivage s'éloigne. Travelling arrière : l'arrière-pays donne l'impression de se lever. Se revendique. Avez-vous le temps de penser aux symboles, Monsieur le Président ? Du petit, du grand ; de l'embrun, des nuages ?

Le paysage vous regarde.

De plus en plus austère. La mer en surface est un désert.

On vous voit bien. Rien pour se cacher.

Pas de sous-marins pour vous envoyer par le fond, mais qui sait ? Un retardataire ?

Je referme l'album de Tintin, *Le Lotus bleu.*

Je referme la tombe de Tiepolo père, sans me pincer les doigts.

Je baisse les paupières de Proust, le 18 novembre 1922, rue Hamelin, mon pauvre ami.

Je regarde avec vous, Monsieur le Président, la grâce des chemins de nuages, seul spectacle encore au milieu du trajet.

Je trouve lourdes les couronnes florales, et plus pesantes encore les cendres de Freud déversées dans l'antique vase grec qu'il avait désigné d'avance. Et de plomb les façades de Londres.

New York vous attend, Monsieur le Président. Peuple jeune encore et toujours prêt à jeter, comme sur Tintin à la fin de *Tintin en Amérique*, des pluies de papiers multicolores et de serpentins. Geste qu'il fera sur vous, dans quelques jours.

Plus que six ou sept fois dormir.

Dieu bénisse votre traversée, Monsieur le Président, et *God Bless America*. Moi, je dois m'occuper de mes enfants.

Eh oui. J'avais pourtant imaginé finir le livre sur cette image du bateau parti, laissé au milieu de l'océan, belle allégorie finale. Mais tu m'as, fiston, demandé de te conduire à la fête d'anniversaire d'un de tes amis, et j'ai dû m'exécuter. Aussi me voilà, la voiture garée juste là, coup de chance, rue Charlemagne, me voilà, dis-je, te faisant un pas de conduite jusqu'à la maison de ton camarade, que des ballons en grappes à la porte signalent. Par la force des choses, je passe avec toi devant le Conseil européen, ses vitres, son acier, ses drapeaux, je regarde le ciel, peu avant midi, bleu outremer, un autobus tranquille et quasi vide nous dépasse, samedi, ta joie me serre la main.

Et je sens que ma raison toujours vaudra moins qu'elle. Moins que ta joie.

Ding dong.
Salut.
À quelle heure ça se termine ?

Composition : Entrelignes (64)
Achevé d'imprimer sur Roto-Page
par l'Imprimerie Floch
à Mayenne, en février 2024.
Dépôt légal : février 2024.
Numéro d'imprimeur : 104252.

ISBN 978-2-07-305517-0 / Imprimé en France.

625611